我的记者梦

WO DE JIZHE MENG

谢敬华 / 著

时代出版传媒股份有限公司
安徽文艺出版社

图书在版编目（ＣＩＰ）数据

我的记者梦/谢敬华著.—合肥：安徽文艺出版社,2015.7
（2023.4重印）
ISBN 978-7-5396-5422-5

Ⅰ. ①我… Ⅱ. ①谢… Ⅲ. ①纪实文学－中国－当代
Ⅳ. ①I25

中国版本图书馆 CIP 数据核字(2015)第 123869 号

出 版 人：姚 巍
责任编辑：王婧婧　　　　　　　　装帧设计：徐 睿
....
出版发行：安徽文艺出版社　　www.awpub.com
地　　　址：合肥市翡翠路 1118 号　　邮政编码：230071
营 销 部：(0551)63533889
印　　　制：山东百润本色印刷有限公司　　(0635)3962683
....
开本：880×1230　1/32　印张：9　字数：200 千字
版次：2015 年 7 月第 1 版
印次：2023 年 4 月第 2 次印刷
定价：59.80 元
....

一个只上过九年学的农村孩子，一个曾经为新华社、人民日报社记者抄写过稿件的年轻士兵，若干年后，竟能陆续地把自己写的稿件发表在新华社、《人民日报》等全国知名媒体上。

　　他是一个业余通讯员，他所保持的个人一个月内在《人民日报》上刊稿3篇的纪录，18年来在全市新闻界无人能够打破……

序

　　和敬华先生结识，缘于共同的朋友——知名作家、编辑傅康先生的引荐，因是同道，又是本家，颇有好感，几次接触观其为人率直，待人诚恳，疾恶如仇，与我共性颇多，遂成知己。给我一份厚厚的文稿叮嘱多提宝贵意见，于是用了一个月的时间细细翻阅。读敬华先生的《我的记者梦》，就像静静倾听一段段亲切动人的励志故事，才知他阅历丰富，见多识广。他曾穿梭于硝烟弥漫的老山猫耳洞，曾驰骋于漫天风雪的内蒙古大草原，也曾平静端坐于农行储蓄所，不论海角天涯，荣辱浮沉，他始终怀揣记者的梦想，勤奋耕耘，奋笔疾书。作为一个只上过九年学的农村孩子，一个为新华社、人民日报社记者抄写稿件的年轻士兵，一个业余通讯员，先后在新华社、《人民日报》等国家级媒体发表作品50余篇，其保持的一个月内在《人民日报》刊稿3篇的纪录，18年来在淮北新闻界尚无人能破。

　　《我的记者梦》是一本讲述作者人生理想的故事。作者以自传体纪实文学的手法向我们讲述了他迈向毕生理想的不懈努力。虽然他始终没能成为一名真正的记者，但却收获满满。在敬华先生眼中,记者职业与国家命运、百姓幸福联系在一起。无论是穿梭于战火纷飞的前线,还是奔走于忙碌的金融岗位,他都在履行着一个记者的职责。他的心里,他的笔下,总是和时代变迁、世道人心息息相关。新闻采写是敬华先生的最爱,背着一架相机,拿着从不离手的采访本,是他的"标准秀"。近花甲之年的人了,这个习惯依然不改,细节中透出他对新闻的挚爱。每到一处,每经一事,他都细细思考,反复揣摩;报道无论题材大小,篇幅长短,他都亲至现场,眼看手记,仔细核查;从这本书里,我们可以看到,许多采访经历已年深日久,他仍记忆犹新。一个人若没有对事业、理想的热爱与执着,这是很难做到的。

《我的记者梦》是一本凝聚作者新闻采写经验的专著。新闻是一门实践性极强的学科,对它的学习很难完全在课堂上完成。从这个意义上说,《我的记者梦》有着很大的价值。本书讲述的是一名成绩卓著的资深通讯员关于新闻采写的体会与经验,而这些大多是从采写实践中总结获得的。它告诉我们记者应具备哪些素质,更告诉我们这些素质是怎样养成的;它提示新闻需要哪些特殊的诉求,更告诉我们对国情、民情的深刻了解与新闻价值判断的内在联系;它讲解采写工作的基本准则,更告诉我们如何把这些准则融汇到实际采写的全过程;它分析记者的职责与道德操守,更现身说法如何在实践中努力恪守,洁身自好。关于如何做好新闻采写的讲义不可谓不多矣,惜乎大都在"为什么"或"是什么"上用墨太多,但在"怎么做"上往往语焉不详,论述不精。敬华先生讲的是新闻采写的真经,这些真经又是非亲历者不能道出来的。

《我的记者梦》更是一本有关如何为人处世的人生镜鉴。敬华先生的坦诚、朴实和厚道得到了与他接触过的领导和同事的一致称赞与敬重。他的为人处世在书中也一览无余。对祖国他满腔热血。十九岁参军，出没于命在旦夕的老山战场，凭着英勇无畏勇立战功，晋升少校；对工作他绝不拈轻怕重，退役后的大部分职业生涯是在繁忙的金融工作与新闻报道中度过的。记不清多少次为了完成行领导布置的采写任务，他顶风雨冒酷暑奔走在采写一线；记不清多少个夜晚为了写就一篇自己满意的稿件他熬夜到天明；对同事甚至素昧平生的人，他有一副古道热肠，愿意尽自己最大的努力帮助别人；对家庭和亲人，他也总是想方设法尽一份自己的职责。他能每日为八十多岁瘫痪在床的老母端茶递饭，也能言传身教教子成才，更能与老伴相濡以沫，相敬如宾。所以，他战斗过的部队和工作的单位，老老小小都敬重他、信任他。

敬华先生的这部专著告诉我们这样一个事实：做事要认真，稳扎稳打能创造机遇；为学要执着，积少成多必有收获；做人要正派，不走弯路便是捷径。相信读者一定会从他秉笔直书纵横古今的激扬文字和矢志不渝实现人生理想的行为中收获许多感动与启迪。

是为序。

谢天勇

（作者系淮北师范大学新闻系主任）

目 录

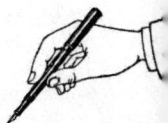

Contents

1. 从茅草屋里放飞的梦想

11 岁少年放飞的梦想

20 世纪 60 年代中期，在淮北平原一个农家的茅草屋里，一个懵懂的少年，从幼稚的心灵里放飞一个远大的梦想，长大后，他要当一名记者，那个人就是我，那一年，我刚满十周岁，正在读小学五年级。

上小学四年级时，我第一次读到了《中国少年报》，我被报上的文章深深地吸引着，如饥似渴地阅读着。每次老师把报纸拿到班里，我都抢着把报纸拿到手里，总是有幸成为全班的第一个读者。当时，姐姐在县里的第三中学读初中，并担任班里的团支部书记，有那么一点小小的特权，她见我如此喜欢读报，就从学校带回班里订阅的《中国青年报》让我阅读，这一下更让我大开眼界，使我了解到很多书本上没有的知识与故事。我被报纸上那些丰

富多彩的文章无声无息地吸引、诱惑,被报纸上刊登的一个个动人的故事深深地感动、激励,我打心底敬佩那些给报纸写文章的人,从那时起我也渴望成为这样的人。

五年级第二学期的一天下午,姐姐从学校回家又给我带来了几份《中国青年报》,我读到很晚还没读完,因为报纸上的一些文章内容我还不能完全理解,姐姐就在旁边帮我解释。我突然好奇地问姐姐:"这报上的文章都是谁写的?"姐姐告诉我,文章是记者写的,记者是专门给报纸写文章的。我把手中的报纸朝姐姐眼前一摊,神气地对姐姐说:"姐姐,我长大了要当一名记者。"姐姐以为我是说着玩的,用手轻轻地抚摸着我的头,用不信任的目光望着我,说我人小心大,那记者可不是好当的。我问姐姐怎样才能当一名记者,姐姐也说不出个所以然来,只说了要当记者必须学好语文,写好作文。

那天夜里,我躺在床上翻来覆去睡不着觉,反复回想姐姐说的这句话,心里暗暗地告诫自己,好好学习,长大后要当一名记者,写出很多很多的精彩文章,让更多的人读我写的文章。

姐姐睡在床的另一头,见我很晚不睡觉,便起身问我为什么不睡觉,我告诉姐姐说,我要当记者,正在想着怎样才能学好语文,写好作文。姐姐揉了揉睡得惺忪的眼睛对我说:"当记者,你做梦啊,快睡觉吧!"

姐姐说得很对,就是在那天夜里,在故乡的那间破旧的茅草屋里,十一岁的我,在心底深处,放飞了当一名记者的远大而美丽的梦想。然而,姐姐做梦也没想到,十多年后,我的文章竟然真的陆续在《光明日报》《中国青年报》等报纸上刊登了。

"要当记者必须学好语文,写好作文",姐姐这句不经意的话,从此成为我学习语文、写好作文,当一名记者的座右铭和动力加速器。从小学到高中,我的语文成绩在班里一直名列前茅,尤其是我的写作能力在高中同届四个班的两百多名学生中一直名列第一,学校每次举办作文展览,我的作文总是被张贴在突出的位置,受到老师和同学们的称赞。

对于好多学生来讲,写作文是一件比较头痛的事,每逢遇到作文课,总有那么一些同学愁眉苦脸,满腹怨言,轻率应付,草草成篇,还有的干脆用点小恩小惠请同学帮忙代写。而我心中因为有个梦,所以对写作文特别感兴趣。每逢上作文课,我不但写好老师布置的作文,而且另外多写一篇自己拟题的作文让老师修改,意在通过多写,多练笔,尽快提高自己的写作能力。上高二时,我的语文成绩在全班已经达到了一个较高的水平,受到语文老师的重视,有时上语文课赶上老师有特殊情况不能到堂讲课,老师就安排我给同学们讲课,这对于我来说是一种莫大的信任与荣耀。

我的高中语文老师赵敦伯 20 世纪 50 年代毕业于安徽师范大学中文系,具有较高的语文教学水平和写作能力,曾经写过一些小说和电影剧本,他对我在语文学习和作文写作上表现出来的天赋十分欣赏,倍加关心呵护,对我精心施教,希望我将来在文学创作上能有所成就,成为一名作家,他没有想到我心中早已放飞一个记者梦。其实,在作家与记者之间,我在心里第一选择的是当记者。小时候,自己立志当一名记者,出发点是能写出一些好文章让人们阅读,长大后,我才更加清楚地意识到,记者身上肩负着光荣而艰巨的社会责任,与作家相比,记者能用自己的文章,在最短的时间内发现、挖掘新人、新事、新观念,弘扬文明,鞭笞丑

恶，激浊扬清，传递正能量。我之所以立志当一名记者，正是看中了记者光荣而艰巨的社会责任与重大使命，这也是多年来激励我奋发努力、拼搏进取的最大精神动力。

童年，那些揭报纸看的日子

有梦是美好的、快乐的。自从心中放飞了一个美丽的梦想，我的生活因此充满了快乐、希望和动力。我就像一只上了发条的闹钟，每天浑身都有使不完的劲，一天到晚快快乐乐地生活着、学习着、娱乐着。我把这个美好的梦想当作自己的一个宝贵的秘密在心底珍藏着，除了姐姐外，我没有告诉身边的任何人，因为我知道，梦想在没有实现之前是不能说破的，说破了让别人知道，万一实现不了会被别人耻笑的。我想让时间帮我保存这个秘密，等到梦想变成现实的那一天，给大家一个惊喜。

我做梦也没想到，就在我踌躇满志地朝着梦想之路飞奔之时，一场突如其来的"政治风暴"无情地摧毁了我的梦。上小学六年级时，"文化大革命"的红色风暴很快席卷全国，"造反"成为中国社会政治生活的主流。工厂停工，学校停课，大人、小孩统统被卷入"革命""造反"的滚滚洪流之中，不仅姐姐上学的中学停了课，我所在的小学也停了课。姐姐停课去当了红卫兵，跟着学校的同学到全国各地串联去了，后来她到了北京，有幸受到伟大领袖毛主席的接见，成为我们那个村子里唯一一个见到毛主席的人。我和村子里的一些小孩子被村子里的造反派组织成红小兵，成天佩戴着红袖章，举着小红旗，跟在村里的造反派屁股后边，叫喊着"打倒""造反"的革命口号，甚至还到我们村和邻村的"地富反坏右"家里去造反、抄家，把那些被称为"封资修"的东西从屋子里搬出来，砸碎、焚烧，目的是不留遗毒。

当时造反派队伍里有一种行为令我十分痛心，那就是把抄出来的书籍和报纸当成毒草全都焚烧掉。因为我喜欢读书、看报，在我眼里，这些书籍和报纸都是我不可多得的宝贵的"文化食粮"，焚烧掉实在可惜，看到那么多的书刊在大火中被焚烧掉，变成灰烬，我的心在饱受煎熬，在滴血……对于我这样一个立志要当记者的孩子来说，这些书刊是多么弥足珍贵呀。

学校里造了反，停了课，没有了书读，也没有了报纸看，白天在外造了一天的反，晚上回家心里感觉空荡荡的，我本能地感觉到我的记者梦即将被这场"政治大革命"给撕破了，再重新缝补好会很难很难。然而，对于一个十一岁的孩子来说，梦是种在心里的，是根深蒂固的，是再大的风暴也撕不毁、打不碎的。庆幸的是，我们家贫农出身，不在红卫兵的造反、抄家之列，这也使得家里那些在"红色风暴"来临之前收存的书籍和报纸能够有幸被保存下来。尽管这样，白天是万万不能拿出来当众阅读的，只能在天黑下来，夜深人静的时候，关起门来自己在屋子里偷偷地阅读。很快，家里所有的书和报纸都被我读了一遍，再没有新的书报供我阅读了，我心里顿时产生一种难以忍耐的饥渴感和焦虑感。对于我这样一个求知心很强的孩子来说，没有了书报，无异于断了我的食粮，长此下去，岂不是打碎了我的记者梦了吗？

心中有个梦，追梦不畏难。为了能获得读书看报的机会，我闲来没事，就到村里的小伙伴家里串门。看到他们家里有书或报纸，我能在人家家里看完就看，看不完就跟人家说句"借我看一天"，回到家里看完再还给人家。村子里的老少爷们平日里都知

道我喜欢读书看报，都毫不吝啬地把自己家的书报送给我看。有的书报看完了还给了人家，碰到自己特别喜欢的书报也就只借不还，让它们变成我的私人收藏品了。

我们的村子不大，一共只有二十来户人家，读书识字的人家不多，家里也少有书报留存。没过多久，村里人家的书报就被我搜集完了。就在我为缺少书报阅读而苦恼焦虑时，一天，我到村里的一个女同学家去玩，突然发现她家的墙上贴满了报纸，不仅有《中国少年报》，还有《中国青年报》和《安徽日报》，我当时高兴坏了，连忙央求这位女同学，让我把墙上的报纸揭下来带回家里去读。这个女同学比我大一岁，我们俩从小一起长大，论辈分她还长我一辈，而且我们相处得很好，在学校里是同桌。她知道我喜欢看书读报，平时家里有了新书总是喜欢拿给我看。她的爷爷原是我们这地方的私塾先生，她们家也是我们村里唯一的在新中国成立前读书识字的人家，村里的四十岁以上的男人几乎都跟他爷爷上过私塾。她告诉我，墙上贴的这些报纸都是她的二哥上中学时从学校带回来的，她说你要喜欢就揭了去。于是，我们俩就搬来凳子，她在下面扶着凳子，我站在凳子上小心翼翼地把墙上的报纸一张一张地揭了下来，一共揭了四十多张。她帮我把这些报纸卷好，我如获至宝地把这些报纸拿回了家里，因为害怕红卫兵再来家里搜查，我把报纸藏在睡觉的床铺下面，有空就悄悄地拿出一张来看，前后看了一个多月才把这些报纸看完。

我心里十分感激我的这位女同学，每逢我们一起到地里割草时，我总是先把她的草筐割满再给自己的草筐割。后来，她的家人得知是她让我把墙上的报纸给揭了去，便把她狠狠地数落了一顿，我听说后心里很过意不去，一连多天没好意思跟她见面。在我们班里的女同学中,她的学习成绩是很优秀的,只是因为她们家的成分是富农,就没有被贫下中农推荐上初中。后来,在我参军入伍的第二年,她嫁了人,离我们村子十多里远,因为学习成绩好,她被村子里的小学聘为小学民办教师,后来转为国家正式教师。这些年来,我和她极少见面,但我永远不会忘记她在那个年代帮我揭他们家墙上的报纸的事,我在心里一直深深地感激她。

长大后,我不仅喜欢读报,而且懂得了那些给报纸写文章的记者要写好一篇文章在报纸上发表很不容易,需要耗费大量的心血,因此,我平时十分爱惜报纸,尊重作者的脑力劳动成果。无论是单位订阅的报纸还是我个人订阅的报纸,看后我都妥善保管存放,从不乱撕乱扔,偶尔在卫生间里看到一些人把那么新的报纸当作手纸用,我会从心里厌恶、鄙视这种人。

从茅草屋迈出的追梦足迹

第一次迈开稚嫩的脚步,走出故乡的小屋,去追寻人生的梦想,算起来已经整整四十年了。在离开小屋的日子里,身处他乡的我,常常在夜深人静的时候,放飞思乡盼亲的情丝,多少次在梦中张开回忆的翅膀,飞回到故乡那令我深深眷恋的茅草屋。

早在上小学时,我就盼望着能有一间属于自己的小屋,我可以一个人在屋子里不受任何外界干扰,安心阅读自己喜欢的书报,以满足自己对知识的渴求。然而,由于当时家里经济条件太差,实在没有条件为我单独腾出一间小屋。

我真正拥有自己的小屋是在上高一的时候。那时,家里的房子虽然很不宽绰,但父母亲为了让我能安安静静地学习,还是把

家里堆放农具和粮食的小屋腾了出来,让我单独在小屋里居住。小屋面积不大,大概有五六个平方米。屋里摆上一张软床,放上一张陈旧的三屉桌,剩下能够插脚的地方也就不多了。屋子虽小,但总算是我的一片小天地,对我来说,这已很令我满足了。

住进小屋后,我把自"文化大革命"以来精心收藏和保管的一大箱子书籍,悄悄地从父母居住的堂屋搬运到我住的小屋的床下。箱子里的书大都是中外长篇小说,足足有一百部之多。像《红岩》《烈火金刚》《暴风骤雨》《林海雪原》《铁流》《毁灭》《高尔基文集》等书,有的是我从亲戚、同学家里借来的,有的是红卫兵造反抄家时被当作"毒草"收缴后,我趁人不注意偷偷地揣在怀里拿回家的,还有一些是我用红薯跟一个中学图书馆的看门人换来的。

因为小屋里有这一大箱子书,我感觉生活更加充实了。夏天,有好歌的虫子在小屋的角落里吟唱悦耳的歌曲,伴我潜心夜读;冬天,有俏皮的雪花从门缝挤进小屋,拥抱我多思的梦境。小屋因为太小、太简陋,不太引起外界的注意,因而幸运地避开了那个年月骤起的政治风暴,成为我学习求知的一处静地。

四十年来,我的双脚走过海滩、草原,跨过高山峻岭,蹚过炮火硝烟,也踏过铺满红地毯的楼堂场馆。然而,无论我走到哪里,身处何处,我都会记起故乡的小屋。当年,因为有了小屋的温情呵护,才使我理想的种子得以萌芽。小屋在蹉跎的岁月中,以社会为磨,蘸着时代的风霜雪雨,磨砺出我不向世俗低头弓腰的倔强性格。

四十年斗转星移,时光如梭,虽然昔日故乡的小屋早已被岁月的刀锋剑刀剥蚀得疮痕累累、斑迹重重,但我心中对小屋的眷恋与敬重却依然如初。虽然我没有成为一名将军，却曾义无反顾地走上战场，用青春和热血践行保家卫国的誓言；虽然我没有成为一名记者，但我的文章已陆续在全国各大报刊发表，我一刻未停地用手中的笔赞美生活，讴歌文明，在通往梦想的道路上辛勤劳动，拼搏进取。我可以自豪地告诉小屋，从离开小屋的那一天起，在洒满阳光、铺满雪雨的人生旅途中，我的每一个足迹，都最终成为一份溅满激情的合格答卷。在未来的岁月里，假设小屋是一面历史的镜子，那么，我会让它永远照着我的人生轨迹，一路向前。

2. 让书为梦想插上翅膀

那些"缺粮""断奶"的岁月

自从红卫兵开始造反后,学校里停了课,把老师集中起来学习、批斗。我和我的同学们不能上课了,只好任由村里的红卫兵组织指挥,每天与其他村里的红小兵、红卫兵一起举着小红旗,喊着口号,满乡里游行,开批斗会,就像一群离了巢的无王蜂一样,到处乱飞乱撞。

我心里渴望着上学,渴望着读书,如果不是爆发"文化大革命"的话,我就能上初中,就能像姐姐上初中时那样,有很多的书报阅读,使我的求知欲望得到更大的满足。现如今学上不成了,天天跟着大人屁股后面喊口号,开批斗会,开始的时候,还觉得很新鲜,可时间长了,大家都感到心里很空虚,又都盼望着上学读书。没有学上,没有书读,对于我这样一个志存高远,立志要当一名记者的少年来说，无异于刚出土的幼苗断了雨水，刚出生的婴儿断了乳汁，饱受着干渴和饥饿的痛苦折磨。村子里的小伙伴们也倍感生活的无聊，他们知道我最爱看书，家里有不少的书，一有空，便跑到我家，找我借书看。当时，我家里确实收存了一些书，对我来说，这可是我的宝贝，说啥也不肯借出去。万一被造反派发现，我的书就会遭遇被焚烧的厄运，甚至我家里的这些书都可能难逃一劫。基于当时所处的非常时期、非常形势，我不得不选择拒绝，我家里的书概不外借。我不借书给小伙伴们看，还有另外一个原因。当时，由于红卫兵造反闹革命，原先出版的报纸几乎全停刊了，平时只能看到各个地区造反派组织油印的传单，很难见到一张报纸，因此，家里能保存一些书很不容易。小伙伴们见我不肯借书给他们看，也不死心，硬缠着央求我给他们念书听。看到小伙伴们对书那么喜爱，那么渴求，我实在不忍心拒绝他们，便取出书来读给他们听。为了躲避造反派的搜查，我们有时在家里读，有时躲藏在村里饲养室的角落里读，有时躲在村子打麦场的草垛里读，有时还跑到村外的庄稼地里读，每次读书时，还分派一个人站岗放哨，防备造反派来个突然袭击，把书给收走，搞得像新中国成立前共产党员做地下工作似的。一旦发现有人来，我就急忙把书藏在草垛里、抽水机的水管里。我很感激我的这些小伙伴们，他们都非常注意保密。我十分庆幸，在将近一年半的时间里，我们在一起相聚读书几十次，都没有被造反派发现，我家里的书几乎都给大伙读了一遍，没有一本受到损失。

　　这种没有报看、缺少书读的文化上"缺粮""断奶"的日子，前后持续了一年多时间。1969 年下半年，我终于进入我姐姐当年上学的县三中读书，一直到 1973 年 2 月高中毕业。

在三中上学期间，我认识了学校图书馆的看门人小张。他是校领导的一个亲戚，年龄比我大上三四岁，我叫他张哥。当时，学校图书馆一直都不对学生开放，原因是馆内的藏书没有得到整理与清理，里面或许混杂着一些所谓的"毒草"，不能流传出去。张哥只负责看护图书馆，防止有人进馆内偷书，他本人也没有图书馆的钥匙，无法进入馆内。可他住的房间紧靠图书馆的一个窗子，窗子的玻璃碎了，用几根木板条钉在上面，木板条钉得也不太结实，用手稍用力就能扳掉。我跟张哥处熟了，他知道我喜欢读书看报，时不时地扳掉木板条，进入屋内，拿出一些书报让我拿回家去看，不用归还，这让我心里十分感激。逢到学校放暑假、寒假，张哥依然一个人在学校看护图书馆，我就从家里带一些吃的东西来到学校送给张哥，每次他都给我从图书馆里取出一些书报让我带回家。我如获至宝地把这些书报带回家里，快乐地阅读着，但心里也隐隐约约地感觉这种行为近似于"偷盗"，不那么光彩，可那时为了求知，也顾不了那么多了，只要有书读，我就觉得很快乐。

在三年半的中学期间（初中一年半，高中两年），我有了书读，有了报看，就像一棵久旱的禾苗得到了雨水的淋漓浇灌，又像一个饥饿很久的孩子见了面包一样惊喜异常，我如饥似渴地读书、学习，我的语文成绩和写作水平也随着我的记者梦的成长而得到快速提高。高中毕业前夕，我高中的语文老师赵敦伯特地把我叫到他家里，跟我谈了一番话，语重心长地叮嘱我："你将来要想当一名记者，必须上大学，学习中文或新闻专业，虽然现在大学不招生，但我相信在不远的将来，我国的高考制度肯定能够恢复，你要继续努力学习，为将来考大学创造条件。"

破碎的大学梦

"你将来要想当一名记者,必须上大学。"

1973年2月的一天上午,我带着语文老师的殷切希望和叮嘱,带着大学不招生的残酷现实,带着满腹遗憾与迷惘,告别母校,回到村里务农。

或许,在这个世界上,唯有梦想与渴望是无法阻止和禁锢的,在繁重的生产劳动之余,我托人找来了"文革"前出版的北京工人业余职工大学的课本自学,还坚持收听安徽人民广播电台举办的业余英语广播讲座。当时农村里没电灯,白天劳累一天,夜晚在昏暗的煤油灯下,我常常一学就是大半夜。我一直坚信赵敦伯老师说的话,高校一定会招生,大学校门肯定会对我敞开的。

1974年,我参了军。离家时,和我一起入伍的老乡都带了不少吃的、穿的,唯有我背了满满一大包书来到部队。在紧张、艰苦的训练施工间隙,我抓紧点滴时间复习功课。1977年,当高校重新招生的消息传到部队时,我激动得好几夜没睡好觉,我的心像绷紧了的琴弦,一天比一天紧张、兴奋。然而,组织上突然决定不让我参加高考,留在团里继续从事新闻报道工作。这犹如一盆冷水,把我浇了一个透心凉。我难过地哭了,眼巴巴地瞧着和我一起入伍的战友们幸运地迈进了大学的校门。

面对现实,我逼着自己进行冷静的思考,干吗非要在大学这棵树上吊死呢?于是,我果断地选择了另一条适合自己的成才道路——自学。我结合担负的新闻报道工作,认真阅读了《新闻学》《写作知识》《形式逻辑》《文学概论》等书,组织上又先后送

我到石家庄陆军学院和南京政治学院培训。我把自己学到的知识全部用在了部队建设事业上,在师团政治机关工作的十年间,我为部队建设撰写了数十万字的文电材料,有的文章和文学作品被军内外出版社选编出版,也先后在军内外报刊、电台发表各类稿件六十余篇。我还利用业余时间自学并掌握了电影放映、摄影、打字、唱歌、乐器演奏、书法等多种专业技术和技能。在老山战场上,我用手中的相机为战士们摄下了战地英姿,我的歌声、笛声,传遍了部队每一座防御阵地,我的硬笔书法作品不仅成为猫耳洞里战友们临摹的样帖,还参加了全国年轻人硬笔书法大赛并获了奖。

十多年来,虽然我在自学的道路上收获颇丰,但我总觉得自己的知识与一个真正的大学生相差甚远。我心中对大学生的崇拜一直是那样的虔诚,对大学的向往一直是那样的热烈。我曾做过不少次大学梦,梦见自己在大学考场应试,梦见自己上了大学。每次醒来,心里总有一种说不出的失落感。近几年兴起的"文凭热",也曾使我产生沉重的困惑。然而,当我认真回顾自己走过的成长道路时,失落与困惑很快被自信与自豪所代替。我深深地感到,虽然我没有进过大学校门,但在部队、在社会这所大学里,我不失为一名合格的学生。在部队从事新闻报道工作期间,我曾有机会游览了祖国的一些名山大川和名胜古迹,祖国山河的壮丽风光,我国古代劳动人民的聪明智慧曾深深地陶冶过我年轻的心灵,极大地激发过我爱国报国的热情;在保卫祖国南疆的战场上,我冒着生死危险,穿过炮火硝烟,跨越被敌军炮火严密封锁的百米生死线,深入前沿阵地采访报道指战员们英勇无畏、痴心报国的模范事迹,曾和战友们同守一座阵地,同住一个猫耳洞,同啃一包压缩饼干，同喝一股苦涩的山泉。战士们英勇牺牲、无私奉献的精神曾使我更加理解了人生的价值。这是在任何一所名牌大学里也很难学到的啊。

我觉得，虽然此生没有走进大学校园，没有取得大学文凭，但是，我在社会这所最现实、最广阔的大学里，经受了严格的学习与锻炼，我的知识与人生价值得到了社会的认可，战士、人民就是我最好的老师，现实生活就是一部令我终生难以读完的最生动、最深奥的教科书，而我则是社会这所大学毕业的优等生。

躲进书屋求真知

自从心里有了当一名记者的美好梦想，我就更加热爱读书，渴望能够拥有一间自己的书屋，里面有自己喜欢读的书籍。记得我上五年级的那一年春天，我到姐姐读书的中学里给姐姐送干粮，姐姐领着我到学校的图书馆，用她的借书证给我借书看。一进图书馆，我的眼前豁然一亮，哇，这么多书啊！当时，我的心犹如阿里巴巴第一次发现藏宝的密洞般惊喜，从那天开始，我就梦想等将来自己有了钱，一定要拥有一间属于自己的书屋。既然梦想当一名记者，就要多读书，长知识。古人不是说"读书破万卷，下笔如有神"嘛，看来这书屋是一定要拥有的。

我真诚地感谢生我养我的父母，在 20 世纪 60 年代中期家庭经济条件那样困难，住房十分拥挤的情况下，他们还是想方设法为我单独腾出了一间小屋，让我在屋子里安心读书学习。从此，我有了人生中的第一间书屋。说是书屋，其实是一间只有五六个平方米的小草房。然而，书屋虽然低矮、窄小，却成功地抵御了那

年月骤然掀起的"政治风暴"的猛烈冲击。学生造起反,教师挨了批,学校停了课,不能上学怕什么,我有书屋。于是,我便不必成天举着小红旗,扯着喉咙高喊些连自己也不懂的口号,跟在造反派队伍后边瞎起哄,更多的时候我一个人悄悄地躲进被"政治风暴"遗忘的小书屋里,静静地与江姐、许云峰对话,和保尔、高玉宝谈心,看高尔基怎样上《我的大学》、鲁迅怎样听《社戏》、史更新如何炼成《烈火金钢》、韩梅梅怎样立志养猪……至于"走资派"如何死不悔改,"牛鬼蛇神"如何顽固不化,关我小孩子家什么事?能在如此"史无前例"的"政治风暴"中乱中偷闲,躲进方寸书屋来满足一个十二三岁少年旺盛的读书欲望,该是何等的舒心与惬意啊!故乡的那间书屋虽然低矮、简陋,但在那个动乱的年月里,却培养了我少年的壮志,种下了我少年的理想。故乡的小书屋里留下了我人生最初的一段稚嫩而又靓丽的足迹。

我青年的书屋建在祖国南疆阴暗潮湿的猫耳洞中。在那近似古人猿栖息的洞穴中,我曾经像古人猿一样赤身裸体地趴在能拧出水的军用防潮被上,带着基督教徒般的虔诚,拜读罗贯中的《三国演义》、列夫·托尔斯泰的《战争与和平》。放下书本,在洞外零零星星的冷炮散弹中,去冷静地思考人类从何时起开始自相残杀,昔日的亲朋好友何以一夜间反目成仇,《三国演义》开篇一上来为何写道"分久必合,合久必分"……在近在咫尺的敌人的枪炮的严密监视下,躲在人与蛇共居的岩洞中,喝着岩缝的滴泉阅读战争,嚼着压缩饼干思考和平,这种紧张而又庄重、危险而又神圣的战地读书心境唯我独有。

我中年的书屋,位于新建的宿舍二楼之中,自然没有了少年书屋的简陋、青年书屋的寒碜。经过我和妻子一番精心设计、装潢的书屋,铺上了地毯,放置了沙发,安装了空调,各种藏书、读书、写作设施一应俱全,读书环境十分优美、舒适。于是,在紧张繁忙的工作之余,在双休日,我便可躲在书屋里"两耳不闻窗外事",一门心思读自己爱读的书籍,写自己想写的东西,做自己向往已久的记者梦。然而,一旦躲进书屋,首先必须耐得住那份孤独与寂寞,抵得住物欲、名利的诱惑,按得住心灵的虚妄与浮躁。

由于酷爱读书,在购买喜爱的书籍方面,我从来不吝啬金钱。小时候,在生活条件那样贫困艰苦的情况下,父亲给了我几毛零花钱,我全都用来买小人书看;现在经济条件好了,能够买自己喜欢的书读,这是一件最快乐的事,舍得花钱买书更是理所当然。因此,平时有空和妻子一起上街,妻子喜欢逛商场买衣服,我便一个人去书店转悠,只要碰到喜欢的书,再贵也要买来看。1998年,北京来的两位图书推销员到我们单位推销图书,我看到一套《世界名著100部》图书颇有收藏价值,便动了心,想把这套图书给买下来。可一问价钱,要6999元,这相当于我半年的工资收入,当时,儿子正在上大学,家里开支较大,资金不是很宽裕,我很难下决心购买这套令我十分心仪的图书。后来,妻子知道了我的心思,就让我跟那两位图书推销员好好地讲讲价钱,最后,我花了3000元把这套图书买了回来,尽管这里面的大部分书我已经读过,但我觉得花这么多钱买这套书其实很值得。

现实生活中,有这样的一些人,他们也喜欢买书,但大都为了放在家里摆样子,装文雅。而我则是酷爱读书,无论在办公室还是在家里,常常是手不释卷,潜心阅读。多少年来,无论是在繁重的生产劳动之余,还是在紧张的训练施工间隙,或者在机关从事忙碌的公文写作下班后回到家里,一有空闲,我就一头扎进书房,全神

贯注地看起书来，只要捧起书，我的整个身心很快就能够进入一个恬静、安谧的环境。妻子将我这种一个人在书房里看书写作的习惯叫作"成天躲在屋子里的书呆子"，我对她说，今天的书呆子躲在屋里无人知，来日当上大记者一朝出名天下闻，妻子冲着我斜睨着眼，撇着嘴笑着说："当大记者，做你的梦去吧！"

我认为，躲进书屋，选择一个僻静的读书环境固然很重要，但最根本的是要实现心灵上的净化。既然有志读书做文章，躲进书屋，捧起书本，就不要考虑单位人事调整会不会轮到自己；不要为楼上楼下、左邻右舍请领导喝酒而没有请自己而想不通；不要眼瞅着同事"下海"捞着了"大鱼"而凡心骤动；也不要烦心自己在埋头苦读时，周围的人是否正在往领导家里送礼，在领导面前弄巧卖乖，甚至说自己的坏话；更不用在意别人会当着面可爱地喊自己一声"书呆子"，背后却指着脊梁讥笑自己是不识时务的"傻瓜蛋"。即便是朋友或同事诚心诚意地邀请自己跳舞、唱歌、打牌，也可以让妻子随便编句"男人不在家"的瞎话巧妙地予以谢绝。躲进书屋，为了求得心理环境上的些许宽松与恬淡，或者更确切地说为了实现当记者的野心，来这么一点小欺骗，我以为也算不上什么虚伪、狡诈吧！

书中有可悦，乐在求知中。生活中有许多人们喜欢的乐趣，而我最大的乐趣就是躲进书屋读书求知。为了丰富自己的知识，实现自己的记者梦，我必须给自己寻找一个能够让心灵更加安静的环境，使自己能够排除各种干扰，全身心地投入读书求知的氛围之中。躲进书屋，对于我来说，无疑是一种心性的修炼、意志的磨砺。后来，当我的一篇篇稿件从书屋里陆续寄出，频频在报刊上发表时，我深切地感受到躲进书屋的莫大乐趣与收获。

博览群书长知识

　　这些年来,不少同事和新闻界的朋友见我的稿件频频在报刊上发表,颇感惊奇,疑惑我这个仅有中专学历的人,没有经过新闻专业的系统学习,为何能写出这么多新闻性、思想性强的稿件来。我告诉他们,这与我多年来坚持博览群书、刻苦求知是分不开的。我深知像我这样一个只有九年多全日制学习经历的人,要想当一名记者,在文化知识、专业知识方面与一个专职记者所需要的知识差距甚大。我自知本身知识上的缺陷很大,必须下大功夫刻苦学习才能弥补知识上的巨大缺陷。为此,我要求自己博览群书,努力扩大自己的知识面,为实现当记者的梦想创造知识条件,奠定坚实的知识基础。

　　多年来,围绕实现当记者的梦想,我不仅自学了《新闻学》《简明写作教程》,而且还认真阅读了天文地理、政治历史、经济金融、哲学、心理学、逻辑学、音乐美术、摄影书法、医疗卫生等方面的书籍,我家书柜里的藏书虽然不算多,但上至天文地理,下至日常生活知识方面的书籍都应有尽有。例如,早在 20 世纪 60 年代第一套《十万个为什么》出版时,我就买来一套,把所有的内容都通读了一遍,大大地丰富了我的知识。到了 21 世纪,新的一套《十万个为什么》出版后,已近不惑之年的我,又花钱买来一套,放在家里,有空就翻翻,让自己不断增长知识。我认为,要当一名记者,必须博览群书,用一句俗话说即"要把自己的肚子填满""肚子里要有点墨水",这样写出的作品才不会空洞,才不会说外行话而引起读者的笑话。当然,有些知识并不需要我深入理解,

只是要求自己懂那么一点就行了,要想全部理解根本没有这么多的时间与精力。因此,我读书的方法是博览群书,突出重点,凡是跟我的本职工作和新闻写作、文学创作有直接关系的书籍,我都十分认真地去读,深刻理解体会,力求运用起来能够得心应手,让这些知识为自己的工作和写作服务。

虽然我的阅读范围较广,但我并不滥读书,而是有选择地去阅读,读得最多的还是那些跟自己的本职工作和新闻写作有关的书。此外,我从 1974 年参加工作以来,大部分时间在机关工作,主要从事理论宣传与新闻报道工作,这使我与报纸的接触更多,因此,在博览群书的同时,看报成了我日常生活中的最大习惯。因为想当记者,我对报纸的喜爱从某种意义上来说要胜过对书籍的喜爱。当然,从普及知识的功能上来讲,书籍的作用是报纸无法比拟的,但若从传递信息的功能上来讲,报纸不仅能起到快速传达信息的作用,而且内容广泛、观念新颖,对现实社会生活的干预程度深,因而更容易引起社会的关注,能够更好地发挥新闻的导向作用,从而推动社会政治经济健康发展。由于自己热爱新闻写作,我对报纸更加情有独钟。通过看报,我不仅能够了解国内外新近发生的大事,还能通过报纸刊登的文章内容,了解报纸在一个时期或某一时段内的宣传重点,了解编辑的编稿意向,以便及时采写和报社宣传口径相吻合的稿件,从而提高稿件的刊用率。

中国有句古语:"秀才不出门,全知天下事。"虽然我长期在机关工作,与社会实践接触相对较少,但我没有把自己封闭起来读死书,当书呆子,而是通过读书看报获取知识、了解社会、思考问题、勤奋写作、激扬文字、评说世事,努力去做一个记者应该做的事情。

3. 十五岁，给《光明日报》投稿

十五岁，第一次投稿

十五岁那年，我在县三中读初三。暑假里，生产队安排我和一个同龄的女孩暂时管理生产队种植的三四亩棉花试验田，具体的任务是负责清除棉花地里的杂草，如发现棉花病虫，及时给棉花打药。对我俩来说，这是一件比较轻松的活儿，我们根本不需要每天待在棉花地里忙活，只需要把地里长出的杂草及时拔掉，及时观察棉花的生长情况就行了，我有更多的时间来读书看报，继续做我的记者梦。

7月上旬的一天上午，我的一个表哥从县城赶到我们家，给我带来了几张《光明日报》。表哥长我七岁，是我们县一中高三毕业的学生，现在在镇上的小学教书。他知道我喜欢读书看报，

每次来我家,总会给我带几本书和几张报纸,我也毫不掩饰地把我要当记者的梦想告诉了他。表哥十分支持我的想法,不仅鼓励我勤读书看报,还鼓励我多写多练笔,他说我只要坚持下去,将来不是记者就是作家。他的话让我备受鼓舞,一时心血来潮,开始构思,联系自己暑假里给生产队管理棉花试验田的经历,写了一篇小小说,题目叫《锻炼》。我花费三天时间,挖空心思,把我十几年来年积攒的写作技巧全部调动起来,终于写出了1800多字的稿件,我的心情十分兴奋,无论稿件质量如何,无论报纸能不能刊登,我总算写出了我的第一篇作品。

稿件写成的第二天,我早早地起了床,跟母亲要了两个馍,背上书包,带上稿件,一个人步行四十多里去县城找我的语文老师,请他帮我看看稿件。当时正值盛夏,天上烈日炎炎,地面热气腾腾,天气十分炎热。我离开村子,沿着通往县城方向的公路时而行走,时而小跑,不一会儿,便汗流浃背,浑浊的汗水顺着头发流进嘴里,一股又涩又咸的味道。这是我第一次一个人去县城,我一边走一边抬头望着绵长的公路,心里急切地盼望着能够快一点赶到县城,见到我的语文老师。

暑假期间,县里让全县的中学教师都到县委大院里集中学习培训,既不准外出,也不准请假。当我一路打听,气喘吁吁地赶到县委大院门口时,还没到晌午,正赶上教师们结束上午的学习培训,排着稀稀拉拉的队伍,一个接一个从大院里走出来,朝大街斜对面的住处走去。

我在县委大院大门口站了半天,终于看见我的语文老师赵敦伯的身影出现在门口。他见到我,感到十分惊诧。我急忙走到近前,从书包里掏出稿件递到他的手里,说明了来意。他微笑着接过稿件，放进上衣的口袋里，说他们的学习培训快要结束，让我一个星期后到学校里找他，并叮嘱我回去的路上一定要小心。

　　一个星期后的一天上午，我早早地来到学校，见到了赵老师。他说我的这篇小小说结构合理，词句精练，语言流畅，但情节太平淡，没有矛盾冲突。他说一篇小说再短也要讲述一个故事，任何一种事物的发展变化都充满着矛盾性，故事情节要随着矛盾的发展变化来展开，没有矛盾，事物发展就不能形成跌宕起伏的状态，就不能生动感人。老师告诉我回去后要留心观察事物，要注意细节，让我在暑假结束前再写一篇稿件让他看。

　　虽然第一篇稿件没有写成功，但我并未气馁，从语文老师的话语里我感受到了莫大的鼓舞。在从学校回家的路上，我的心情非常激动，脑子里反复回味老师说的话，认真思考在作品里如何反映事物的矛盾性，从而把作品写得更加生动感人。

　　回到家里，我便急不可待地拿出几天前表哥送给我的几张《光明日报》，仔细地阅读了报纸副刊上刊登的文学作品，其中就有一篇仅有 1500 多字的小小说，写得十分生动感人。我一连看了好几遍，深受启发，激动之下，我连夜赶写了一篇 2400 多字的小小说，题目叫《小哥俩》。小说讲述了一对小哥俩，为了照顾村里的一位荣誉军人老爷爷，在炎炎夏日的中午到村里的小池塘里逮鱼送给老爷爷补身子。弟弟害怕太阳晒，就把池塘里的荷叶折断当伞打，哥哥批评弟弟不该损坏生产队里的荷叶，因为夏天损坏一枝荷茎，秋天就会少长一根莲藕。弟弟不服劝说，一气之下折断了好几根荷茎，哥哥对弟弟的做法虽然很生气，但还是耐心地给弟弟讲道理，使弟弟认识到自己的错误，小哥俩和好如初，齐心合力逮鱼送给了老爷爷。这篇小说讲述的故事就发生在我和

Wo De
Ji zhe
Meng

我的小伙伴身上。

仅仅时隔一天，当我把一篇新写的小小说送到语文老师的面前时，老师看完后，激动得连声称赞写得好。老师只帮我修改了几个字，便让我尽快把稿子寄给报社。

我怀揣着稿子，一路小跑地赶回家，把稿子工工整整地抄写了一份，装进了信封，躺在床上焦急地盼着天亮。

第二天上午，我带着稿件来到离村十多里远的镇上的邮局里，花八分钱买了张邮票贴在了写着《光明日报》地址的信封上，怀着一腔激动、期待的心情，郑重地把带着我梦想的第一篇稿件投入了邮筒。

稿件寄出以后，我焦急地等待着报社那边的消息，希望我的稿件能够如愿刊登。

就在稿件寄出后不久的一天夜里，我做了一个梦，梦见我的稿件发表了，我拿着报纸跑到学校，老师看了夸奖，同学们看了羡慕，我心里那个美呀甭提啦！可等了一个月没有一点消息，又等一个月，还是没有一点消息，稿件如石沉大海，杳无音信，我的心开始凉了，充满了失落感。

赵敦伯老师看出了我的心思，找我谈心，鼓励我不要灰心，说我这么小的年龄能写出这么好的稿件投给报社已经很难得，要继续坚持多看书、多读报、多练笔，把基础打结实，稿件将来肯定会发表的。老师为了鼓励我的写作兴趣，激发我的写作热情，经常从报纸上找一些好文章让我阅读，对我写的每一篇稿件都精心点评，这对我后来走上新闻写作与文学创作之路是大有益处的。现在回想起来，赵敦伯老师对我的培养与教育可谓用心良苦。

稿件寄出三个多月后，仍然没有消息。就在我对第一篇稿件彻底失望的时候，寒假里的一天上午，我们公社文化馆的赵常青馆长突然来到我们村里找到了我，从手提包里掏出一个厚厚的信封交给了我。我看了看信封上的地址，是北京光明日报社寄来的，里面装着我的稿件。赵馆长告诉我，退回的稿件寄到了县文化馆，报社的编辑给县文化馆领导写了信，说我这个小作者具有写作天赋，建议县文化馆好好培养，争取早出成果。赵馆长又从提包里掏出四本稿纸送给我，鼓励我今后要多写勤写，他愿意为我的写作提供方便条件。打那以后，赵馆长便有意识地安排指导我写一些反映当代农村新人新事新风尚的小故事、小剧本，培养锻炼我的写作能力。

一个多月后，县里举办业余青年作者培训班，赵馆长积极推荐我到县里参加了为期三天的培训。在培训班里，我见到了县里的一些在文学创作上已经出了成果的中青年作者，听了他们介绍的写作体会与经验。说句心里话，我当时心里对这些作者取得的成果在充满羡慕的同时，更多的是不服气，因为我那时最渴望的是当一名记者，我对文学创作还没有太大的兴趣。我现在之所以写点文学性的稿件，是因为我还没有接触到可供我写新闻稿件的事件与素材。那次培训班我最大的收获是更加坚定了我对记者梦的追寻。另一个收获是培训班结束时，发给了我四块五毛钱的生活补贴费，这让我欣喜若狂。因为在当时农村一个工分仅值七八分钱，这么多钱相当于我在生产队干五六天农活的收入啊！

有句格言说：是金子总会发光的。那年月的我，年少气盛，颇有点自命不凡的味道，我自信我就是一块金子，总有一天会发

光的。

高中毕业后，虽然大学不招生，但我的记者梦并没有破灭。在回村务农的日子里，我一刻没有放弃读书、练笔。我们村的生产队长比我仅年长两岁，虽然他只有小学文化，但他和我一样喜欢看书学习，我后来参军入伍时，把平时积攒的满满一箱子小说都交给他代我保管。他知道我喜欢看书写作，在生产队的资金十分有限的情况下，竟然舍得花钱订了一份《安徽日报》供我阅读，让我多少年来想起这事依旧心存感激。

高中毕业后的第一年，村里让我担任生产队会计，同时负责十亩水稻试验田的种植项目，年仅十八岁的我，经历了人生中的一段十分艰苦的生活磨难，有一件往事让我刻骨铭心，终生难忘。

那是 1973 年暮春的一天傍晚，天上淅淅沥沥地下着细雨，我挑着从地区农科所购买的八十多斤稻种，在满是泥泞的乡间小路上艰难地跋涉着。雨水淋湿的头发，顺着眉毛流向眼角，注满双颊，淌进脖子里，浸透了身上的衣服。我不时地用手抹去睫毛上的雨水，吃力地睁大眼睛，盯住前方坎坷的路面，提防脚下打滑。

天黑时分，我来到村东的一条小渠边。这是春天刚开挖的一条新渠，尚未来得及架桥，过往的行人只好沿着两边掘出的坑坎下到渠底，蹚过三米多宽的渠水，然后再向渠上攀登。

我放下扁担，小心翼翼地摸索着往渠下走。突然脚底下一滑，身体失去平衡，我连人带装稻种的口袋跌进了渠底，一屁股坐在了冰凉的渠水里。我挣扎着从水中拎起装满稻种的口袋，使劲往水渠上面推举……

那天晚上回到家时，我浑身上下摔成了一个泥人，换衣服时才发现屁股到膝盖下跌破了好几块皮，直往外冒血汁。母亲看了,心疼得直掉眼泪。那天夜里,极度劳累的我躺在床上,回想白天挑稻种的辛苦经历,我禁不住热泪滚滚,我为自己的行动而骄傲,我觉得这是我人生中的一笔宝贵财富,我发誓如果将来有那么一天,我一定会把这段充满自我挑战的艰辛生活经历写进我的文章里去,让它成为永恒的纪念。

那一年,为了种好生产队的十亩水稻试验田,我曾在疯狂的暴风雨之夜奋力抢护过秧苗,曾在炎炎的烈日下面,赤着双脚,拉着沉重的粪车往稻田里送肥施肥,也曾在远离村庄的小河边夜夜与抽水机厮守相伴。既无艰辛、困苦之忧,更无孤独、寂寞之感,反倒觉得心里时时刻刻都燃烧着一团火,生活得十分充实、快乐。

那年9月里,正当水稻快要成熟的时节,县里要召开全县首届民兵先进单位、先进个人代表大会,让我们公社武装部长到我所在的三中找会写作的人,赵敦伯老师就向他推荐了我。于是,我便被县武装部抽调去帮忙,为即将召开的全县首届民兵先进单位、先进个人代表大会撰写经验交流材料。

在县武装部,我遇到了县委办公室秘书戴进先,在他的指导帮助下,我顺利完成了武装部领导交给我的会议材料的撰写任务,受到武装部领导的好评。当我撰写的会议经验交流材料送到印刷厂第一次变成铅字时,我心里充满了喜悦与自豪。会议结束后,戴进先秘书当着武装部领导的面夸奖我说:"小谢文字功底很好,今后好好学习锻炼,将来绝对是濉溪县里的'一支笔'。"

当时武装部负责会议材料工作的动员科参谋岳喜成(后来任濉溪县武装部政委)对我的文笔很欣赏,会议结束后,他热心地向武装部领导建议,有意留我在县武装部从事文字工作。对于一个农村青年来说,能跳出家门"吃皇粮",这在当时是一件相当

难得的好事。可我总觉得县武装部不是展示我才华，实现我的记者梦的地方，我想到一个新的更大的环境里去经受洗礼与锻炼，让自己的记者梦能够早一天实现。我把我的想法告诉了岳喜成参谋，他十分理解我的抱负，鼓励我参军入伍，到解放军大学校去经风雨，见世面，充分展示自己的写作才华，实现自己的梦想。就这样，我于 1974 年冬天参军入伍，投入部队这所大熔炉里经受更加严格的锤炼，为自己的梦想之路铺设更加坚固的基石。

第一次去北京送稿

怀揣着美好的梦想，我参军来到北京军区某野战部队驻扎在太行山东麓的一个步兵团，我被分到该团的一营一连三排九班。三个月紧张艰苦的新兵连生活结束后，部队领导见我的枪法比较好，便调我到团里组织的射击队进行为期三个月的射击训练，成绩优秀的便可被挑选参加秋季北京军区组织的射击比赛。经过三个月的严格训练，我的枪法比在新兵连期间有了长足的进步，虽然最终我没有被挑选参加秋季军区举办的射击比赛，但我的枪法已经练到一定火候，后来虽然长期在机关工作，但每每单位进行手枪、步枪实弹射击时，我不用训练都能打出令干部战士惊叹的好成绩。

三个月的射击集训结束后，我们营被调往石家庄军部大院执行军部礼堂的建筑施工任务，时间为一年。

我们班的任务开始是砌墙，这是个技术活，由班里的老同志来干，我是新兵，只好打下手，给他们递砖、运送砂浆。随着墙体越砌越高，只好改手递为手抛，一天下来，把一两千块砖头抛到三四米高的脚手架上，累得我腰酸背痛，吃饭时胳膊痛得端不起饭碗，睡觉时腰酸得不敢躺在床上。墙体砌好以后，我们班开始用砂浆灰抹墙、吊顶。相比砌墙的工艺来说，这道施工程序的技术要求更高，班长让我学着干，不能老是当小工，打下手。

我是个新兵，急于干出点成绩在班里的老兵面前表现一下，给他们留下好印象，便跟着老兵们学着抹起墙来。谁知抹墙这活儿，看起来很简单，干起来却很费力。老兵们舞动着抹子在墙面上像作画似的，很容易就把墙面抹得又平又滑，而我费了好大的劲，墙面总是高低不平。一天干下来，我的十个手指头全都被砂浆硌烂，冒着殷红的血汁，疼痛难忍，饭吃不下，觉睡不好。一个星期下来，我双手的十个指头又红又肿，但我仍然咬着牙坚持干下去，我是新兵，不能装熊，我心里清楚，这时候正是领导和老同志考验观察新兵的关键时候，一定得挺住。就这样，我强忍着十指的疼痛，又坚持干了半个多月。

有一天下午，我正在抹墙，感觉十指疼痛实在难忍，便停了下来，把手套脱下来一看，十个手指头血淋淋的，把手套都染红了。正巧指导员陪团政治处的一位领导来施工场地视察工作，看到我的手指后，马上把我们班长叫过来批评了一顿，说我们班长不关心爱护新战士，命令我们班长安排我休息。

晚上，指导员在全连当天的施工讲评会上，特地对我带伤坚持施工的精神进行了表扬。第二天上午，指导员找到我说，团里准备举办一次黑板报评比，让我给连里出一块黑板报，我欣然答应。谁能想到，就是因为指导员让我出一块黑板报参加评比，竟给我从事新闻写作提供了难得的机遇，从此改变了我的命运，而我的记者梦从出黑板报开始，向前迈出了更加坚实的一步。

我自幼喜好书画,具有一定的楷书和绘画功底,出黑板报是我早在高中时期就有的拿手活。我仅用两天时间就出了一块形式新颖、内容丰富、图文并茂的黑板报,在团里的黑板报评比中荣获第一名。连里发现我的特长后,如获至宝地把我从班里抽调到连部,让我专门给连里出黑板报,制作幻灯片,活跃连队的业余文化生活,从此我成了连队领导的"御用笔杆",着实令一些与我一起入伍的新兵们羡慕。

1975年冬天,我们团到太行山里进行为期四十天的冬季野营拉练。一大早,我们全连一百多号人背着行装从军部大院出发,朝着西南方向五十里外的训练驻地走去。当时的野营训练完全按照战时的要求进行,每个战士身上除了背包外,还背着大衣、枪支、水壶、挎包和四枚手榴弹,全部负载重量有四十多斤。

俗话说,远路无轻载,载重无近路。二十多里路走下来,我浑身的衣服就被汗水湿透,衬裤紧紧地贴在腿上,想迈一步都要费很大的力气。走到四十里远的时候,我的双脚开始隐隐作痛,我咬着牙坚持往前走,走着走着,我感觉双脚下针扎般疼痛难忍,等到我一瘸一拐地走到驻地的房东家时,我脚上穿的袜子怎么也脱不下来。原来我的双脚打满了血泡,整个脚底板磨掉了一层皮,紧紧地贴在袜子上,鞋子里满是血水。房东王大娘看到我是个新兵,心疼得给我端来一盆温开水,一点一点地为我洗脚、擦拭,用纱布把我的双脚裹缠起来,感动得我热泪盈眶。当天夜里,我趴在王大娘家的土炕上,忍受着双脚的疼痛,坚持给团里办的野营训练简报写了一篇稿件。

在军部负责营建施工的日子里,我也经常写点小稿件送到军部的广播站。时间长了,军政治部宣传处的同志发现了我的写作特长，又看好我写得一手好字，便时不时地抽我去帮助他们抄写稿件。一来二往，我和宣传处的几位爱好写作的干事关系处得很熟，他们积极向我们团的领导建议，推荐我先后到军和师里举办的通讯报道员培训班学习，让我得到了专业的新闻写作知识培训，了解了新闻写作知识的 ABC，为我以后从事新闻写作打下了坚实的业务基础。我经常利用工余时间写点稿件，送到军宣传处的干事们那里，请他们为我点评、修改，他们也成为我从事新闻写作工作最初的引路人和老师。

"四人帮"被粉碎后的第二年 10 月，军政治部宣传处的一位姓江的干事到我们连里找到我，让我与他合写一篇批判"四人帮"关于"文艺黑线专政论"的文艺评论文章，说是《光明日报》的约稿，让我一定要下功夫写好，他给我提供了好多资料供我参考。我当时已经调到团政治处宣传股专门从事电影放映和新闻报道工作，我把写文艺评论的事跟宣传股的王股长汇报后，王股长十分支持，让我放下手中的其他工作，安下心来写好这篇评论文章。

我只用了三天时间便写出 2000 多字的草稿，江干事看后很满意，小做修改，署上我们俩的名字，便让我去北京，亲手把稿件送给《光明日报》的编辑。

一听说让我到北京去送稿子，我激动得在床上翻来覆去一夜都没睡着觉。北京是什么地方呀，那是祖国的首都，是全国人民敬仰的地方，多少年来，我做梦都想去北京看看，现在我的愿望终于实现了，怎么能不激动、不兴奋呢？

班里的老兵听说让我去北京送稿子，都替我感到高兴。1969年从山西入伍的老兵王同乐当着全班人的面对大伙说："咱们的小谢，将来不是个记者就是个作家。"现在回想起来，他的预言太

准确啦！

就这样，我第一次来到令我敬仰、向往的首都北京，第一次看到了雄伟壮丽的天安门广场，游览了展现我国古代劳动人民建筑艺术智慧的故宫博物院，心灵上受到一次深刻的艺术洗礼。当我把我写的第一篇文艺评论稿件交给光明日报社的李准编辑时，他看了看稿子，满意地点了点头，问我今年多大年龄，我告诉他我今年二十二岁。他用手亲切地拍了拍我的肩膀说："小伙子，好好写，将来一定会有成就的！"

1978 年 3 月 28 日，《光明日报》副刊刊登了我和江干事合写的文艺评论文章，这是我在部队工作十七年间写的唯一一篇文艺评论文章，后被《石家庄文艺》转载，给我寄了 38 元稿费，让我激动兴奋了好几天。要知道，当时是我入伍的第三年，每月的津贴仅有八元钱，这笔稿费相当于我五个月的津贴呀！从十五岁那年给《光明日报》投稿到如今稿件被刊登，前后用了整整七年的时间，时间没让我白等。

在接下来的半年多时间里，我曾几次到北京的几大报社送稿。每次到新华社、人民日报社、解放军报社等送稿时，我站在报社门前都暗暗地在心里勉励自己好好写作，在不久的将来让自己的稿件出现在这些国家级的媒体上。

最后一篇文艺评论

自从 1978 年在《光明日报》发表第一篇文艺评论以来，由于我钟情于新闻写作，以后就很少写文艺评论。直到 1996 年，因为接连看了几部关于农村题材的电视连续剧，我心里开始关注改革开放后中国农民的精神文化生活的发展状况,便写了一篇题为《广阔天地作为大》的文艺评论,针对我国农村题材电视剧创作现状及发展趋势,谈了自己的一点粗浅看法。稿件写好后,我寄给了《安徽日报》副刊,3月23日,《安徽日报》在七版头条位置刊发了我的这篇文艺评论文章——

广阔天地作为大
——我国农村题材电视剧创作现状与展望

春节过后,长达40余集的电视连续剧《趟过男人河的女人》刚刚播放完毕,几位爱好影评的朋友便相聚在一起,饶有兴趣地对近十年来我国农村题材电视剧创作现状及未来的发展评头论足,各抒己见。大家总的感觉是:既令人鼓舞,又使人忧虑。令人鼓舞的是,十年来,我国农村题材的电视剧创作确实涌现出一批深受亿万观众,特别是广大农民朋友欢迎和喜爱的优秀作品。从80年代后期的《篱笆·女人和狗》《辘轳·女人和井》《古船·女人和网》爱情三部曲,到90年代以后的《苍生》《情满珠江》《农民的儿子》《趟过男人河的女人》等电视剧,一经中央电视台播出,立即在全国上下引起巨大反响,产生很强的轰动效应。在历届电视剧评比中,虽然参评的农村题材电视剧数量较少,但获奖率却是最高的。

农村题材电视剧创作之所以具有很高的成功率,一方面在于作家对我国当代农村社会生活中的深层次矛盾看得清,把握得准,与当前我国农村现实生活贴得近,与当代农民的思想感情联系得紧,作家对当代我国农村社会矛盾干预、揭露得深,作品具有很强的思想性和艺术感染力。另一方面,艺术家的创作立意新

Wo De
Ji zhe
Meng

颖,不落俗套。有些电视剧虽然都是描写妇女解放的主题,但艺术家却是从不同的空间、不同的时间来展示主人公与命运抗争的不同经历与结局。如《篱笆·女人和狗》中的枣花,她的爱情故事是在改革开放初期的农村这个特定空间来演绎;《趟过男人河的女人》中的山杏的爱情悲剧则是在城乡两个不同的空间来展开的;《情满珠江》中的女主人公梁淑贞的爱情纠葛虽然也在城乡这一空间展开,但在时间上却处于改革开放的火热年代,剧中人物对爱情的追求、对生活的理解、对命运的抗争方式与枣花和山杏那个年代已有明显的不同。由于这些作品从不同的时间、空间等侧面来揭示妇女解放所经历的曲折与坎坷,所以,从整体上给观众展现的是一部多维、立体的当代农村生活的绚丽画卷。

令人忧虑的是,十年来,反映农村题材的电视剧实在太少。从1986年到1995年,中央电视台先后播放了数百部电视剧,而反映农村生活题材的电视剧却寥寥无几,少得可怜。个中原因,一是多数作家生活在城市,对城市生活熟悉,创作上喜欢避生就熟;二是受"侃文学"思潮的影响,认为坐在都市的酒桌、茶几前,逍遥自在地喝着酒、品着茶就能"侃"出一部电视剧来,名利双收,何必到农村去吃苦、劳神;三是一些作家对当代中国农村改革的力度和尝试缺乏深刻的认识和理解,把握不准农村改革的脉搏和农村发展的必然趋势,感到不好写。

我国是一个农业大国,12亿人中农民占了8亿多。农民文化生活的改善,农民精神文化生活的需求,是我国社会主义精神文明建设的"重头戏"。为农民提供更多健康、优秀的精神文化食粮,是艺术家们义不容辞的光荣责任。农村天地广阔,农村有丰富的创作源泉,特别是处在改革开放大潮中的中国农村,有艺术家挖不完、掘不尽的艺术矿藏,农村题材的电视剧创作大有可为。一切有抱负、有出息的艺术家,应该积极地到农村去体验,去给8亿农民写戏编剧。

4. 下笔有好字　抄稿遇良师

新华社记者教我写通讯

我在探索新闻写作知识，追寻记者梦的路上，曾有幸得到两位良师的悉心教诲和精心指导，使我的新闻写作水平得到较快提高，更加坚定了我追寻记者梦，朝着既定的目标努力奋斗的信心。一位是新华社军事部高级记者陈歆耕，一位是人民日报社军事部高级记者张景发。与他们两位良师的相识，皆缘于我写得一手好字，有幸给两位老师抄写稿件，得到他们在新闻写作上的无私的传授与指教。

我从小喜欢书法。上小学时，老师每次布置写毛笔字，我总是比别的同学多写上一两篇。初中毕业时，毛笔字便有了点功底，村里几十户人家写春联的事，基本上由我一人包了。每年腊月二十八、二十九，我就开始给邻居们写春联，一写就是一两个通宵，也不收分文，村邻们拿着写好的春联，冲着我感激地说声"谢谢"便去了。虽然有点劳累，但别人花钱买纸我练字，对于我这样一个书法爱好者来说，倒是件大乐事，划得来。上高中时，我的作文几乎全用小楷书写，两年下来，我的小楷书法水平有了显著的提高，学校举办作文展览时，我工整、毓秀的小楷书法成为一道令师生们眼前一亮的风景，受到师生们的热情赞誉。

参军后，我在团里当新闻报道员，经常抄稿写稿，渐渐地对硬笔书法产生了浓厚的兴趣。工作学习之余，别的战友打球、下棋，我一人关在屋子里练字。平时外出采访或出差，见到了好的书法就学。有时在大街上正走着，偶然看到路旁商店的招牌上有一两个好看的字，也要停下来，仔细地端详、琢磨一会儿。有时夜里躺在床上休息，还要用手指把白天看到的好看的字在肚子上反复写几遍。俗话说，字无三月功。几年下来，我的硬笔书法便有了长足的进步。军营里的一些硬笔书法爱好者，经常拿我的书法去练习，不少转业、退伍的干部战士离队时，都要向我索要几幅书法作品带回去留念，有的甚至要出钱买我的笔记本。战友们对我的书法作品的喜爱，使我感到莫大的愉悦与快慰。书法是一门艺术。它不仅能够通过字的形体展示一种外在美，而且还能通过笔画的刚柔、圆润、虚实，展示一种内在美，使人赏心悦目，给人美的享受。这是我爱好书法艺术的主要原因。

因为我能写一手秀美、好看的钢笔字，我在全师的通讯报道员中小有名气，一些记者到我们师里采访报道，得知我的字写得好，总喜欢让我去帮助他们抄写稿件，就这样，我有机会接触到了新华社的陈歆耕记者和人民日报社军事部的张景发记者。

　　陈歆耕记者原在我们军政治部宣传处从事新闻报道工作,因文章写得好,被调到解放军报社当记者,后又被调入新华社军事部任高级记者。陈歆耕记者擅长写通讯,我读过他写的好多篇通讯文章,在当时我读过的军报记者写的通讯中,他的文章写得比较大气、比较生动。在我的眼里,陈歆耕记者是一颇有才气的人。跟陈歆耕记者第一次认识是在军里举办的一期通讯员培训班上,当时他已经是《解放军报》的记者,在这期培训班上负责给我们讲授通讯的写作方法。在这之前,我曾经写作了一篇长篇通讯《凉山之鹰》,讲述的是我部某团三连纳西族战士阿孜尔·夏拉克服语言、生活障碍,在部队的关怀帮助下健康成长、建功立业的故事。这篇6000多字的通讯在《邢台日报》以一个半版面刊登后,又在河北人民广播电台播出,收到了较好的宣传效果。我把文章拿给陈记者看后,他赞许地点了点头,鼓励我要多写多练。后来,陈歆耕记者有一次到我们师里采访报道,让我帮他抄写稿件。稿件抄好后,陈歆耕记者看了看,一脸愉悦的表情。他让我坐在他的对面,语重心长地对我说:"小谢,我发现你有很高的写作天赋,希望你好好学习,用心写作,将来你一定会写出高质量的稿件来的。"接下来,陈歆耕记者认真地向我讲述了通讯写作的三个要点。一是写好人物是通讯的"眼"。无论是人物通讯还是事件通讯,都必然有人在活动,如果能够把人物写得活生生的,使人看过之后久久不能遗忘,它的教育作用就会更大、更深远。二是要表达出先进人物的思想。首先作者要深入了解先进人物的思想。只有真正理解了先进人物的思想,才能进一步发掘先进人物思想中闪光的东西,被它感动,并且有表现这种思想的强烈愿望。三是作者自己要动真感情,没有真感情,写不出让人感动的好文章。要写好一个先进人物,必须从心里热爱他、崇敬他、钦佩他,在心灵深处唤起向先进人物学习的强烈欲望。陈歆耕记者还向我推荐了《为了六十一个阶级兄弟》《县委书记的好榜样——焦裕禄》《谁是最可爱的人》等几篇范文让我细心阅读,深刻理解,让这些好的写作方法与技巧入脑入心。

听了陈歆耕记者的讲授,我心里非常感动,坐在我面前的是军报有名的大记者,我是一个普普通通的通讯员,人家能够当面向我传授写作的真经,体现了老一辈新闻工作者对年轻通讯员的重视与关爱,我打从心底敬佩陈歆耕记者的崇高的职业道德,我在心里暗暗地发誓要好好写作,努力写出一些高质量的稿件,决不辜负陈记者对我的悉心指教与殷切期望。

在后来的新闻写作实践中,我记住了老师的精心教诲,在写作人物通讯上狠下功夫,使人物通讯写作成为我新闻写作的强项,先后写出了好多篇生动感人的人物通讯,引起良好的反响。而 1997 年 3 月 28 日发表在《中国城乡金融报》上的一篇短小的人物通讯《方哥》,是我写的人物通讯中的一篇满意之作。

方 哥

方哥叫方振玉,是濉溪县农行商厦储蓄所主任赵敏的丈夫。在储蓄部 30 多名储蓄员中,要数赵敏的年龄最大,大伙见面都管她叫"赵姐",方哥自然也就成了大伙的"关大哥"。

赵敏是储蓄部的老典型。她负责的沱河储蓄所存款余额在储蓄部所辖各所中年年保持领先位次。去年,部领导把她调到新开业的商厦储蓄所负责,一年下来,所里的存款净增了 300 多万

元,赵敏被省分行评为"最佳揽储员"。从 1987 年入行到现在,她年年当先进、受奖励,省、市、县农行发的奖状、荣誉证书摞了一大堆。储蓄部的小姐妹们对赵敏荣誉的那个羡慕劲就甭提啦!不过,她们在羡慕赵敏众多荣誉的同时,更羡慕她们的"赵姐"有方哥这样一位好丈夫。

方哥虽然只有小学文化,人却心灵手巧,木工油漆、建筑装潢等手艺样样拿得起,放得下,在潍城也算得上是数得着的能工巧匠。赵敏到农行工作前,方哥在县城经营一家木器加工厂。赵敏刚进农行时,他们的女儿方芳还不到三周岁,儿子方刚刚满七个月。赵敏为了尽快适应储蓄业务,白天上班,晚上回家练习点钞、打算盘,无暇照顾家务,方哥就一声不响地包了全部家务活。

每天早上天不亮,方哥就准时起来做饭,等赵敏吃完饭,给儿子喂好奶上班走后,他又忙着给儿子洗尿布,帮女儿穿衣服;操弄两个孩子起了床,吃了饭,又要忙着上街买菜;从街上买菜回来后,又要急急忙忙地抱着儿子到储蓄所给孩子喂奶。那时,家中只有一辆自行车,专供赵敏上下班骑。方哥只好脊梁上背着方芳,怀里抱着方刚,步行两三里路赶到储蓄所。一天两次,来回四趟,晴天雨天,天天如此,就没见方哥皱过一次眉,说过一句累,把赵敏所里的小姐妹感动得直掉泪。

后来,随着一双儿女慢慢长大,赵敏的工作越来越忙,方哥干脆辞掉了单位的工作,当起了"专职后勤"。平时有业务找上门来他便抽空到外面挣几个零花钱,没有生意做时就在家里料理家务,稍有空闲,就爬到房顶的阁楼上去侍弄他精心喂养的一大笼子信鸽。

方哥是市信鸽协会的会员,唯一的爱好就是养信鸽、放信鸽。

1995年春季的一天,方哥的一只信鸽从广西桂林放飞,回到潍城累得一头栽在房顶上。方哥捧起鸽子,眼泪似雨水一般哗哗地流个不停。

方哥养鸽子,爱鸽子,对鸽子有种特殊的感情,用妻子赵敏的话说:"鸽子就是他的命!"这的确是事实。但若拿赵敏的工作与养鸽子来比,自然还是前者居前,后者居后。这一点,方哥心里一点都不迷糊。

去年盛夏的一天,商厦所为了帮助储户清点兑换零残币,全所人整整忙了两天两夜。回到家里,赵敏身子往床上一躺就睡着了。正睡得香甜时,她被一阵"叽叽咕咕"的鸽子叫声吵醒。赵敏气得喊来女儿方芳,让她把鸽子轰走。方芳摇了摇头说:"鸽子可是爸爸的宝贝,我不敢轰。"赵敏见方芳打怵,索性自己爬起来,抄起竹竿去轰,一气之下竟把一只鸽子给打死了。声净了,气消了,冷静地一想,赵敏觉得自己的做法未免有点过分,这鸽子可是方哥的心爱之物,方哥回家一旦知道鸽子被打死,夫妻俩断然少不了吵闹。可出乎意料的是,方哥闻听鸽子被打死后,不但没生气,反倒笑着对赵敏说:"算了,没事。"

那天晚上的月光格外明亮。晚饭后,方哥在房顶上站了很久很久,他长时间地仰望着夜空里的一轮皓月,看得见,他脸上有两串晶莹的泪珠,比天上的月亮还明,还亮……

这篇小通讯,虽然仅有1300多字,但讲述的内容却十分丰富,有略写,有详写,使方哥这个人物的鲜明特点与个性跃然纸上,文中的细节描写对展示方哥的内心世界起到较好的烘托作用。结尾处采取静态的描写方法,让人感到静中有动,令人回味

无穷,给读者留下较大的遐想空间。

《人民日报》记者教我写消息

张景发老师是《人民日报》军事部的高级记者,五十来岁,比我父亲的年龄还要大,在我眼里,他就是一位严师慈父。

张记者每次到我们师里采访报道,其稿件都是由我帮他用钢笔抄写,每次抄完稿子他都微笑着夸我的字写得好。有一次我用钢笔抄稿子时,刚抄了一半,钢笔坏了,情急之下,我改用毛笔小楷抄写。当我把抄写好的稿件递到张记者面前时,他看了稿件,眼睛顿时睁得很大,连声赞叹我的小楷写得好,有功夫。

张记者来我们师采访报道,大都写消息,很少写通讯。他写的稿件都不太长,我抄写起来也不感觉累。我一边抄写,一边在心里逐句逐段地琢磨稿件的写作方法和特点。在我看来,张记者是高级记者,他写的稿件对我来说就是范文,值得我好好学习。

张记者知道我是个业余通讯员,又十分爱好新闻写作,便毫不保留地给我讲解写消息的要领,他对我说,一篇好的消息并不在于文字的多少、篇幅的长短,关键要突出一个"新"字,这是消息的生命。他说在新华社、《人民日报》、《解放军报》等国家级媒体发表的每一条消息都具有很强的全局性和政策性,都是对社会政治经济生活中新事物、新矛盾、新观念的真实反映,写之前,必须对所要写的事件进行深入细致的调查分析,掌握大量现实材料,找出规律性的东西,才能提高消息的新闻价值。张记者的话言简意赅,在我心中深深地扎下了根。

在以后的新闻写作实践过程中,我虽然很少写消息,但我时时都在注意身边发生的新鲜事，只要瞅准机遇，我绝不会轻易放过。

1990年10月中旬新兵刚刚入伍时，我在我们团的三连了解到这样一条信息，该连山东籍新战士郭全益，全家弟兄六人有五人参军，郭全益的两个姐姐也嫁给了军人，几乎成了"全家兵"。我仔细一打听，原来郭全益的父亲郭玉仁是抗日战争时期参军的八路军老战士，1948年在解放济南的战役中光荣负伤，被评为二等乙级残废。郭玉仁转业到地方后，一直关心和牵挂着部队建设，积极鼓励子女参军入伍，报效祖国。

这条消息有没有什么新闻价值呢？接下来，我马上找其他省入伍的新战士进行座谈，了解到当时的中国农村社会中存在着一种"当兵没出息"的错误观点。一些农民觉得自己的孩子文化不高，到部队后考不上军校，当两年兵还要回家种地务农，倒不如现在就让孩子出去打工或者做个小生意赚点钱，多少能够改善一下家庭的经济收入状况，总比去当兵要好得多。正是由于这种错误观点的影响，在我国部分地区出了"征兵难"的现象。得知这一情况后，我觉得发生在郭全益家里的事情具有很高的新闻价值，于是迅速采写了一篇300多字的新闻稿件，寄给了新华社。稿件寄出不到半个月，1990年11月9日，新华社在国内新闻头条位置刊登了我和一个战友王虎飞合写的这篇短消息——

老八路郭玉仁
先后送5个儿子参军在当地传为美谈

新华社济南市11月8日电（通讯员谢敬华、王虎飞）　山东省陵县神头乡徐屯村荣誉军人郭玉仁，先后送5个儿子参军在当

地传为美谈。

郭玉仁是抗日战争时期参军的八路军老战士，1948年在解放济南的战斗中光荣负伤，被评为二等乙级残废，转业到地方工作。郭玉仁解甲不解戎马志，时刻关心和挂牵着部队建设。他经常对子女进行热爱解放军、热爱国防事业的教育，从1968年到1990年，他先后把大儿子郭全胜、二儿子郭全喜、三儿子郭全忠、五儿子郭全杰、六儿子郭全益送到部队服役。

这篇短新闻稿件被新华社刊发后，当年被师里评为优秀新闻三等奖。

有些新闻稿件刚开始采写时其蕴含的新闻价值还不能充分显现，但在一些重大的节日或重要的时间段发表，其新闻价值和社会价值就会大大增强。1987年6月下旬，我在云南老山前线受我所在团的16名安徽籍战友的委托，给全省青年同学写了一封信，寄给了安徽日报社，稿件寄出一个多月没有消息。8月1日是中国人民解放军建军60周年纪念日，《安徽日报》在头版中心位置全文刊发了我写的这篇稿件，并加了编者按——

为民族的强盛而奋力拼搏
——老山前线战士给全省青年同学的一封信

编者按："八一"前夕，本报收到了来自老山前线16名安徽籍战士给全省青年同学的一封信。这封信情真意切、感人肺腑，展示了老山战士的爱国热情和献身精神，表达了他们要求和同龄人加深理解、互相勉励、报效祖国的崇高愿望。我们相信，广大青年同学读了这封感人至深的书信后，一定会以前方将士为榜样，奋发努力，积极向上，立志成才，以不辜负他们的一片热望。

亲爱的同学们：

今天，我们16名安徽籍战士，在老山前线，通过这封信，同你们——我们十七八岁的同龄人谈谈心。

十七八岁，是最富于幻想的年龄。每个人对未来都充满着美好的憧憬，都在编织着五彩缤纷的理想花环。入伍前，和你们一样，我们也都有着金色的理想，渴望成为一名诗人、作家、工程师、医生。当听说祖国西南边陲遭受敌寇疯狂侵犯时，当带兵的同志告诉我们当兵就要上前线打仗时，我们毅然决定，响应祖国的号召，投笔从戎，穿上军装，背起钢枪，奔向祖国最需要的地方——老山前线。

战争是残酷的，因为它紧紧和流血牺牲连在一起。前线生活是艰苦的，因为它是苦与累、饥与渴、伤与痛的集聚。面对艰苦的条件、险恶的环境，我们凭着对伟大祖国的无限热爱和忠诚，顽强地坚守在猫耳洞，没有一人害怕、畏缩。因为我们都深深懂得，我们是为了保卫伟大祖国而战，是为了维护民族尊严和世界和平而战，为了婴儿甜蜜欢笑，母亲不再担忧，弟弟、妹妹都能在安静舒适的环境里好好读书……而战。

家人团聚的天伦之乐，公园草地的嬉戏玩笑，湖畔河旁的悠悠情趣……你们有的一切幸福与欢乐，我们一点也不能得到。夏天，猫耳洞内的温度高达四十多摄氏度，闷得透不过气，热得心发慌，蚊子叮，小蠓咬，毒蛇出没。大家只能老老实实地在洞内待着，有时一待就是一个多月不能出来，见不到一缕阳光，呼吸不到一口新鲜空气，喝不到一口干净水。然而，我们仍然对生活充满

着信心和希望,总是想方设法生活得更愉快、更充实些。大家有的用石块、树枝制作盆景;有的用藤条编织小鸟、和平鸽;有的从山上移来花草栽在洞口,宁愿自己忍着口渴的折磨,也要省下一口水来浇灌它。

不难想象,等到凯旋后,我们将会以何等的热情来拥抱生活啊!

十七八岁的青年,求知欲最旺,进取心最强。在前沿的坑道、猫耳洞中,在紧张的战斗间隙,我们抓紧点滴时间如饥似渴地学习科学文化知识,一页杂志,一张报纸,一本连环画,都成为我们不可多得的精神食粮,都能使我们旺盛的求知欲得到一点微小的填补与满足。正是因为这样,我们才更加羡慕你们。你们有那么好的学习条件和环境,应该珍惜呀!我们在校时,有时不听老师的话,现在想起来,后悔极了。希望你们一定要听老师的话,好好学习。

亲爱的同学们,我们都担负着时代赋予的光荣使命。让我们互相理解,互相勉励,为中华民族的腾飞而刻苦学习,为民族的强盛而奋力拼搏吧!

老山前线安徽籍战士周浩等 16 人

1987 年 7 月 1 日于老山

这篇稿件被安排在中国人民解放军建军 60 周年这一天发表,其新闻价值和社会价值可谓高矣,由此可见报社编辑的良苦用心。当时国内的人民都密切地关注着前线的战事,迫切希望了解战争进展情况和战士们在前线的战斗生活情况,这篇稿件发表后,引起了较大的反响,后方的青年学生纷纷给前线战士们写信慰问,加强沟通,相互勉励,这篇稿件在后方青年学生与前方战士心灵之间架起了一座理解的友谊桥梁。

常念笔中情　期望伴我行

1974年冬天我从老家参军入伍时,时任生产队队长的刘士强送我两支金星牌钢笔。他说生产队里经济条件不好,送我两支钢笔,希望我到部队后好好写作,争取早一天在报纸上看到我的文章,真诚地祝愿我顺利实现当记者的理想。

接到刘士强队长送给我的钢笔时,我的心情特别激动,一时不知说什么才好。我当时担任生产队的会计,我知道队里的家底很薄,可以用来周转流动的资金也就百十来块钱,这两支钢笔要花去十元钱,这在当时算得上队里的一大笔开支。然而,我更清楚刘士强队长代表全村父老乡亲送我两支钢笔的意义。

刘士强队长年长我两岁,是20世纪60年代初响应国家的号召跟随爷爷从南京市下放回老家农村生活的,我们俩曾在一个学校里读完小学,他的学习成绩也十分优秀,因为赶上“文化大革命”没有机会上初中,便在村里参加生产劳动,后来被村里的人推选当上生产队长。他同我一样,喜欢读书看报,他十分理解我的志向与抱负。我高中毕业时,因为大学不招生,我只好回村里参加生产劳动,他积极地向村里父老乡亲推荐我当生产队会计,并兼任村里科学种田实验小组组长。我没有辜负他和村里的父老乡亲的期望,在回乡务农的两年内,我在干好会计工作的同时,把生产队里的科学种田实验搞得有声有色,取得了显著的成果。我负责种植的十亩水稻试验田获得了空前的丰收,高产棉花和玉

米种植也都取得了令人欣喜的成绩,受到了大队和公社领导的重视。刘士强队长和村里的乡亲们打从心里不想让我离开,但刘士强队长因为太了解我的志向,他觉得我在农村待下去实在有点屈才,不忍心埋没我的才华,便热情鼓励我到部队大学校去锻炼,去摔打,经风雨,见世面,去实现自己的梦想。我就是这样,带着生产队里送我的两支金星钢笔,带着刘士强队长和村里父老乡亲的殷切期望离开生我养我的故土,踏上了从军的道路,去追寻自己心中的记者梦。

当兵后的第四年,我第一次回家探亲时,在家里住了半个多月,我坚持每天早上起早到村外的水井去挑水,把全村人家里的水缸注满。在十七年的军旅生涯中,每逢春节回家探亲,全村几十户人家的春联书写任务便由我一人承包。在欢乐喜庆的迎春鞭炮声中,望着村里家家户户门上鲜红、光艳的春联,我心里倍感欣慰与释怀。

三十多年来,我牢记乡亲们的嘱托与期望,在追寻梦想的道路上艰辛跋涉,笔耕不辍,无论是身处风雪漫天的内蒙古大草原,还是钻进硝烟弥漫的老山猫耳洞,无论是坐在银行储蓄所的柜台后面,还是在家里简陋幽静的书房里,我始终没有放下手中的笔。我用第一支钢笔,为部队建设撰写了数十万字的文电材料,第一次把用这支笔书写的钢笔字变成铅字印在报刊上,朝着心中的梦想迈出了坚实的一小步。我用第一支钢笔在老山战场给后方青年学生写信联谊,帮助前线战士们架设了同后方同龄人相互沟通、相互理解、相互激励的友谊桥梁。我用第一支钢笔书写的硬笔书法作品参加全国年轻人硬笔书法大赛获奖,从此,我的硬笔书法受到部队官兵的喜爱,成为很多转业干部、退伍战士离队收藏的最珍贵的纪念品。

转业到农行工作以来，我用第二支钢笔撰写下20多万字的先进事迹材料，撰写并发表各类文章300多篇，直到1998年家里添置第一台电脑，第二支钢笔总算完成其伟大的使命，光荣"退休"。

这么多年来，我工作过的单位曾经给我发过很多笔，好心的朋友曾经赠送我各种各样的笔，但在我心中，唯有村里的父老乡亲们送我的这两支钢笔最珍贵、最耐用。因为有了这两支金笔，我练得了一手好字，才有幸给记者抄写稿件，结识了两位高级记者，接受了名家的指点与教诲，从而让我在探索新闻写作、自学成才的道路上少走了很多弯路，取得了丰硕的成果。两支钢笔虽然很轻，可在我的心里，其分量却是很重很重的。

三十多年来，每当我握住手中的笔，就会由衷地想起刘士强队长和乡亲们对我的期望，赠我的情谊，我既感受到了压力，又增添了动力，乡亲们送我这支笔情深意长，我知道，在这两支笔上，寄托着家乡的父老乡亲们对我的真诚祝愿与期望，不管前面的道路上有多少风雨泥泞、坎坷曲折，我必须挺起胸膛，勇敢、坚定不移地走下去，我在心里默默地对父老乡亲们承诺，我决不会让他们失望的。

手中有笔，心中有梦，常念笔中情，期望伴我行。

5. 穿越生死线的采访

那天，我以"战地记者"身份走进战争

20 世纪 80 年代中期，我所在的部队奉命开赴云南老山前线，执行对越自卫防御作战任务。那一年，我的妻子随军到部队生活不到十个月，儿子刚满四周岁。

在前线，我负责全团的战时宣传工作。部队到达老山前线后，经过四个月紧张艰苦的战前适应性训练，于 4 月中旬开赴前沿阵地，接替兄弟部队的防御作战任务。

4 月 16 日一大早，部队便在淡淡的晨雾遮盖下，从驻地向老山方向开进。根据团首长的安排，我奉命将 57 高炮营六连带到前沿阵地上，待部队安全进入防御阵地后再返回团部。

车轮滚滚，铁骑隆隆，威武雄壮的兵车队像一条长龙，沿着 S

形的盘山公路紧张有序地向前开进着。车上的指战员个个荷枪实弹,情绪十分高昂,一路歌声此起彼伏,丝毫看不出马上要上前线去打仗的样子。部队刚出发时,我还担心干部战士会出现恐战心理,此时车上传来的歌声告诉我,我的所有担心都是多余的。

天黑时分,部队到达红岩山口,这里是通往老山前线的关口要道,也是前线与后方的分界线,过了红岩山口,就进入了老山战区。这时,团指挥所传来命令,前方已进入越军炮火封锁区,所有的军车关闭大灯,打开防空灯行驶。刹那间,眼前的山路变得一片黑暗。兵车刚过红岩山口,耳边就听到远处传来低沉的炮声和清脆的机枪声,在黑暗的夜空里声音显得特别近,仿佛就在身边响起,我的心头陡然感受到了战争气氛的浓重压力,潜意识告诉我,从现在开始,我已经走进了战争。

盘山公路在昏暗的夜幕下蜿蜒伸展,巨大的兵车队宛如一股汹涌的铁流向战区纵深处滚滚流淌,一个接一个的重型火炮阵地,像一个个威风凛凛的猛虎盘踞在路边的山坡上,粗长的炮管指向浩渺的苍穹。望着眼前的情景,我心头油然地荡起一种军人特有的神圣感与自豪感,这是任何一个未曾经历过战争的人很难体验到的庄严的感觉。

小时候,我曾看过不少战争题材的影片,那种紧张的战争气氛和激烈的战斗场面,深深地震撼着我的心灵,激起我保家卫国的强烈责任感和作为一名军人的光荣感与神圣感,我渴望成为一名共和国士兵,渴望着有朝一日能够像董存瑞、黄继光等英雄一样,义无反顾地走上战场,用自己的一腔青春热血书写对伟大祖国的忠诚,做一个真正的男子汉。此时此刻,我的渴望正在变成现实。记得参战前我读过一位名人说的一段话:"身为男人,一

生没当过兵是一种遗憾，当过兵没有参过战更是一大遗憾。"而此时的我，心里非但不存在任何遗憾，而且倍感幸运和光荣，先前心里对战争存在的恐惧，早已被滚滚流淌的战争铁流冲刷得一干二净，荡然无存。

兵车队在黑暗中向前行进了两个小时后，在一座山坡上停了下来。部队接到跑步向前沿阵地前进的命令。我迅速跳下车，背上水壶挎包，挎上手枪、照相机，带领全连指战员跟随前沿阵地派来的向导，摸黑向前沿阵地跑去。

天黑得伸手不见五指，根本无法分辨出东西南北，偶尔借助于一两颗曳光弹的光芒，可隐约看见山路两边茂密的树丛与野草。脚下的路高低不平，坎坎坷坷，不时有人重重地跌倒，随即一声不响地爬起来忍着疼痛继续跟随队伍前进。我在队伍前边深一脚浅一脚地跑着，浑身的衣服早已被汗水浸透，苦涩的汗水顺着眉毛、衣袖和裤脚直往下滴水，口里干得冒火，想咽一口唾沫都很难，当兵十几年，我经历过无数次野营拉练，爬过许许多多高山峻岭，都没有像今天这样紧张劳累。我心里暗暗叫道：乖乖，这打仗和平时训练就是不一样啊！

凭借着夜幕的掩护，我和全连一百多名指战员一口气翻过了三个小山头，终于安全进入前沿阵地，全连按照预先计划迅速地进驻到指定的防御工事，我也住进了向往已久的老山战场的特殊宿舍——猫耳洞。

第一次走上战场，我的心里十分激动、兴奋。深夜，我躺在阴暗潮湿的猫耳洞里，聆听洞外传来的零零星星的枪炮声，顿时强烈地感受到了自己作为一名军人肩负使命的重大。当兵前，一谈到打仗，那都是小说、电影里的情景，如今自己亲临战场，置身于残酷的战争环境之中,顿时对人生的价值有了深刻的理解与感悟,浑身的热血骤然沸腾起来。假如我在战斗中光荣牺牲,那么,我这一生就算没有白活!想到这里,我忍受着黑夜艰苦行军的疲劳,挣扎着坐起身来,打着手电,记下了我的第一篇战地日记:某年某月某日,一个普通的中国军人走上了老山战场,从此成为一名真正的男子汉。

跨越"百米生死线"

六连到达阵地的第二天一大早,连里就组织干部战士趁夜往前沿阵地的哨所背送作战物资。每次从前沿阵地回来,战士们就对我讲述路上遇到的各种险情,这让我暗暗地为他们的安全担心。可战士们讲完后,好像什么事情都没发生过似的,一个个脱得赤条条的,欢蹦乱跳地跑到山间的泉水塘里洗起澡来,在水坑里打闹、嬉戏,一点感觉不到这是在战时环境里。

我急于想了解、采访报道我部军工战士的战场生活情况,这是我的职责。我跟六连的连长和指导员请求了好几次,他们说我是营职干部,上级有严格的战时规定,团里没有权力让营职干部上前沿阵地,这是战时纪律,绝不能违反。我当时没有认真地考虑战时纪律的严肃性,想得最多的是战士们的生命是生命,我的生命也是生命。如果我能同战士们一道往前沿阵地上背送作战物资,对战士们就是一个莫大的安慰与鼓励,同时也可以证明我不是一个胆小、怕死的人,跟他们一样,我也是一个英勇无畏的男子汉。连长和指导员经不住我的诚恳请求,终于答应帮我向上级领导机关请求,上级同意了我跟随军工战士上前沿阵地采访。

到六连几天来,我从干部战士口中得知,在通往负一号阵地的军工路上,有一段百十来米的山路被越军的炮火严密地封锁着,越军每天都要对这段道路发射数枚炮弹,力图阻止我军工部队往前沿阵地上运送弹药和给养。部队参战以来,先后有数名军工战士在这段道路上遭遇越军炮弹的袭击而伤亡。于是,这段路在军工战士的眼里就被视为一条充满恐惧与死亡危险的"生死线"。我决定跟随六连的军工战士一路进行采访,实地去见证这段充满危险的军工路。

凌晨两点钟,七班长吴运保准时把我叫醒。我迅速地钻出猫耳洞,戴上钢盔,挎上手枪和照相机,背上二十四公斤军用干电池,跟随着六名身背各种作战物资的军工战士,踏上了通往前沿阵地的军工路。

此时的老山战场皓月当空,夜色如银,苍茫的山川、丛林在月光轻柔的拥抱下,显得格外静谧、温馨。我夹在六名军工战士的中间,沿着弯弯曲曲的交通壕急速地向前走着。交通壕一米多深,两边长满茂密、齐腰深的野草,刚好织成了两道天然的伪装网。壕内隔不多远就有一个可供两人栖息的猫耳洞,有的战士背着枪在洞口站岗放哨,有的战士头朝外,怀抱着枪支正在酣睡。为了防止越军特工夜间偷袭阵地,壕内每隔一段距离横拉着一根细细的铁丝,铁丝上系着一个小铃铛,只要稍不注意碰上铁丝,铃铛就会响起,这是战时前沿阵地上的战士们自己研制的简易报警设施。我们生怕惊醒洞内熟睡的战士们,尽量把脚步放得轻些,再轻些。或许是白天太累的缘故,洞里的战士此时睡的是那样的深沉、香甜,丝毫没有察觉交通壕里路过的一队急匆匆的夜行人。

看到这些熟睡的战士,我的心头蓦地涌出一股无言的酸楚,突然想起了远在故乡的父母、妻儿,此时此刻,在全国各地,有千千万万个父母、妻子,他们或许正沉浸在思亲盼儿的甜蜜梦境中,然而,他们做梦也没有想到他们的儿子、丈夫这时正冒着生命危险行进在满布弹坑、地雷的军工路上,经受着生与死的严峻考验。

凌晨五点多钟,我们走出了十多里长的交通壕,踏上了被军工战士称为死亡地段的"百米生死线"。这时,呈现在眼前的是一段被越军炮弹耕耘了数遍的棱角嶙峋、大小不等的乱石堆,四周被炮弹削去了枝、剥光了皮的树干,在昏黄的月光照射下泛着苍白的银光。我跟在七班长身后,时而攀缘,时而爬行,很快便穿过乱石堆,来到一座陡峭的悬崖跟前。七班长告诉我,这是"百米生死线"上最危险的一段路,叫"老虎口",本来是座小山包,后被越军的炮弹长期轰炸削去了半边,下边炸成了一个大坑,才形成现在这种险峻的形状。悬崖的底部有条宽约四十公分的石坎,大家一个跟着一个,手拉着手,身贴着悬崖峭壁小心翼翼地往前挪动。不到四十米的一段距离,我们用了五六分钟才艰难地通过。

离开"老虎口"后,我们又翻了一座小山,终于到达前沿某步兵连一排的防守阵地。这时,天已微亮,我仔细瞄了瞄,因为有层薄薄的晨雾,看不太清楚,这个阵地与对面山上越军阵地的直线距离三百多米。住在山底岩洞里的一排长早就站在洞口等待着我们的到来。他以最快的速度办好了物资交接手续,然后就催促我们趁天还没亮赶快返回,防止越军提前打炮,切断下山的道路。

等我们匆匆忙忙赶回"老虎口"时,天色已接近大亮。我伸头朝悬崖下边一瞅,情不自禁地倒吸了一口凉气:真险哪,足有二十多米深的弹坑里堆满了许多未爆炸的地雷、手雷和火箭弹,一

旦掉下去就甭想活着爬上来。七班长吴运保看了看手表,离越军早上打炮的时间不到二十分钟,马上指挥大家快速通过。

我第一个跨过"老虎口",赶紧掏出照相机,分别给六位军工战士照了一张相留作纪念,随后便同大家一起飞快地穿越过六十多米长的乱石堆,朝附近山上的交通壕跑去。刚钻进壕内,就听头顶上惊天动地一声巨响,越军开始打炮了。透过交通壕内掩体的观察孔,我看见越军的炮弹像雨点般地倾泻在"百米生死线"上,炸起的泥土和石块飞得很高很远。

真的好险啊!望着那段被越军炮火覆盖的道路,我在掩体内下意识地睁大眼睛,伸了伸舌头。

最难忘的一次采访

在前线八个多月的战地采访报道过程中,我的双脚几乎踏遍了我团军工保障的每一座前沿阵地,亲眼见证了我团军工战士为了保障前沿阵地的作战需求所付出的艰辛努力,所经历的各种触目惊心的险情。然而,在众多的采访报道经历中,最让我难忘的还是那次跟随军工四连战士上144号阵地的采访经历。

在我们团的三个军工连队中,数军工四连保障的阵地最多,道路最险。特别是通往144号阵地的那段军工路,被四连军工战士称为"鬼见愁"路段。连队执行军工保障任务三个多月来,先后有五名战士在这条军工路上被越军的炮弹和地雷炸伤了手脚,我决心跟随军工四连的战士走一趟这条军工路,在最近的距离采访军工战士的艰辛、危险的战时生活,同时也考验自己的胆量,检验自己对生与死的态度。

那是 6 月中旬的一天上午,我到军工四连采访,顺便了解该连的战时政治思想工作情况。我到军工四连时,正巧碰见六个军工战士从前沿阵地送物资回来。我望着眼前的六个军工战士,个个身上穿着沾满烂泥巴的军工服、露着脚指头的解放鞋,脸庞被亚热带强烈的紫外线晒得黝黑。他们一见到我,便呼啦一下围了过来,要求我给他们照张相。我让他们把军工服脱下来,我要给他们照一张半裸相。他们欣然同意,迅速地脱去了上衣,身上只剩下一条草绿色的短裤。我一看,顿时惊呆了:眼前这六位战士,个个身上伤痕遍布,有些伤疤正在往外流着血汗、脓水,惨不忍睹。顷刻之间,我的心灵产生了剧烈的震颤,端着相机的双手在微微颤抖,泪水顿时模糊了视线,我赶紧用手擦了擦,带着敬佩的心理按下了相机的快门。

　　给战士们照完相后,我来到军工四连连部,见到了连长张建林,说明了来意。他一听就连连摆手拒绝,说多带上一个人就多一分危险,他这个连长就多一分责任,这可不是演员上台演出作秀,这是战场,是事关生死的大事,他既做不了这个主,也担不起这个责任。可我的主意已定,经不住我软缠硬磨,张连长答应了我的请求,让一排长吴玉生带领五个战士,陪我一起到 144 号阵地走一趟。临行前,他跟吴玉生排长千叮咛,万嘱咐,要求他们一行人务必要保障我的生命安全,这让我心里十分感动。

　　暮黑时分,我同吴玉生排长和五名军工战士离开了连部驻地,向远处的一条一公里长的暗道快速走去。我头上戴着一顶钢盔,腰上挂着一枚光荣弹,身上穿了一套脏兮兮的军工服,这是一排长吴玉生专门为我挑选的,看上去很像一个长期在前沿阵地上摸爬滚打的军工战士。我身上背了一桶压缩饼干,只有十公斤

重,但吴玉生排长和其他战士却都背了三十多公斤重的药品和食品。我嫌自己背得太轻,想再背一桶,吴排长好心地劝我说,路上不好走,能把这一桶压缩饼干顺利地背到阵地上也是胜利者。

我被吴排长的这句话鼓舞着,心里对上144号阵地充满了好奇与新鲜感。

天还没有黑透,虽然一整天都没有出太阳,但被高温烘蒸了一天的地面还是热气烤人。还没走到船头暗道北端的入口,我身上的汗水便抑制不住地冒了出来,很快就顺着头发往下滴。抬头看了看身边的战士们,个个脸上干干净净的,一滴汗也看不到,我一下子就感受到了自己与战士们体能上的明显差距。

从暗道南端出去,一行人向左侧转了弯,便钻进了通往144阵地的一条狭窄的小路,路边的灌木像两道扎紧的篱笆将小路挤得严严实实。路面很窄,不足五十公分宽,走在路中间,身上背的东西刮着树叶发出沙沙、唰唰的响声。地面上由于长期下雨,遍布着一个又一个脚窝、鞋印。

一走进灌木层,吴玉生排长就小声地叮嘱我,让我紧跟着前边战士的脚步走,别下道,路两边的草丛中到处都是越军埋的地雷。

吴玉生排长这一句提醒的话,一下子就把我心里的恐惧提了起来,我浑身骤然起了一层鸡皮疙瘩,热汗顿时变成了冷汗浸透了出来。

一行七人在灌木丛中的蜿蜒小路上行走了十多分钟,来到了那拉河边。这段那拉河位于通往143号阵地方向的那拉河下游,相距不到一公里。由于连降暴雨,山洪暴发,河水快速上涨。虽然河面不宽,但水流湍急。走在前面的战士毫无畏惧地穿着鞋子就从水中蹚了过去。

我的左脚刚踏到河边，突然脚下一滑，身体失去平衡，一屁股跌坐在水中，半个身体被河水浸湿，吴玉生排长和另外一名战士急忙伸手把我从水中拉了起来。

上岸后，我跺了跺脚，抖了抖衣服上的水，看了看前边的战士脚步匆匆，好像什么事情都没有发生一样，心里顿时充满了敬佩之情。

这时，一排长吴玉生走到我身边，低声告诉我刚才那条河就是中越国境线，由于敌我双方的阵地犬牙交错，相互渗透，我们现在已经是出国作战了。

我一听，头发一下子竖了起来。出国作战？真的？难道战场上的国境线就如此容易跨越，战争的子午线就如此接近，不是像书中写的那样雄关漫道，难以逾越？想到这里，我的心头顿时平添了几分神圣与庄严，觉得自己能在今晚同四连的军工战士一起执行保障任务，给前沿阵地上的将士们送一桶饼干，也算是为这场保家卫国的局部战争做出了自己的一点贡献，我打从心底为自己今晚的行动而感到自豪与骄傲。

蹚过那拉河，一行人继续沿着崎岖的山中小路向东南方向的112 号阵地绕行。大约走了一公里，我们再次从那拉河中蹚过。我们又回到了国境线以内，我心里由衷地产生一种莫大的安全感，暗自思忖：真没想到，在老山这儿出国与回国竟然如此容易。

这时，天已经全黑了，十几米以外的景物都已变得模模糊糊。走在前边的战士靠平时对道路的记忆，快速地摸索前进着。越往前走，山路越陡，脚下的土路变成了碎石路，脚踩上去很滑，不时会听到碎石块被蹬踩掉，向山下滚落的声音。这座阵地的山峰高

达六百米,是那拉口战场我军左侧防御阵地中地势较高的一座山峰。整个那拉口防御阵地是一个倒三角形,144号阵地就位于最北端,坐北向南,可以俯瞰中越两军的防御阵地。它居高临下、易守难攻的特殊地理位置,给这座阵地增加了安全系数,而山后边的这条军工路,也是整个那拉口我军防御阵地中相对安全的一条军工路。只是由于山高坡陡,上下十分困难,有的地方坡度达七十多度,再加上天天下雨,道路泥泞,军工战士们只好手脚并用,四肢着地,一步一步地沿着陡峭的山路向上攀登、爬行。

我呼哧呼哧地喘着粗气,吃力地向上爬着,一个小时前心里产生的上阵地的全部兴奋感和新鲜感此时都变得像山一样的沉重。在部队从事新闻报道工作这些年来,我曾经频繁下连队采访报道,见证了官兵们在训练场上刻苦训练的汗水,也曾跟随部队野营拉练,见证了风雪边关、大漠深处部队官兵风餐露宿、爬冰卧雪、野营训练的艰苦,感受到了新一代共和国军人献身国防事业的赤胆忠心。每一次采访报道,我都觉得自己的心灵受到一次深刻而又现实的爱国主义思想的洗礼与陶冶,灵魂受到一次净化。而此时此刻踏着老山军工战士的脚步往上攀登的我,心里却又是另一番滋味,这是一种无言的沉重。在后方,像身边这么大年龄的青年正是尽情享受青春活力、享受生活魅力的黄金时代。而眼前的这些同龄人却放弃了他们应该拥有的这一切,来到老山。他们把祖国的利益、民族的尊严放在肩膀上,用山一样沉重的脚步,在崎岖坎坷、遍布地雷的军工路上,丈量着自己对祖国母亲的忠诚,用钢一样的脊梁,背负起保卫祖国领土安全,维护民族尊严的神圣使命。这不是一般的忠诚,这不是一般的军人,这是一群能够把整个国家的利益装在心里,顶在头上,撑得起共和国脊梁的老山军工。

想到这里,我心头突然有了一种强烈的写作欲望,我打算继续留在军工四连,跟军工战士上更多的阵地,在更近的距离内观察和感受军工战士们的精神风采,体验军工战士们经受的各种艰难困苦,为自己的报道积累更丰富的现实素材。

我一边爬,一边想,脑子里开始构思我的这篇来自军工四连的报道框架。爬着想着,突然右脚下一滑,一块石头被蹬下山去,右脚踏空,身子猛地向右侧一歪,我伸出双手在黑暗中急速地抓摸,一把抓住了一根被炮弹炸断的树桩,将身体的重心紧紧地倚靠在树桩上。这时,就听到山下轰隆一声巨响,一道通红的火光冲天而起,原来是滚落的石块引爆了越军埋的地雷。大伙儿赶紧就势卧倒。

地雷爆炸引起的巨响惊动了山上我军阵地上的官兵,顿时,高射机枪、轻重机枪一齐朝山下爆炸的位置猛烈地扫射起来,各种口径的子弹划着不同的孤线在漆黑的夜空里挥舞、跳动,沉寂、闷热的夜空骤然间被这突如其来的险情搅得混乱不堪。

或许是第一颗地雷爆炸掀起的石块又砸响了山上的其他地雷,就在第一声爆炸声响过后的两三秒内,山下又连续响起了两三声剧烈的爆炸声,右前方越军阵地上的高射机枪和迫击炮弹也一齐朝着爆炸的地点疯狂地打了过来,半个夜空被炮弹、子弹爆炸的光芒映得通红。

我们一行七人把作战物资送到 144 号阵地返回到四连驻地时已经是晚上十点多钟。此次前沿阵地之行,我既经受了一次严峻的心理考验,也饱受了一次皮肉之苦,我的腿上、手上和胳膊上被蹭破了好几块皮,膝盖下面的一个伤口仍旧往外流着血,被汗

水一浸,痛得如蚂蚁蜇一般难受。

我写"老山铁牛"——赵海峰

对"老山铁牛"赵海峰的采访报道是我战时新闻报道中最大的收获与亮点。

早在战前体能训练阶段,我就采访过军工六连十二班战士赵海峰的事迹。他 1985 年从河北省迁西县参军入伍,入伍前在县体校练习铁人三项。他一米八二的个头,体质强健,负重过人。在战前负重训练中,他特别能吃苦,取得了显著的训练成绩。在全师举办的军工负重越野训练比赛中,他取得了第一名的好成绩,荣立三等功一次。

部队上阵地后,赵海峰为了保障前沿阵地作战物资的供给,和班里的战友一道,冒着生命危险往前沿阵地背送物资。由于他具有强健的体质,每次他都要比班里的其他战友多背二三十斤,时间长了,他背送的作战物资总重量远远超过了班里乃至全连的其他战友。在军工六连蹲点的半个多月里,我曾两次跟随赵海峰所在的班一起往前沿阵地上背送物资,目睹过他负重爬山上坡一路所经受的苦与累,在最近的距离内体验和感受到他的爱国报国的坚强毅力和顽强意志。

从 5 月下旬开始,老山地区逐渐进入了漫长的雨季,军工保障的任务更加艰巨、困难。战士们不仅要在夜间往阵地上背送物资,还要在雨水里行走,被雨水浸泡得松软的山路既泥泞又油滑,每天在这样的山路上行走的军工战士们,极少有没滑倒、没摔过跤的。前一阶段,军工连的保障任务主要是往阵地上背送构工器材。刚进入雨季时,通往前沿阵地的道路虽然泥泞、油滑,但还没有出现较大的险情,一旦出现山体滑坡或泥石流等灾害,把上山的道路堵塞,就会给前沿阵地上的物资供应带来极大的困难。因此,各军工连都把保障任务安排得很紧,想让大家趁着现在路比较通畅,多往前沿阵地上运送些物资,以应付日后可能出现的意外和紧急情况。干部战士除了个别生病实在不能硬撑的以外,其他人员每天至少都要坚持往阵地上背送两到三趟物资,劳动强度大大增强,体力消耗越来越大,很多人的体力已经处于透支的状态。

部队进入雨季作战阶段不久,团领导接到师政治部的通知,要求我团写一篇反映战时军工生活的报道,拟在军政治部战时创办的《胜利报》上刊登,以展示战时军工战士的风采。于是团领导便把采访报道六连军工战士赵海峰的任务交给了我,并叮嘱我要把这次采访报道当作一项艰巨的政治任务来完成。

接受任务后,我立即赶往军工六连,向连里领导说明了来意,连队领导马上安排我到十二班,跟随赵海峰一起往负三阵地上背送作战物资。这是赵海峰所在的十二班今天第三次往前沿阵地上背送作战物资。刚离开连部驻地,天上便星星点点地下起小雨来。不一会儿,地上的道路已经变得非常泥泞、油滑,班里的多数同志都滑倒了,摔了跤,浑身上下沾满了泥水,一个个像从泥坑里捞出来的。

我背着一箱干电池跟在赵海峰身后,沿着泥泞的交通壕艰难地往前行走。赵海峰身上背着两块大波纹钢,重达七十多公斤,弯曲的钢材斜背在身后,仿佛一张巨大的铁弓卡在他的后背上。他的两只手紧紧地抓住波纹钢的两端,努力保持着身体的平衡。

这么重的东西背在身上,虽有利于保持身体的重心,但如果稍不注意,失去了重心滑倒在地,也会摔得很重。他一边走,一边全神贯注地盯着脚下的路面,丝毫不敢掉以轻心。

过了那拉河后,是一段上坡路,不到一米宽的小路由于长期的行走踩踏,路面变得非常光滑,被雨水浸湿以后,犹如浇了一层润滑油,更加油滑难走。这种路如果雨下得很大,路面上有了积水并不太滑。而今天下午的这场小雨下得不紧不慢、不大不小,路上的红土被雨水淋湿后,变得又黏又滑,我的解放鞋上沾满了又厚又重的红泥巴,走几步,就得停下来甩一甩鞋底上的泥巴。

赵海峰只顾低头看着路面,没有提防走在前面的战士脚下突然一滑,扑通一下,重重地摔倒在地上。他来不及避开,慌乱之中,身体一个趔趄,一下子跌倒在地上。由于他背的波纹钢较长,身子摔倒后,波纹钢的下端刚好挂着地面,使他的身体并没有接触到地面,只有一条腿半跪在地上,因而没费多大劲就从地上爬了起来,迈开大步,继续沿着泥泞的山路向上攀登。

上山的路越来越陡,将近四十度的坡度容不得背负着沉重钢材的战士们直起身子行走,大家只能采取俯下身子,两手趴地,面朝红土这样一种特殊的姿势,一步一步地往上爬。

那天,我跟随赵海峰背送作战物资上了一趟前沿阵地,回来后就累倒在猫耳洞里再也爬不起来,可赵海峰和班里的战友们一天里竟然往阵地上背送了八趟作战物资。

回到团部驻地时,我连夜赶写了一篇近千字的报道。在报道里,我第一次借六连军工战士之口,管赵海峰叫作"老山铁牛"。5月7日,《胜利报》在三版刊登了我采写的报道——

一人一日背送物资超千斤

军工战士赵海峰被誉为"老山铁牛"

某部军工六连战士赵海峰，一天内向前沿阵地背送物资1160斤，行程80余里，被干部战士誉为压不垮、累不倒的"老山铁牛"。

5月7日这天，上级要求军工六连四排在两日之内把20吨构工器材送上某前沿阵地。赵海峰和战友们一起，从早上五点开始往山上背。到了下午六点，其他同志最多背了五趟，而他已经背了七趟，共背送物资千余斤。排长见他累得气喘吁吁，浑身衣服被汗水、雨水浸透，直往下滴水，忙劝他休息，第二天再背。他摇摇头说："早送上一件器材，早修起一座工事，前沿阵地就早减少一分危险。"说完，又背起一捆器材上了山。就这样，他一日之内往阵地上背送物资八趟，行程80余里，负重1160斤。大家称赞说："人们把军工战士比作骆驼，咱们的赵海峰力气比骆驼大得多，像个铁牛。"从此，"老山铁牛"的外号便在某部叫开了。

赵海峰的事迹见报后，"老山铁牛"的外号连同他的事迹很快便传遍老山战区的军工部队。战后，赵海峰因战时贡献突出荣立一等功，并被成都军区云南前线指挥部授予"老山铁牛"的荣誉称号，我也因成功采访报道"老山铁牛"赵海峰的模范事迹荣立三等功。

在老山对越自卫防御作战期间，全军那么多专职新闻工作者和记者，他们采写发表了那么多战地新闻稿件，有的稿件也非常生动感人，但却很少成功报道出像"老山铁牛"这样具有很强战

时特色的英模人物,而我仅仅以一篇三四百字的短新闻,就成功地报道出这样一位名扬整个老山战场的英模,除了倍感骄傲与自豪外,我觉得这与我深入实地采访,与报道的对象亲密接触、深入了解有着很直接的关系。

6. 读者心目中的"组织部长"

在从事业余新闻写作的实践中,我逐渐领悟到,作为一名记者,要想使编辑和读者对自己留下深刻的印象,除了多发稿件外,还要掌握一些写作的窍门,做到"一点突破,连续作战",即对某项事物、某个问题进行深入探讨,透彻研究,达到炉火纯青的地步,以形成个人独特、周密、全面的见解,从而让编者与读者读其文,识其人。

20世纪90年代中期,随着国企改革步伐的不断加快,人才问题越来越引起社会的广泛重视。当时,我在农行基层网点担任出纳员,农行系统人才匮乏的现象已经十分突出,这引起了我的注意和兴趣,促使我对人才的培养与教育、使用与管理方面的问题进行了比较全面、深入的思考与探讨,进而在如何识才、选才、用才、管才、育才等方面形成了自己比较全面、先进的认识与见解。为此,我认真阅读了古往今来一些有关人才使用与管理方面

的文章,从中受到了深刻的启发,逐渐形成了自己的人才观。从1994年到1998年五年间,我坚持理论联系实际,积极探索科学的用才之道,先后在《淮北日报》《北方周末》《安徽农村金融》《中国农村金融》等报刊发表有关人才的言论、论文十余篇,在读者中引起较大反响,一些读者赞同我对人才问题的见解,热情地管我叫"组织部长",还有一些读者来信、打电话跟我请教干部选拔任用等方面的问题,让我备受感动与鼓舞。

打响"连珠炮",吸引"众眼球"

1994年12月,《淮北日报》举办"集思广益"征文比赛,我写了一篇题为《有感于人才犯错》的短文参加竞赛。在此后六个月的时间里,我连续在《淮北日报》举办的征文竞赛中发表6篇关于人才的稿件,在读者中产生良好反响,几乎每发表一篇稿件,就有热心读者来信或打电话和我探讨关于人才方面的问题,进而激发我对人才问题更加深刻的思考。后来,当一些读者知道我的身份后,十分感慨地对我说:"原以为你是一个搞组织工作的,想不到这些文章竟然出自一个普通的出纳员之手,你本身就是一个十分难得的人才!"这是读者对我文章的肯定与褒奖。

"连珠炮"之一:如何看待人才犯错

有感于人才犯错

报载,广州军区总医院××军医偷越国境,出逃香港,被判刑一年,缓刑一年。宣判第二天,该医院党委念其在生物科学研究中是个难得的人才,便为他联系了中国医学科学院国家重点实验室这个全国一流的科学殿堂,他首次提出的"细胞模型新假说"的论点,引起了世界医学界的瞩目。

其实,人才有过并不可怕,可怕的是不给人才以改过自新的机会。一个善于用才的领导者,绝不能一味崇尚人才无过,还应以改过为贵,既容许人才有过,又容许人才改过,那种把犯过错误的人才"一棍子打死"或"踢出门外,永不重用"的做法,是对人才的一种刻薄与摧残,这绝不应成为一切爱才重才的领导者之举。从这个意义上讲,广州军区总医院领导的高明之处,就在于他们真正懂得人才的价值。

人才是块宝,发现不容易,用起来很珍贵,因为有缺点错误就弃之不用或不予重用实在可惜。所以,一切高明的领导者都应善于容才之过,做到"能容才处且容才"。

善于容才之过,敢于重用有过之才,关键在于领导者要解放思想,转变观念。苛求人才不犯错误,一贯正确,这不符合事物发展的辩证法,是形而上学的绝对化。看到人才有错就头皮发麻,小心谨慎,不敢放手重用,这是心胸狭窄的小家子气度。有人曾把人才比作金子。金子沾染上了污迹,擦去污迹,金子还是金子,照样闪闪发光。同样,人才有错,只要改正了错误,不照样是人才,照样具有很高的价值吗?

1994 年 12 月 20 日《淮北日报》

Wo De
Ji zhe
Meng

"连珠炮"之二：世上没有"全才"

"求全"之处无人才

察古往今来为官者用人之道，无不是用其所长，避其所短。领导者的决策，必须通过下属贯彻执行。故领导者分清人之长短，做到扬长避短，知人善任，则用才之渠道就会宽阔，人才就会成为有源之水，有本之木，取之不尽，用之不竭。

然而，现实生活中，一些领导者明明懂得"金无足赤，人无完人"的道理，但在具体选拔任用干部时却一味"求全"。鲁迅先生说："倘要完全的书，天下可读的书怕要绝无。倘是完全的人，天下配活的人也就有限。"综观历史，从古至今，又有哪一位名将良相能够被称为"全才"呢？对人才"求全"，看起来是要严格量才，实际上是排斥人才，一个"全"字就会把许许多多有识之士拒之门外。

战国后期，赵国的廉颇武略优于蔺相如，蔺的文韬则长于廉，赵惠王善用其所长，令廉为将，蔺为相，开创了将相齐心协力保赵国的胜利局面。其实，每个人都有长处和短处，每个人都各有所能，也各有所不能。作为领导者，如果用人之长，则无不可用之人，如果只看到别人的短处，则无可用之人。

古人云："骏马能历险，犁田不如牛。坚车能载重，渡河不如舟。"其意思就是要善于扬长避短，不能苛刻"求全"。因为任何领导用人无非是为了用其所长，而非用其所短，所以，一切高明的领导者在选才用才上，切不可过于"求全"，太"求全"了，手下就会乏人。但凡有远见卓识的领导者，在用人上，一般都是以其特长是否有利于事业为标准,只要是对工作、对事业有益有用之才,就敢于力排众议,大胆地提拔任用。

1995 年 1 月 5 日《淮北日报》

"连珠炮"之三:如何识才、留才?

莫让人才付"荆州"

西川(今四川)奇才张松,具有一目十行、过目不忘之神奇本领。因嫌其主庸碌无为,遂携西川地图前来许都,欲献给"明主"曹操,以助曹收复西川。没承想心高孤傲的曹操,竟"有眼不识金镶玉",粗暴地令军士用乱棍将张给轰出了曹营。张无奈,遂投奔了荆州,把西川地图献给了刘备。这就是电视连续剧《三国演义》第 48 集留给亿万观众的不尽遗憾。

众所周知,曹操乃中国历史上一位著名的军事家、政治家,一生重才纳贤,唯才用人,这一次却犯了个弥天大错。由于他的粗暴和骄横,把张松这样一位奇才连同西川地图一起,送给了他的对手——荆州的刘备。

从来古戏都是演给今人看的。前车之鉴,当为后事之师。然而,时至今日,仍有不少为官者步曹之后尘。他们对人才挑剔责难,逼得一些人才"跳槽"外流。君不见,有的人才在这个企业的领导眼里被视为"捧不上桌的臭狗屎",而一旦"跳槽"出去,立即成为其他企业抢手的"香饽饽",很快便予以重用,这到底是为什么呢?

古今很多事情告诉人们,人才"跳槽"现象的发生,无不与为

官者用才不当有关。有的领导者官僚主义严重,不知才,不识才,却听从一些人的片面之词,对真正的人才不予重用。还有的领导者在人才使用上带有私人成见,凡不合自己心意的,再好的人才也别想出头。在这种情况下,一些优秀的人才难以承受压抑,也只好"跳槽",仿效张松当年付"荆州"了。

由此看来,若想有效地减少人才"跳槽"现象的发生,阻止人才付"荆州",领导者必须放下官架子,虚怀若谷,善待人才,在本单位、本部门内努力营造一种重才、容才的良好环境。这样,人才才能招得进,留得住。

1995 年 1 月 22 日《淮北日报》

"连珠炮"之四:如何看待人才价值

一个"好点子"的启示……

近日偶翻一张旧报,看到一篇题为《好点》的文章。文中讲述了这样一件事情:在广州开往北京的特快列车上,广东某塑料制品厂的一位销售科长,正在为该厂生产的 70 多万只塑料旅行杯滞销压库而郁闷不乐。同座的一位旅客得知后,热心地为其出了个主意:"请贵厂在杯子上印上京广铁路沿途客车主要停车站的时刻简图,可保证产品畅销。"这位科长闻听,连夸"好点子,好点子"。回厂后,便以此法对仓库积压的杯子进行加工。果然,备受京广铁路旅客的欢迎,不到一个月,积压的 70 多万只旅行杯便销售一空,为厂里赚回了大笔利润。

一个"好点子"给人的启示是十分深刻的。一个"好点子"能够救活一个工厂,一个企业,一个人若能出此三四个"好点子",就会给企业创造巨大的经济效益。如果一个企业里有三四个能出"好点子"的人才,那形势该是何等喜人呢?

"好点子"是人想出来的,但并不是一般人都能想出来的,而是有特殊才能的人想出来的,这就充分显示了人才的重要价值。其实,一个企业若想兴旺发达,最关键的是要选准用好能出"好点子"的人才。当年萧何月下追韩信,为的就是求得韩信这样一位能出"好点子"的人才。而刘邦也因得了足智多谋的韩信,才保其汉室基业稳固。由此看来,能否选好用好人才,对于一个企业来说至关重要。尤其是关键岗位上的那么一两个人才选准了,用好了,就能搞活一个企业,开创一种新局面。相反,如果关键岗位上的人才选不准,用不当,出不了"好点子",尽出些"歪点子""馊主意"的话,那么,企业的厄运便是在所难免的啰!

1995 年 2 月 12 日《淮北日报》

"连珠炮"之五:如何对待谏才

善待谏才

谏才是一种十分难得的特殊人才,具有一般人所不具备的对国家、社会和上级高度负责的政治责任感和无私无畏的牺牲精神,不怕丢官降职,不怕"砸饭碗",勇于直言进谏,所以尤为难能可贵。

昔赵太后刚执政,秦国进攻很急。左师触龙冒着"太后必唾其面"的羞辱入朝进谏,终于说服了赵太后,将其子长安君送往

齐国做人质，使齐国出兵，挽救了赵国。唐朝宰相魏徵冒着"抄家灭族"之险，大义进谏，协助唐太宗李世民实现了"贞观之治"，被誉为"一代良相"。1959 年，敬爱的彭德怀元帅，不怕丢官撤职，上书万言，为民请命……忠言逆耳，良药苦口。一个领导身边若能有几个优秀的谏才，无疑是一笔相当宝贵的财富。

然而，自古以来，谏才当难用亦难。这是因为，大凡为谏才者，一般性格较耿直，刚正不阿，言辞尖利，切中时弊，且多直言上级的过失，让领导"不太好接受"，面子上过不去，故多不讨领导的喜欢。有的领导者心胸狭窄，缺乏修养，只能听好话、顺耳的话，听不得丑话、刺耳的话，"老虎屁股摸不得"，眼里根本就容不得谏才，因而也就更谈不上善待和重用谏才。

能否善待谏才，主要取决于一个领导者的胸怀、修养和民主作风。我们的各级领导当的都是为人民服务的官，大公无私，胸怀坦荡，为全局利益，礼贤下士，善待谏才，做到从谏如流，是每一个为官者应具备的美德。当此国家建设急需用才之际，笔者唯愿一切为官者都能具备这一美德。

1995 年 2 月 23 日《淮北日报》

"连珠炮"之六：如何克服用人成见

不应有成见

成见最容易埋没人才。一个领导者一旦在人才的选拔使用上抱有成见，就会把组织人事部门和人民群众的意见当作"耳旁风"，而专爱听一些小人的"谗言"，偏听偏信，就会自然而然地搞

"以我画线""以帮画线"。因为有了"我"之成见,其他人才再优秀,也不会在其选拔任用之列。这实际上也是对人才的一种莫大的压抑与摧残。

早在革命战争年代,毛泽东同志就曾严厉批评过延安的一些同志在干部使用上的成见,明确指出,不管是白区来的干部还是根据地的干部,不管是外地调来的干部还是延安培养出来的干部,都是为了抗日一个目标,都要一样对待和使用。当时国难当头,干部奇缺,抛弃成见,便可出一大批干部。今天,"四化"建设急需人才,抛弃成见,便可出一大批人才。大量事实证明,领导成见抛弃了,人才之门也就敞开了。领导如果抱着成见不放,人才之渠就会被堵得死死的,一大批有识有志之才就很难涌现出来,就会被埋没掉。

由此看来,一个领导能否抛弃一切成见,积极选才用才,不仅仅是眼界与胸怀宽窄的问题,而且是党性强弱的问题。我们干的是"四化"大业,图的是国家富强,为国选才用才,是每一个领导义不容辞的责任。只要是人民公认的坚持改革开放并有优秀政绩的人才,不管是哪个地区、哪个部门,不管于己怎样,都要热情选拔举荐。只要各级领导和组织部门能坚决破除在人才选择任用上的各种旧习,抛弃一切成见,就会创造一个有利于人才脱颖而出的良好社会环境,众多的优秀人才就会似泉涌流,如闸泄洪,我们的现代化事业就一定会更加兴旺发达。

1996 年 6 月 13 日《淮北日报》

知人善任乃帅才

用人是一门科学,会用人是一种高超的智慧,知人善任更是

一种难得的才能，是作为帅才必备的一种本领。

要做到知人善任，作为领导必须具备宽大的胸怀，心胸坦荡，虚怀若谷，心里能够容得下各种各样的有识之才。人才的才能是各种各样不尽相同的，即人各有其长，具有独当一面的才能和本领。而作为帅才，既不可能是全面融通的全才，也不一定非得具有独当一面的才能。然而，能够把各种各样的具有特殊才能的人才揽归己之所用，为其所创的事业建功立业，这就是一种可称之为天才的特殊人才。

在中国历史上众多的帝王将相中，能够做到知人善任的天才，我认为非刘邦莫属。察古往今来的用人之道，皆以知人善任作为用人之上上道。在这方面，刘邦、刘备、曹操的才能尤为突出。相比之下，刘邦的才能更胜一筹。

我个人认为，一个领导者能否做到知人善任，并不在于有多少文化，也不在于有多高的学历，而在于一个领导所具有的宽大胸怀，这是作为一个帅才必备的素质与智慧。如果眼里容不得在某一个方面比自己强的人才，就不能做到礼贤下士，广纳人才。而刘邦虽然出身贫寒，没有多少文化，但他胸怀宽大，为了成就汉室大业，他能够做到知人善任，把当时社会上的几名优秀的人才全都揽到自己帐下，为自己出谋划策，指挥作战，成功地打下了汉室江山，在善用人才方面他真是一个非凡的天才。我曾写过一篇题为《从刘邦用人谈起》的杂谈稿件，刊发在 1997 年 1 月 1 日的《淮北日报》上——

从刘邦用人谈起

近日，笔者偶读《史记·高祖本纪》，方才得知刘邦乃我国古代历史上善于选贤任能、会用人才的人。

据《史记》载,刘邦出身贫寒,书读得少,识字不多,论文韬武略,刘邦远不如张良、萧何等人。然而,刘邦之所以能够在与项羽的逐鹿中转弱为强,最终战胜强大的对手而成为汉室的开国之君,关键在于他能够识才,做到选贤任能,知人善任,充分发挥下属的特殊才能。他说:"夫运筹于帷幄之中,决胜于千里之外,吾不如子房(张良)。镇国家,抚百姓,给馈饷,不绝粮道,吾不如萧何。连百万之军,战必胜,攻必取,吾不如韩信。此三者,皆人杰也,吾能用之,吾所以取天下也。"这绝非刘邦故作谦虚,若论文韬武略,刘邦确实不及张良、萧何、韩信三人。不过,尽管张良、萧何、韩信三人都具有一定的特殊才能,倘若不被刘邦这样一位重才的明主的慧眼所发现、认知并委以重用的话,他们仨纵然有天大的本事又能如何呢?

我认为,刘邦虽然论文韬武略不如张良等人,但能够从千军万马中挑选出张良、萧何、韩信这样三四"千里马"来,并作为得力人才予以重用,足以证明刘邦在选贤任能上具有非凡的天才。用现代的人才观点来看,作为一个英明的领导,一个善于管理人才的人,并非一定要成为事事皆精的"全才",若能够做到慧眼识英,用人所长,重才任职,这本身就是一种相当了不起的才能。拿刘邦来说,即便他知道张良等人是人才,如果使用不当,让张良去带兵打仗,让萧何去充当军师,让韩信去督办粮秣的话,那最后的结局肯定会变成另外一种样子。

作为一个会用人才的人才,刘邦在人才使用上还有一个很大的特点,就是用人不疑。在这一点上,项羽就远不如刘邦大度。项羽的谋士范曾是一个很有才干的人,但项羽对他却信之不专,

横加猜忌，甚至"疑范曾与汉有私，稍夺之权"。结果项羽被刘邦打败，自刎于乌江。正如刘邦所说："项羽有一范曾而不能用，此所以为我擒也。"刘邦这种用人不疑、大胆放手的魄力，正是作为一个帅才所必备的博大气度与胸怀。试想，如果刘邦也是那种心胸狭窄、缺乏主见之人，听到下边打几句小报告就耳朵根子发软，对下属的忠心横加猜疑的话，张良等人能够如此放心大胆地为其卖命效劳吗？汉室的江山哪里还有刘邦的份呢？

掩卷沉思，觉得刘邦的用才之道的确值得借鉴。

为"毛遂自荐"喝彩

古往今来，无论是帝王将相或者是一个单位的领导，能够做到礼贤下士，选贤任能，重视人才，无疑是一种难得的美德。

谈到尊重人才，很多国人就会自然而然地想起《三国演义》中刘备三顾茅庐请诸葛亮的故事，认为刘备作为一个帝王，能够放下身架，屈尊茅庐，求诸葛亮出山，足见其求贤若渴之诚。而我读了《三国演义》中刘备三顾茅庐的故事后，却从相反方向的思考中受到了深刻的启发，在钦佩刘备求贤之诚的同时，我对诸葛亮过分谦虚的做法很有点看不惯，你诸葛亮虽然是个人才，但若不是遇到刘备这样识才重才的英明帝王，你还不是一辈子默默无闻地在隆中的深山老林里待着吗，再大的才华不是照样要埋没了吗？干吗非要端那个"臭架子"、故意调理刘备的神经呢？我认为这是古代社会一些才子们所具有的一种自恃清高的怪僻和假斯文的德行。窃以为，作为人才，无论是在哪一个方面具有特殊才能的人才，只有自觉地、主动地在改造客观世界的过程中充分发挥自己的聪明才智,才能实现其所具有的价值。否则,便不能体现人才价值,只能空有其才。

我赞成那些具有特殊才能的人才,应该积极主动地投身于社会实践,施展自己的才能,造福于社会,造福于人民,最大限度地实现人才的价值。于是,我便写了篇题为《假如刘备二顾茅庐》的杂谈给《淮北日报》。文章发表后,编者、读者反映较好,认为这篇文章的思路较新颖,对事物进行反向思维收到了意想不到的效果。

假如刘备二顾茅庐

大凡看过《三国演义》小说或电视剧的人们,都很难忘记刘备三顾茅庐请诸葛的感人故事。刘备为了请诸葛亮帮助自己成就帝业,三次到隆中草庐中去拜访诸葛亮,可见刘备求贤之诚。故千百年来,刘备三顾茅庐之事一直被世人传为美谈。

然而,笔者几读三顾茅庐的故事后,在对刘备的求贤之诚的钦佩之余,总觉得诸葛亮的谦虚有点过分,难道世上一切有识之士必须享受三顾之礼才能施展其才吗?假如刘备的求贤之心稍有不诚,二顾茅庐不遇而止的话,那么,诸葛亮纵有天大的本事又能咋样呢?再往深里想,假如诸葛亮不肯出山辅佐刘备,从此以后的中国历史很可能就会重写。从这个意义上讲,如果说刘备为了继承汉室江山三顾茅庐、礼贤下士是出于一种使命或责任的话,那么,像诸葛亮这样胸有雄才大略的有识之士的过分谦虚,则无疑是拿历史开玩笑。

谦虚是一种美德,我国人民历来崇尚谦虚,鄙视骄傲。不过,

凡事皆有度，任何事情超过了一定的限度，就会走向其反面。"谦虚过度等于骄傲"，中国人都这么认为。一个普通人的过分谦虚或许只能给人以虚荣或自卑的感觉，而一个伟人的过分谦虚就可能会影响整个社会和历史的发展。

千百年来，因为有了三顾茅庐的感人典故，世上一些有识之士、有才之人故意"拿架子""摆谱"，故作谦卑之态，总期待别人上门三顾，顶礼膜拜，方肯乐施其道，其实是一种虚荣和虚伪。直到改革开放以后，国人才真正认识到这种谦卑于己于国无多少益处，还是丢掉得好。从此便增强了自信，懂得了自己的路要靠自己的两条腿去走。于是，在 960 万平方公里大地上，便有了诸多的毛遂自荐，有了许许多多出色的私人公司、民营企业和优秀的企业家，有了无数靠自己的双手发家致富的"富状元"。因此，当今中国，谦虚作为一种美德将会永远流传，而像刘备那样三顾茅庐、礼贤下士之人确实不多。笔者行笔至此，也诚恳地奉劝一些有识之士，或扶民，或报国，尽管放下架子，俯下身子去做自己该做、想做的事情，不要指望有人三顾茅庐，甚至连二顾一顾都不要奢想。

1997 年 1 月 14 日《淮北日报》

摒弃"口袋" 解放人才

1998 年，我国的国有企业改革正在如火如荼地进行，对人才的需求越来越旺盛，特别是对优秀管理人才的需求量更大、更急迫，人才匮乏成为当时国有企业改革过程中遇到的一个现实难题。那么，到哪里去寻找企业所需要的大量优秀管理人才呢？要知道,能挑选到一个优秀的人才很可能就会令企业起死回生啊!很多企业领导者在思考,我也在思考。当时很多人都认为没有现成的人才可选可用。而我却认为,现实生活中不是没有人才可选可用,大量的人才因为各种各样的原因没有被发现和重用。我隐隐约约地感觉到,当前,我国社会在人才的选拔使用上存在一些弊端,存在一些不合理的条条框框,抑制了人才的成长与使用。一个偶然的机会,我在翻阅家里的一本成语典故书时,读到了"毛遂自荐"的故事,备受启发。我觉得毛遂当年的处境与当下中国社会在人才使用上存在着一个很相似的情形——"口袋"主义,即作为领导者,我把你当作人才你就是人才,你就在我的人才"口袋"里,我不把你当作人才,不把你放在"口袋"里,即便你有再大的才能也不会被当作人才使用。一个"口袋",让多少有识有为的优秀人才遭受压抑与排斥,乃至永远地被埋没了啊!于是,我想到,既然毛遂自荐很难,需要人才具备很大的自我挑战的勇气,倒不如把"口袋"摒弃掉,打破在人才选拔使用上的各种不合理的条条框框,解放人才,努力营造一种有利于优秀人才脱颖而出的良好环境。为此。我撰写了一篇题为《毛遂缘何要自荐》的随笔,发表在 1998 年 10 月 9 日的《北方周末》上。

毛遂缘何要自荐

"毛遂自荐"这个成语国人皆知,而毛遂自荐的故事国人尚不清楚。笔者近日偶读司马迁所著《史记》中的《平原君虞卿列传》,方知毛遂当初自荐的原因有三:

其一,身为门客,地位低下,引不起君王的重视。毛遂在平原

君赵胜的手下当一名门客,属于帮闲之人,不属于决策层的人物。平原君手下门客多达20余人,像毛遂这样的门客多一个少一个,在平原君的眼里只不过是"年三十逮只兔子——有它也过年,无它也过年"。因此,毛遂在平原君手下默默无闻地待了三年,一直没有引起平原君的重视。

其二,平原君采取实用主义的用人模式,把毛遂拒之于"口袋"之外。平原君在用人上持有一种偏见,即用之即才,不用非才。他有一个叫作"口袋"的人才理论,把人才比作锥子,只有把锥子装进"口袋"里,才能露其锋芒。毛遂没能被平原君当成"锥子"放入"口袋",锋芒无法显露,致使自己的才能被埋没。当毛遂主动要求和平原君一起到楚国去当说客时,平原君很不信任地说道:"你在我门下已经待了三年,我从未听手下的人称赞过你,可见你没多大才能,你还是留下吧。"平原君这一句话就把毛遂的出路给堵得死死的。假若毛遂此时不自荐的话,他很可能从此再也不会有出头之日了。

其三,门客之间相互倾轧,使毛遂脱颖而出,困难重重。在封建社会里,门客之间为了争名逐利,彼此讥笑、相互诋毁、倾轧是常见的事情。毛遂的才能出众,自然成为众矢之的。故平原君让其一道前往楚国当说客的时候,同行十九位门客"相于目笑之"。因此,毛遂清楚地意识到,"该出头时即出头",过了这个"村"或许就没有那个"店"了。于是,他便毫不谦虚地向平原君推荐了自己。

窃以为,假如毛遂出身名门贵族,能顺利进入决策层的话,其才能早被发现,毛遂也就不至于三年默默无闻。假如平原君在用才上摒弃其实用主义模式的话,毛遂就不会长期地被拒之于"口袋"之外。假如能创造一个利于人才公平竞争的环境的话，门客之间就会减少相互倾轧。

由于这三种客观条件的局限，使毛遂的聪明才智受到极大束缚和压抑。毛遂要想施展自己的才能，唯有自荐这条道路，别无更好的选择。

在两千年前的封建时代，毛遂能有如此勇气和胆魄，冲破世俗的压力，勇敢地推荐自己，其精神实在难能可贵，足令后人敬仰。

潜心观察思考　书写合格"答卷"

自从 1996 年调到市分行机关工作时起，我便对农业银行现行的劳动人事管理制度进行了认真的观察与思考，通过两年的观察思考，我发现农业银行现行的劳动人事管理制度存在许多弊端与问题。虽然从 1996 年开始，农业银行开始向商业化经营转轨，然而，由于在劳动人事管理制度上仍然沿袭计划经济时代的一些陈旧落后的做法，与商业化经营的要求不对称，存在较大差距，严重地束缚和压抑了干部员工的工作积极性，迟滞了农业银行向商业化经营转轨的步伐。当时我发现，作为一家大型国有企业，农业银行在劳动人事管理上存在的问题与弊端，同样在其他国有企业内部也客观存在着，具有一定的普遍性。基于对这一现实问题的关注与思考，1999 年初，我结合自己几年来在人才的选拔使用上形成的正确理念，坚持理论联系实际，撰写了一篇关于完善农业银行劳动人事管理制度的理论文章，寄给了《安徽农村金融》和《中国农村金融》两家金融理论刊物，得到了编辑的认可，文章

相继在《安徽农村金融》和《中国农村金融》刊登,引起了相关部门的重视。2000 年,该文被选编入《商业银行金融务实》一书,由人民日报社和当代出版社联合出版。这篇文章的写作与发表,凝聚了我多年来对人才问题潜心研究的心血,是我勤于思考的结果,也是我在人才问题上写作的一份成功、完美的答卷。

对完善农业银行劳动人事管理的几点思考

近年来,随着社会主义市场经济的发展,农业银行的劳动人事管理受到了严重的挑战与冲击。特别是现代企业制度的建立,对农业银行劳动人事管理提出了更高的要求。农业银行在向商业银行转轨的过程中,虽然在劳动人事管理上进行了积极、有益的探索,取得了一些经验,但就目前农业银行劳动人事管理的现状来看,与商业银行发展的要求尚有较大的差距,在很多方面仍然滞留着计划经济时代的某些旧痕与弊病,很难适应商业银行经营与发展的要求。本文针对农业银行现行劳动人事管理上存在的问题,就如何改革和完善农业银行现代劳动人事管理,建立充满生机与活力的劳动人事管理制度谈几点看法,与读者朋友商榷。

一、农业银行现行劳动人事管理存在的问题

众所周知,人才是竞争之本,兴旺之源。一个好的经营思路是靠优秀人才想出来的,农业银行的经营战略,要靠一大批具有高度政治觉悟和优良金融业务素质的人齐心协力、奋力拼搏来实现。因此,农业银行现行劳动人事管理的最终目的,就是要最大限度地挖掘、开发和发挥好现有人才的潜力和积极性,使之成为与其他商业银行竞争的根本力量。然而,由于我国社会主义市场经济的发展还处在起步阶段,农业银行向商业银行转轨也仅有短短四年的历程,不可能在很短的时期内将各方面的改革进行得很彻底。因而在劳动人事管理方面,计划经济时代的一些落后、守旧的做法依然因袭沿用着,从而在很大程度上束缚和压抑了广大干部职工的工作积极性和创造性,这是与现代农业银行劳动人事管理的目标相矛盾的。从目前农业银行劳动人事管理的现状来看,主要存在以下五个方面的问题:

一是干部能上不能下。特别是领导干部,一经提拔到某个领导岗位上,无论干好干差,上去后就很难下来。倘若在任时政绩突出,在某个岗位上多干几年,或者是再向上提拔重用,这尚在情理之中。而一些领导干部在任期间表现一般,政绩平平,有的甚至犯有这样或那样的错误,非但不予降职使用,反而能平调或到另一单位异地为官,乃至提拔重用,这就从根本上违背了择优录用、能者上、平者让、庸者下的人才使用原则。

二是工资能升不能降。这种现象在干部身上表现为:只要职务到了一定的位置,就要享受相当的工资待遇,即使在本职岗位上业绩平平,没有功劳也有苦劳,只要不犯大错误,待遇就不能降,工资就一分不能少。在一般员工身上则表现为:反正是按工龄、年限普调工资,要涨大家一起涨,要降大家一起降。作为劳动人事管理部门也存有疑虑,深知工资问题的高度敏感性,认为涨工资大家皆大欢喜,而降工资确实是件得罪人的事。因此,干脆做好人,只要能过得去,工资能不降则不降,尽量减少矛盾冲突。这种能升不能降的习惯,就使一些员工产生这样一种心理:"反正我是国家干部、正式职工,干多干少、干好干差都是一个样。"

这种做法所产生的结果，只能是大家一起吃"大锅饭"。

三是人员能进不能出。近年来劳动人事管理部门几乎都有这样一个同感：在现阶段，农行要进一个人很难，而要让一个人出农行则更难。即便是本系统内部人员的纵向、横向交流的渠道也不是那么顺畅。这种现状发展下去，不但会给"减员增效"方针的落实造成巨大的压力，而且还将给农业银行的发展带来沉重的人员负担。

四是能用不能管。对人才重用轻管，这是目前农行劳动人事管理普遍存在的问题。从被管理者方面来看，一些干部一旦被提拔到某一个领导岗位上，便产生一种傲气、骄气，不愿虚心接受人事部门的管理教育。从管理者方面来看，一些人事部门碍于情面，对一些干部，特别是对那些在过去工作中曾做出过突出成绩的干部不敢放手大胆地进行严格管理，致使一些干部成为"特殊行员"，而往往出问题、犯错误的又恰恰是这些不受管、不服管的"特殊行员"。

五是能奖不能罚。一些劳动人事管理部门只重视奖励，不重视处罚，喜欢"栽花"，不喜欢"种刺"，怕实施严格的处罚会得罪人，失选票，甚至引起矛盾激化，因而没有建立严格、科学的奖罚制度。有的虽然建立了奖罚制度也是做样子，真正操作起来又是一码事，这种功过不清、赏罚不明的做法，势必极大地挫伤广大干部职工的积极性和进取心。

以上五个方面问题所产生的负面效应集中到一点，就抹杀了人才的竞争性。而竞争性则是市场经济最基本的特征之一。所以，农业银行现代劳动人事管理要实现与市场经济的有机接轨，必须通过不断深化内部改革，彻底克服在劳动人事管理上存在的各种问题与缺陷,尽快建立和完善适应市场经济基本特征的全新的现代劳动人事管理机制,努力探索在商业化经营条件下加强农行劳动人事管理的新途径、新办法。

二、完善农业银行现代劳动人事管理的思路

1. 建立能上能下的人才竞争机制

要把竞争机制引入到干部选拔、聘任过程中来。在干部选拔上坚持公开、公正、公平竞争、择优录用的原则。对选拔、聘用的干部实行聘任制,一般聘任期限以三年为宜,并签订聘期目标责任书,严格责任目标管理。聘任期满后,按照聘期责任目标进行考评,成绩突出者可以竞聘更高的职务,也可以续聘、改聘。成绩一般或者较差者,则应予解聘。只有坚持能者上、平者让、庸者下,才能使更多的优秀人才不断脱颖而出,让更多的优秀人才得到担纲挑梁、展示才华的机会,使干部的选拔和聘任始终充满竞争性,从而保证各级领导班子始终充满朝气与活力。否则的话,如果让一个庸才在一个领导岗位上待上五六年乃至更长时间的话,那么,在这几年中,就会有一大批优秀人才因为没有位置而被压抑,得不到脱颖而出的机会,就会埋没人才,贻误事业。

2. 建立能升能降的收入分配机制

要积极推行以效定酬的收入分配办法,针对不同的岗位,科学制定岗位责任目标,按年度进行考核。对完成岗位责任目标成绩突出的,除了给予精神奖励或者物质奖励外,根据个人贡献大小,该涨工资的要提前晋升工资级别,对于做出重大贡献的,可以破格晋升工资级别,对于岗位责任目标完成较差的,工资级别该降的就要降。这样做,才能在收入分配上真正体现"多劳多得,少劳少得,不劳不得"的按劳分配原则,才能彻底改变以往那种

干多干少、干好干差、干与不干一个样的平均主义"大锅饭"的现状。这样一来,就自然地拉大了员工之间的收入差距,提高了按劳分配的程度,使员工的绩效与收入紧密地挂起钩来,就会极大地激发员工的竞争意识,增强员工的事业心和责任心。

3.建立能进能出的人才流动机制

农业银行劳动人事管理是一个动态概念,人才流动贯穿整个管理的全过程。"流水不腐,户枢不蠹"。人只进不出或进多出少,队伍就会逐渐变得臃肿、老化。人员只出不进,会造成人才脱节,队伍"贫血"。因此,只有坚持正常的人才流动,才能保持整个队伍始终充满生机与活力。建立人才流动机制,主要包含两个方面的内容:一是建立规范化的员工招聘与辞退制度。要实现员工的正常进与出,关键是要坚持依法办事,把员工的招聘与辞退纳入法制化的轨道:(1)要依法签订劳动合同;(2)要依法解除违法违纪人员的劳动合同;(3)要依法保障员工的正当权利(不包括违法设置的金融机构)。二是建立正常的系统内部人才纵向、横向交流制度。要根据工作需要,积极、妥善地做好系统内部人才的交流工作。正常情况下,一届领导班子任期满三年,要保持三分之一的交流比例。领导班子中的本地成员,特别是主要领导,一般情况下不得连任。同时还要积极地做好上下机关之间、机关与基层之间的人才交流工作。通过人才的合理流动,达到上下协调、左右平衡、优化人才资源配置,保持整个队伍健康、稳定发展的目的。

4.建立能用能管的人才管理机制

正确选拔、使用和管理好人才,是农业银行各级劳动人事部门的神圣职责。各级劳动人事部门必须从农业银行经营的战略高度着眼,切实加强对人才的使用与管理,以保持整个队伍的纯洁性、先进性和战斗力。一是要制订严格的管理计划和管理措施。二是坚持民主评议干部制度。要组织职工定期对干部进行民主评议。不仅要评工作,而且要评学习、评思想、评作风、评廉政。对在评议中指出的问题,人事部门和责任领导要及时督促干部认真改正。三是发挥组织部门的监督作用。人事监察和稽核部门要认真加强对各级领导干部的在职监督和离任审计工作,要努力提高管理艺术和管理水平,做到会管、善管。要教育干部增强管理意识,自觉服从管理和监督,让干部从严格的管理教育中,深切体会到各级组织的惜才爱才之心。

5. 建立能奖能罚的人才激励机制

正确地实施奖励与处罚,对员工能起到其他措施无法起到的巨大鞭策和激励作用。建立科学的人才激励机制,主要应该把握好以下三点:一是要坚持赏罚分明的原则,做到奖优罚劣、奖勤罚懒、奖功罚过。实施奖励要使众人佩服,实施处罚要让被罚者心服。二是严格制定和执行奖罚标准。按照奖罚标准,该罚的一定要罚,该奖的一定要奖。该奖的不奖,不能激励先进,弘扬正气。该罚的不罚,不能鞭策后进,打击邪气。三是坚持精神鼓励与物质鼓励相结合。要引导员工正确对待奖励,教育员工淡化物质利益观念,发扬无私奉献精神,立足本职,爱岗敬业,为农业银行的振兴与发展争做贡献,做大贡献。

从 1994 年开始到 1999 年,在前后五年多的时间内,我坚持不懈地对人才问题进行研究与思考,认真学习和汲取了古往今来在人才选拔使用及管理上的诸多成功做法和经验,坚持理论联系

实际,撰写并发表了 10 余篇关于人才的言论和理论文章,阐述了自己在人才问题上的一套观点与理念,得到了编者与读者的认可,享受了读者心目中的"组织部长"礼遇。可以说,在人才问题上,我通过认真学习与思考,形成了自己的人才观,真正拥有了对这一问题的发言权。作为一名业余通讯员,我当引以为豪。几年来,对于人才问题的潜心研究与思考,让我明白了一个道理:无论是业余通讯员还是专业记者,只要勤于学习、善于思考,坚持不懈地对某一问题进行研究与探索,就一定会获得更加丰富的知识,成为某一方面的行家里手,从而使自己真正拥有对某个问题的发言权。

7. 一枚难产的"蛋"

探亲途中的发现与思考

从 1994 年年初起,我的老家淮北农村出现的小型"农机热"的现象引起了我的关注。当时,在淮北农村购买小四轮拖拉机成风。我的老家是一个仅有 23 户 116 人的小村子,就拥有小四轮拖拉机 19 台,收割机、播种机 8 台,村里人辛勤劳动、省吃俭用节省下的钱几乎都砸在了购买小型拖拉机及其他各种农机具上。在这种"农机热"现象的背后,我看到了农村资金的变相闲置与浪费,于是,我前后利用 20 多次回家探亲的时间,对我老家所在的古饶镇的 23 个村庄的小型农机具占有情况进行了深入细致的调查。调查中,我吃惊地发现,古饶镇——这个人口 38000 余人、土地 6 万余亩的小乡镇,却拥有各种小型农用机械(小四轮拖拉

机、收割机、播种机、抽水机等)4650 余台(部),由此而造成变相闲置的生产资金竟多达 3060 万元,人均约 800 元。在这个惊人的数字背后,一方面是资金变相闲置造成巨大的资金浪费;另一方面是该镇的种、养、加等多种经营由于缺乏资金支撑发展缓慢,乡镇企业规模和产值几乎为零。我觉得,这种资金畸形运动状况,很值得地方各级领导和农村金融部门重视与深思。

我个人认为,"机多为患"客观上已经造成农村大量生产资金的变相闲置,很不利于农村多种经营的快速发展。"昔日无机农家忧,今日机多农家愁",这句话是对古饶镇十多年来盲目发展农业机械化现状的真实生动的概括。党的十一届三中全会之前,古饶镇农机站只有 2 台"东方红"拖拉机,土地几乎全靠牛马和人力耕种。党的十一届三中全会后,农村土地实行了联产承包责任制,在短短十几年的时间里,农村经济有了长足发展,该镇的小型农机从无到有,截至 1994 年 10 月底,一共添置了 4630 台(部)农机具,人均占有机械动力 1.5 马力,平均 8 人就拥有一台小型农机。早在 20 世纪 50 年代,毛泽东同志就曾高瞻远瞩地指出:"农业的根本出路就在于机械化。"四十年后,他的伟大预言已被古饶镇农业机械快速发展的现实证明是一句十分科学的预言。农业机械的大量增加,为农村耕作带来了极大方便,把农民从几千年来的繁重体力劳动中彻底解放出来。伴随着生产工具的变革与进步,古饶镇的生产力发展水平迅速跃上了一个新台阶,成为全县农村机械化耕作程度最高的乡镇,为此,省、市、县曾多次在该镇召开过机械化耕作现场会。在一年多的调查中我发现,像古饶镇这样平均 8 人就拥有一台小农机的比例在淮北农村并不算最高的,濉溪县赵集乡郝楼村的 67 户人家就有小四轮拖拉机 61 台,几乎户户都有"机"。我还了解到,农户常年省吃俭用,攒下钱来购买农用机械,仅仅是为了耕作方便,而用于运输、加工等多种生产经营的农机只占 5%。每台农机每年只有四五天的时间用于土地耕作、收割、播种,绝大部分时间在农户家里闲置着。因此,这么多农机给农民真正带来的仅仅是体力劳动的减少和劳动强度的降低,而给农民带来的经济效益却微乎其微。其实,该镇现有的 6 万余亩土地,如果按每台拖拉机承担 50 亩耕作量计算,只需 1200 台便可耕作过来,其余 3000 余台便是多余的。平均每台农机(小四轮带拖车)按 9000 元计算,全镇将有 3060 万元资金处于变相闲置状态。一个乡镇这么多,一个县、整个淮北地区类似变相闲置的资金又有多少呢? 至少也有十位数。试想,这么多资金如果不是用来购买农机,而是存入银行或从事商品经营活动,所带来的经济效益和社会效益无疑是相当可观的。

调查中我还发现,"机多为患"不仅造成大量生产资金的变相闲置,而且给农村资金运动带来不良的后果。唯物辩证法的质量互变规律告诉人们:世界上任何事物的存在与发展都是受一定的度所限制的,超过了限度,事物就会向其相反的方向转化。古饶镇十几年来农用机械的迅猛发展,曾在很大程度上推动了该镇生产工具的变革与进步,有力地促进了该镇生产力的发展,取得了较好的经济效益和社会效益,对解放和发展该镇的生产力,起到了十分现实的积极作用。但是,由于缺乏引导,盲目发展,又造成了今天这种"机多为患"的现状,反过来阻碍和迟滞了该镇生产力的发展,并由此造成了农村资金的畸形运动,实在令人担忧。我认为,当前我国农村乡镇企业正在寻求更快更大发展,农村社会化服务体系建设和产业结构调整刚刚起步,一个以市场为导向

Wo De
Ji zhe
Meng

发展大农业的新格局正在形成。然而,资金严重不足正在制约我国一些地区农业发展的速度。在这种严峻的局面下,却出现农村大量生产资金变相闲置的状况,这对农村经济和农村金融事业的健康发展,无疑有百弊而无一利。其弊端主要有以下四点:

一是不利于农村社会化服务体系的建立。建立农村社会化服务体系,是促进农村经济发展,建立农业发展新格局的重要措施。而农村社会化服务体系的建立和发展,必将打破传统农村经济发展的旧模式,其中要涉及生产经营的各个方面,触及千家万户的利益。就拿古饶镇来说,只需1200台农机便可承担全镇土地的耕作任务,若建立机耕服务队,那么,其余3000多台农机如何处理将是很棘手的问题。另外,若想把这么多多余的农机所占用的一大块变相闲置的资金,变成正常运动资金进入流通领域,绝不是一件容易的事情。

二是不利于农业产业结构调整。进行产业结构调整,是引导农村由计划经济向市场经济过渡的必由之路。农村产业结构调整是一项较大的系统工程,需要坚实的资金做后盾。在当前国家财政趋紧,农业银行信贷资金远远供不应求的情况下,要想顺利进行产业结构调整,必须坚持以农村自有资金为主,以农行信贷资金支持为辅的方针,主要应依靠广大农民的自有资金来实现。而事实上,眼下农民的自有资金大都被购买生产工具和超前消费大量占用着,处于变相闲置状态。诸如古饶镇这种情况,农民那么多的资金,如果不用来购买拖拉机,而用来发展以农产品加工为龙头的乡镇企业的话,不仅能够使资金变活,促进经济增长,而且也有助于产业结构调整,发展现代农业。

三是不利于农业银行资金的积累(当时农村信用社尚未同

农行分家）。农村存在大量变相闲置资金,给农行吸收存款工作带来较大困难,导致农行资金积累锐减,不利于盘活信贷资金存量与扩大增量,以集中资金支持农业高技术、深层次的项目开发,无形中给信贷部门增加了较大的资金压力。一方面是乡镇企业、第三产业的发展因缺乏资金而"嗷嗷待哺",另一方面大量资金却在农村变相闲置、浪费。农村基层领导和群众埋怨农行、信用社不放款,项目无法上马,该办的事情办不成,而农行、信用社眼睁睁地看着这么多资金变相闲置,吸收不上来,干着急没办法。

四是不利于农村精神文明建设。在商品经济社会中,任何经济现象无不反映着人与人之间的社会关系。例如,农民竞相购买拖拉机,并不是为了生产的急需,而是觉得别人买了,如果自家不买,就觉得会被别人看不起。于是,宁可让拖拉机占用大量资金在家里闲置,也要"不吃馒头争(蒸)口气",不能不买。这种现象就是在市场经济大潮最初的冲击下,人与人之间产生的一种特殊的畸形攀比心理。因此,农村大量资金变相闲置所产生和反映的是一种人与人之间互不信任、互不服气的社会现象。这种现象如果持续下去,势必会严重影响农村的精神文明建设,淡化农村社会主义、集体主义的思想氛围。

基于对以上问题的调查与思考,1995 年 3 月份,我着手撰写了一篇题为《小镇缘何"机"多愁》的调查报告,对古饶镇"农机热"所产生的资金畸形运动状况进行了认真思考,引起了社会的重视。

1995 年 4 月份,我把长达 4600 多字的调查报告《小镇缘何"机"多愁》分别寄给《安徽金融》《安徽农村金融》编辑部,时隔不久,这两家金融理论刊物先后在"要文"栏目里予以刊登,这篇

调查报告被评为 1995 年度安徽省农村金融学会优秀论文一等奖。我当时在农行基层的一个营业网点当出纳员。我撰写的调查报告刊登后,引起了我所在市农行领导和省、市两级金融理论研究部门的重视,相关领导纷纷找我谈话,鼓励我努力学习,勤于思考,争取写出更多高质量的金融理论文章。

第一次打开《人民日报》大门

《小镇缘何"机"多愁》稿件的成功写作与发表,对我来说是一个极大的鼓舞。我一个从部队转业到农行工作仅仅四年多的普通员工,能够在省级金融理论刊物上发表具有独到见解的文章,初试的成功使我对自己的思维能力和写作能力充满了自信心。就是带着这样一种自信,1995 年 8 月,我对《小镇缘何"机"多愁》进行了修改,将字数压缩到 2000 多字,投寄给《安徽日报》编辑部。11 月 25 日,《安徽日报》在二版二条位置,以《"农机热"须有"度"》为题,刊发了我的稿件,并加了编者按:"农业实现机械化当然是件大好事,然而,是不是农机越多就越好?这篇调查报告从另一个角度分析了淮北农村农民占有农机具的现状,提出了用活用好农民自有资金的新课题,建议从事农村工作的同志读一读。"

稿件发表后,单位的同事们都向我表示祝贺,我心里既高兴又遗憾。高兴的是这是我从部队转业到地方工作后在《安徽日报》发表的第一篇稿件,遗憾的是稿件刊发的篇幅较小,字数较少,不到 1000 字,文中对"农机热"的现象和问题讲得多,对于解决问题的建议讲得太少,仅有短短六句话,这与我写作此篇调查报告的动机与目的相距太远,着实令我感到些许遗憾。

当时我想,既然《安徽金融》《安徽农村金融》《安徽日报》先后刊发了我的这篇调查报告,足以说明我的这篇稿件具有现实针对性,文中所反映的"农机热"的问题在中国农村,至少在我国东部和中部农村具有相当的普遍性。于是,我突发奇想,斗胆把这篇调查报告投寄给《人民日报》,希望能在《人民日报》刊发。其实,稿件寄出后,我心里并没有抱多大希望,只是把此举当作是对自己思考分析问题的能力和写作水平的一种测试。我心里十分清楚,《人民日报》是我们国家最高级别的新闻媒体,对稿件质量要求相当高,尤其是对我这样一个业余通讯员来说,要想在《人民日报》这种国家最高级别的报纸上发表文章是很难很难的,必须具备相当高的新闻写作水平。

就在稿件寄出一个月后,一个不期而至的喜讯让我对自己的写作能力有了更大的自信,对我寄给《人民日报》的调查报告增添了更大的希望与期待。

1995 年 8 月里的一天,我们单位的一名信贷员向我讲述了当时在社会上出现的一种"企业短期承包"的现象,说这种做法会导致国有资产和集体资产严重流失,致使银行债务悬空,而且在此操作过程中还不可避免地存在一些"猫腻",滋生腐败,建议我给《人民日报》写篇读者来信,反映情况,以引起社会的重视。这位信贷员讲述的情况引起了我的注意,我觉得这是一个十分严重的问题,应该尽快反映出来,引起相关部门的重视和警惕。我是个急性子的人,说写就写,当天夜里,我就给《人民日报》写了篇读者来信,详细地反映了当前社会上存在的企业"短期承包"现象。没想到,稿件寄出不到一个月,1995 年 9 月 11 日,《人民

日报》在十四版右头条位置刊发了我写的这篇读者来信——

"短期承包"弊端多

编辑同志：

目前,有一些乡镇企业为摆脱效益低或严重亏损的困境,采取了一种所谓"短期承包"的做法,应当引起农金部门和有关方面的重视与警惕。

这种"短期承包"的做法是:撇开原企业所欠银行的各种债务,由原企业的少数人(大多数是领导)承包亏损企业。承包时间,少则三五个月,多则七八个月,大都是在企业生产与销售的旺季。在承包期内,除向有关管理部门上缴部分管理费外,其余所得利润全归承包人。

这种承包经营的做法,表面上看来是使企业重新启动,其实,在这种现象背后,掩盖着国有和集体资产严重流失的一个巨大漏洞。一是银行债务被变相悬空。二是企业资产严重流失。企业被重新承包后,承包人为实现"企业短期效益",在承包期内,一不投资添置机器设备,二不提固定资产折旧费,三不向原企业上缴所创利润。承包期限一到,承包人一拍屁股就走,企业一点效益没落到,只落得厂房更加破损,设备更加陈旧,机器更加老化。不难看出,如此"短期承包",只不过使少数承包人取得了"短期效益",而银行债务越拖越沉,企业亏损越来越重。

诸如"短期承包"的做法,对于银行和企业的资产安全来说,无疑是非常危险的,必须予以制止。

安徽省农业银行淮北支行高岳办事处　谢敬华

这篇稿件能在如此短的时间内被《人民日报》刊登，太出乎我的意料了，给了我一个莫大的惊喜。这是我在《人民日报》上发表的第一篇稿件。十八年前，我去北京送稿时，曾经站在人民日报社大门外，暗暗地叮嘱自己，在不久的将来，一定要在《人民日报》上发表自己写的稿件。如今，这一愿望终于变成了现实。在我看来，《人民日报》这扇对于好多像我这样的业余通讯员很难打开的大门，如今被我打开了，怎么能不令我为之激动、为之高兴呢？然而，更令我欣慰的是，我写的这篇读者来信，及时且真实地披露了当时社会上乡镇企业经营过程中存在的严重弊端，引起了金融部门和相关方面的高度重视，很快这种"短期承包"的做法被迅速制止，给银行资金的安全运营和企业的资产安全创造了良好的条件。作为一个业余通讯员，我能及时向党报反映情况，并得到了相关部门的重视，我为自己的做法感到骄傲与自豪。

难产的大多是"金蛋"

寄给《人民日报》的调查报告已经四个多月没有一点消息，我心里对这篇稿件也不抱多大希望。1996 年 3 月里的一天，我回老家古饶镇看望父母时，听到村里的人抱怨说，去年镇里强行推广的小麦地里套种菠菜的高产技术，可把农民给害苦啦，不但菠菜没有出苗，而且小麦出苗率也很低，午季粮食减产是定局啦。听到这个消息，我感到很惊讶，有点不相信。村里人便带着我到地里去看，情况果然属实。我当时就觉得镇里面这样强行推广所谓的科学种田新技术的做法不科学，是一个现实问题，有必要向媒体披露这件事情，以引起相关部门的关注。

当天下午,我从老家回到市里,连夜赶写了一篇200多字的小稿件,向新闻媒体反映了老家农村出现的强行推广新技术的错误做法。第二天一大早,我便骑车赶到市里的邮局,把稿件寄给了《人民日报》。没想到,稿件寄出不到二十天,4月5号,《人民日报》便在十一版刊发了我写的这篇短稿——

新技术不可强推广

去年秋种时,安徽省濉溪县古饶镇的领导准备在南元、张庄两个村的5000多亩土地上推广山东等地实行粮菜套种的高产新技术,即在小麦地里套种菠菜。为此,镇领导要求这两个村的农民不得在承包的土地里随便播种,必须等到县里来召开播种现场会时统一组织播种。

结果,等到镇里统一组织播种时,墒情已误,尽管采取了不少补救措施,小麦长势依然很差,估计平均亩产至少减产75公斤左右。几千亩菠菜至今未见菜苗。而凡是没有按照镇里的规定提前播种的小麦,目前则普遍长势喜人。推广科学种田也要讲究科学性。既不能不切实际地生搬硬套,更不能采取行政强制的方式,否则,不但会给农民造成巨大的经济损失,而且会严重挫伤广大农民实行科学种田的积极性。

就在这篇短稿见报后的第十天,我被调到市分行办公室从事文秘工作。4月16日早上我刚到行里上班,办公室的一位同事见到我,举着手中的一张《人民日报》,一脸喜气地对我说:"谢秘书,快来看,你的文章上了《人民日报》头条啦!还配发了很长的评论呢！"

我简直不敢相信自己的耳朵，急忙从同事手中拿过报纸一看，果然是真的：4月12日《人民日报》十四版头条"农村经济观察"栏目刊发了我写的这篇调查报告，并配发了压题照片——

须防"机"多不下"蛋"
——对安徽省古饶镇小型"农机热"的思考

最近，笔者对安徽省濉溪县古饶镇的资金运行状况做调查时，吃惊地发现：古饶——这个人口38000余，土地6万余亩的农业乡镇，却拥有各种小型农用机械（主要是小四轮拖拉机）5200余台（部），平均不到7人就拥有一台小型农机。

农业机械的大量增加，为农村耕作带来了方便，结束了长期以来土地靠人力、畜力耕作的历史，使该镇的生产力水平上了一个新台阶。为此，省、市、县曾多次在该镇召开过机械化耕作现场会。但同时笔者也了解到：这些农家省吃俭用攒钱购置的农机，使用效率却非常低，每台农机每年最多只有7至8天时间用于耕作、收割、播种，绝大部分时间在农户家中闲置着。平时用于运输、加工经营的农机只占5%左右。其实，如果按每台拖拉机承担50亩土地的耕作量来计算，该镇现有的6万余亩耕地，只需1200多台便可耕作过来。其余的4000多台农机平均每台按1万元计算，全镇有4000万元资金处于变相闲置状态。一个镇这么多，一个县、整个淮北地区农村类似的变相闲置资金又有多少？据了解，这种情况在淮北农村并不少见：濉溪县赵集乡郝楼村67户农民就有小四轮61台，几乎家家都有"机"。

一方面是资金变相闲置造成巨大的资金浪费；另一方面是该

镇的种、养、加多种经营由于缺乏资金发展缓慢，乡镇企业规模小、产值低。这种资金畸形运动状况应引起我们的警惕和深思：毫无疑问，古饶镇十几年来农用机械的迅猛发展，对解放和发展生产力曾起过非常积极的作用。但由于缺乏正确引导，盲目发展，形成如今"机"多不生"蛋"的现状，反过来又阻碍了当地经济的发展。笔者认为，在当前财政趋紧、农村信贷资金远远供不应求的情况下，要建立以市场为导向的大农业格局，顺利进行农村产业结构调整，必须坚持以农村自有资金为主，其他渠道为辅的方针。如何引导农民把辛苦积攒的自有资金用活、用好，使获得温饱的农户进一步学会在市场经济的大潮中游泳，是当前农村经济发展中的深层次课题。

针对淮北农村出现的农机闲置浪费现象，笔者认为，建立合理高效的农村社会化服务体系是当务之急。拿古饶镇来说，如果建立机耕服务队，只需1200余台农机便可承担全镇的土地耕作任务。这就必须突破农村经济发展的旧模式，从大农业的思路统筹兼顾，这虽非一朝一夕之功，却是农村经济发展的必由之路。其次是加强农村的精神文明建设，从提高农民的素质入手，正确引导农村消费。据了解，农民竞相购买拖拉机，有的并非为了生产急需，而是觉得别人买了，自家不买会被别人看不起。有的甚至用拖拉机做嫁妆，图面子上好看。这也是制约和影响农业机械化合理发展的一股潜流。此外，要站在搞活农村金融的高度，加大储蓄宣传力度，把农民的闲置资金吸引到银行、信用社，让其进入生产和流通领域，进而组织引导农户走出黄土地，广开致富门路，使之变成扶持农村发展多种经营和乡镇企业的启动资金。

《农村经济》栏目编辑潘承凡先生特地为我的这篇 1000 多字的调查报告撰写了 600 多字的评论——

贫困中的浪费

过去的一九九五年,是改革开放以来农机发展值得大书特书的一年。小型农机发展轰轰烈烈,东南西北到处抢购;大型农机终于走出低谷,联合收割机大显风采;农机生产厂家也跟着受益,开足马力加紧生产。据统计,去年农机产量增加了百分之三十。然而,笑意还在的人们,现在已经听到了警惕小型农机发展过热的呼吁。

本报今天发表的这篇调查报告,告诉了我们这样一个事实:小型农机发展在某些地方确实存在着结构性过热。农业部农机化司有关专家提供了另外一个更加宏观的佐证:中国农机亩平均动力已超过美国实现农业机械化时期的五十年代,然而中国的农业离实现农业机械化相去还远。而且农机总动力中,小型农机的比重远远超出了刚刚走出低谷的大型农机。

小型农机在一些地方发展过热的原因固然不少,但其主要原因,恐怕还是农机社会化服务保障体系不健全。在当前农业生产当中,农机社会化服务确实是个薄弱环节。在计划经济时代,农民所需要的农机社会化服务由农机管理部门提供。那个时候,农机管理部门不仅有下属的农机站,手里还有近一百亿元的平价柴油,在农忙时以供应平价柴油为手段,组织农村有机户向无机户提供农机服务。随着农机站作用的萎缩,随着前年国家取消了平价柴油,这些功能和手段也随之丧失;与此同时,立足于社会主

市场经济,面向市场的农机化服务组织尚在酝酿发育之中,农民为保农时、保收获,各家各户纷纷自备农机。重复配置因此在所难免。

农机重复配置,市场化程度不高的中国有这种现象,市场化程度较高的发达国家同样亦受此困扰。我国目前农民的收入不高,农业投资偏少,更应该加速建立农机社会化服务组织,建立农机社会化服务保障体系,减少农机低层次重复配置,合理利用社会资源,节约有限的农业资金,将其用在更迫切、更需要投入的地方。

一个星期之内,在《人民日报》发表两篇稿件,加上3月8日《人民日报》十一版刊发的一篇评报稿件,在一个月的时间内,我一个普通的业余通讯员竟能在《人民日报》发表3篇稿件,实在出乎我个人和其他很多人的意料,这一成绩的取得令我备受鼓舞,也得到了更多的领悟与启发。

在此之前,我常听到一些编辑谦虚的话语:"好的稿件出自好的作者之手。"我坚信这句话的正确性。然而,我的这篇调查报告写作与刊发的过程,使我领悟到一个道理,即好的稿件也必须出自好的编辑之手。这篇调查报告不仅刊发的位置突出,而且标题十分新颖、鲜明,格外吸引读者眼球。而更使我感受深刻的是,从这篇稿件的编发中,我清楚地意识到了自己对问题思考深度的欠缺。从两年前我开始关注"农机热"现象开始,我的脑子里只想到资金的浪费,没有往更深的层次去思考在这种资金变相闲置与浪费的背后,潜存着如何建立农村社会化服务体系这样一个更加迫切的现实问题,而建立农村社会化服务体系,也正是解决农村资金变相闲置与浪费问题的最理想的选择。后来农村的发展也很好地证明了这一点。两年后,古饶镇的"农机热"出现明显的降"温",小四轮拖拉机、小收割机、小播种机逐渐被大中型农用机械所取代,镇子里已出现好多家私人专业机耕、收割服务组(队),开始有了农村社会化服务体系的雏形。进入 21 世纪后,出现了更加专业化的农机服务组织,进行跨区域的收割、耕作服务,在我家乡的土地上也很少再能看到使用小型农用机械耕作的现象,农民也都积极地把家里的闲置资金投向具有市场发展潜力的特色种植、养殖和农产品深加工等项目,在家乡这块古老的土地上生活了几千年的农民开始有了把农业推向市场的经营意识,这是时代发展的一个很了不起的进步。

1998 年,《金融时报》举办纪念改革二十周年征文竞赛活动,我曾写了一篇题为《喜看农家三"机"跳》的文章参加征文竞赛,11 月 27 日,《金融时报》四版刊发了我的征文稿件,这篇稿件荣获三等奖。

喜看农家三"机"跳

1978 年前,我的家乡安徽省古饶镇还没有一台拖拉机,全镇 6 万多亩土地全靠人力、牛力耕种。每当夏秋大忙季节,看到我的父辈们背着绳索,像牛马一样面朝黄土背朝天地拉犁耕地,我的心头便会产生一种无言的酸楚。那时,家乡的农民渴望实现农业机械化,盼得望眼欲穿。然而,他们年年盼望的都是一个难圆的梦。

党的十一届三中全会后,农村实行了家庭联产承包责任制,

Wo De
Ji zhe
Meng

家乡人民的种田热情空前高涨，生活一年比一年富裕。在基本解决温饱问题的基础上，家乡的农民开始了对农业机械化的大力投入。80年代初，小手扶拖拉机开始进入农家。90年代初，以小四轮拖拉机为主的小型农机进入了千家万户。到了1995年年底，全镇已拥有各种农机具5600余台，人均动力达到1.5马力，耕、播、收、脱、灌全部实现了机械化，把农民从几千年来繁重的体力劳动中彻底解放了出来。我们镇成为全省农业机械化程度最高的乡镇之一，省、市、县多次在此召开农业机械化作业现场观摩会，就连联合国粮农组织的官员到我镇参观考察时，也情不自禁地伸出大拇指，连声说"OK"。

近年再回乡，发现这里的农民已经开始购买大中型联合收割机，积极推广和实施收割、耕地一体化作业，使生产力获得了更大的解放。农业机械化程度的不断提高，给全镇农民从事种植、养殖和农产品深加工创造了良好条件，促进了农业产业化结构的调整，加快了传统农业向市场农业发展的进程。

在短短20年的时间内，家乡实现了三"机"跳，农民们打心坎里感谢党的好政策。许多农民发自肺腑地说："多亏了十一届三中全会的好政策，圆了俺们好几辈人的机械化梦。"

《须防"机"多不下"蛋"》调查报告在《人民日报》发表后，为这篇文章配发评论的该报编辑潘承凡先生曾给我来信，向我建议说，建立农村社会化服务体系将是下一步农村生产力发展过程中的一项重要工程，他希望我认真关注这方面的情况，及时给报社提供这方面的稿件。后来，因为我刚到市分行办公室工作，忙着熟悉身边的各种业务，没有更多的时间去农村进行跟踪调查研究,从此再也没有给《人民日报》写过关于建立农村社会化服务体系的稿件。

1996 年,是我从事业余通讯报道写作以来收获最大的一年。一年间,我在各级报纸杂志发表各类稿件 78 篇,平均每周都有 1 到 2 篇稿件见报,仅在《人民日报》就刊发稿件 5 篇。作为一名业余通讯员,我创造了一个奇迹。为此,我被淮北市委宣传部评为 1996 年对外宣传个人一等奖。在全市业余通讯员中,获此奖的仅有我一人。

1997 年春天,安徽省 1996 年度优秀新闻评选活动在淮北市举办。在活动评选期间,时任《安徽日报》评论理论部主任的汪言海先生专门打电话约我见面谈话,对我在新闻写作上取得的成绩表示由衷的祝贺。他十分坦诚地对我说,别说是一个业余通讯员,就连省报的一些专业记者一年之内也很难在《人民日报》发表 5 篇稿件,这是一个很了不起的成绩,他热情地鼓励我努力学习,勤奋写作,争取写出更多有深度、有思想性的稿件。不久,他还特地把他刚出版的《心声集》一书寄给我阅读,让我深受教益。

一篇没有写完的“大文章”

1995 年,就在我对老家出现的“农机热”现象进行深入调研的同时,另外一种现象也引起了我的关注,这就是伴随农村“盖房热”而出现的“空心村”现象。

当时的情况是,改革开放以来,农村经济有了迅猛发展,农民的生活水平有了较大提高,农民手里有了点闲钱,便寻思着改善住房条件。尤其是准备结婚的年轻人,大都不愿同父母住在一

起,因而不愿在老宅基地上盖新房,纷纷到村外的自留地上盖新房。于是,改革开放后第一波农村"盖房热"开始兴起,大量的耕地被用来盖房子,很多人从村里的旧房子搬到村外的新房子居住,一个个"空心村"开始出现。就拿我们村子来说,20世纪80年代之前,全村只有五大户人家,自东向西一排五座四合院,仅有三户散住人家。自1985年至1995年十年间,在村外自留地里盖房,从村里搬到村外新房居住的就达十六户,新占用土地约二十亩,而村子里旧宅基地空闲的土地则多达三十余亩。这样算来,像我们村这样一百二十人的小村庄就占用将近五十亩的宅基地,出现"空心村",那么,比我们村子大的村庄,全乡镇、全县、全省将有多少"空心村"出现,将会占用多少土地,这是一个相当大的数字,说明这种土地浪费现象已经达到十分严重的地步。我当时就意识到,农村日益扩大的"空心村"现象是一个非常严重的社会问题,必须引起相关部门的高度重视。

1996年3月,我从《淮北日报》上读到我市濉溪县白沙乡政府实施旧村改造工程、返填"空心村"的报道,眼前顿时一亮,我打从心里为白沙乡政府的这一节省土地的做法拍手叫好。于是,我连夜赶写了一篇评论文章,寄给了《安徽日报》。很快,4月15日,《安徽日报》便在二版右头条《江淮纵横》栏目里,刊发了我写的评论文章——

返填"空心村"好

据报载,濉溪县白沙乡政府和房管部门积极实施旧村改造工程,3年内返填"空心村"近百个,节省土地1300余亩,增加经济收入 250 多万元。这实在是一桩造福子孙后代的大好事。

党的十一届三中全会以来，随着农村经济的健康发展和农民生活水平的不断提高，农民对住房条件和住房环境的要求越来越高。许多农民嫌老宅陈旧，想住得新鲜、亮堂一些，纷纷离开原来的老宅，到村边建造新房。于是，昔日的老宅逐渐被村边的新房包围，日久天长便形成了一个个"空心村"。"空心村"的出现，造成农村相当一部分土地闲置和浪费，从一定程度上加重了我省农村土地的危机。

众所周知，土地是一种不可再生的资源。目前，我国人均耕地还不到世界人均耕地的 1/4。全国有十多个省市人均耕地不足 1 亩，我省人均耕地也只有 1.1 亩。我国土地资源的现状告诫国人，已经少得如此可怜的耕地，再也不能随意闲置浪费了。积极实施旧村改造工程，及时返填"空心村"可以节省很大一部分耕地，进一步提高土地利用率，从而减少和缓解我国的土地危机。从这一点上来说，濉溪县白沙乡积极返填"空心村"、实施旧村改造的做法，是具有普遍现实意义的。

返填"空心村"，等于再造土地。据了解，我省农村目前尚有许多待返填的"空心村"。一个白沙乡便能节省千余亩耕地，那么，全省农村的"空心村"返填完，就会再造出一大批耕地来。这么多耕地给我省农村带来的经济效益，谁又能说不是相当可观的呢？

白沙乡返填"空心村"的做法是值得称赞的，同样的道理，一切有利于保护和节约土地的好办法，我们都要满腔热情地支持。

这篇评论见报后，我隐隐约约地感觉到，返填"空心村"是中

国农村经济生活中的一件大事情,其意义深远、内涵广大,不仅仅限于节约土地这层意义,还有更深邃、更广大的内涵,这是一项宏大的工程,这是一篇中国社会在不远的将来必须做的"大文章"。因此,从那时起,我便留心关注濉溪县返填"空心村"的进展情况,想继续调研,跟踪报道这方面的情况,写出更多的文章。然而,事情并没有朝着我预想的方向发展。因为种种原因,返填"空心村"这一利国利民的旧村改造工程在后来的日子里进展甚微,让我的期待与愿望落了空,这样一篇意义重大的文章我没有成功写完,成为我人生中的一大遗憾。

现在,我终于明白,当时白沙乡返填"空心村"的做法,虽然具有节约土地的现实功能与意义,但其却同中国农村经济社会以及整个中国社会的发展有着十分密切的联系。如果把中国目前正在实施的社会主义新农村建设和城镇化建设当成一个系统的社会工程来看待的话,那么,返填"空心村"不仅是一条必由之路,而且是这项宏伟工程上的第一节链条,对社会主义新农村建设和城镇化建设起着奠基作用,这是一篇具有划时代意义的大文章,不可能一挥而就,需要较长的时间方能完成。当然,作者不仅仅只有我一人,还有十三亿勤劳智慧的中国人。

8. 乐为"小草"唱赞歌

"雪儿"与"一团火"

调到市分行办公室工作后,我有了更多下基层了解情况、接触一线员工的机会,使我能够在更近的距离内观察和体验一线员工的酸甜苦辣、忧喜哀乐,更清晰地透视和感受他们献身农金事业的高尚敬业精神,从而极大地激起我拿起笔来为他们这些无名"小草"宣传、讴歌的热情。

从 1996 年 6 月到 1997 年 4 月,我先后 5 次到被安徽省濉溪县金融系统誉为"优质服务第一所"的县农行老濉河储蓄所采访。采访过程中,我发现所里的两位女职工对前来办理业务的人,一口一个"大娘、大爷""大哥、大嫂",叫得如同家人般亲切,而储户也都直呼她们的乳名。银行员工与储户之间如此亲密、融

111

洽的关系着实令我不胜感叹。该所主任孙玉雪是省级"最佳服务明星"。她告诉我，她们是打从心里把储户当作亲人来对待的。她给我讲了这样一件事：有一次，一位年近六十岁的老大爷来所里存 1200 元钱，待存单开好后，老大爷硬说是 1300 元钱，并一口咬定两位女员工贪污了他 100 元钱。之后，这位老大爷一连三天在储蓄所门前叫骂，引来许多人围观。两位女员工强忍着委屈的泪水，始终没有出去同老大爷争论。几天后，这位老大爷一大早便来到储蓄所，给两位女员工赔礼道歉。原来那 100 元钱被他的大儿子拿去买东西用了。两位女员工听后，都抑制不住地流下了热泪。她们这种用委屈自己来宽容客户过失的举动，令我为之感动与骄傲。于是，我欣然提笔写下了长篇通讯《星光在这里闪烁》，先后在《淮北日报》《安徽农村金融》刊发。后来，我通过对该所主任孙玉雪的深入了解与采访，撰写了一篇人物通讯《雪儿》，在 1997 年 5 月 9 日《中国城乡金融报》二版头条发表，在全行干部职工中引起了热烈反响。

雪儿

去年夏末的一天，我到农行濉溪县支行储蓄部采写该部便民服务的事迹。储蓄部主任王清运建议我到老濉河储蓄所，去采写连续三年被省市县评为"最佳服务明星"的孙玉雪主任。

在老濉河储蓄所，我见到了正在埋头整理破币的孙玉雪。她二十七八岁年龄，瘦小的身材，圆圆的脸庞略带些许倦意，而一双乌黑的大眼睛却透露着几多精明。听说要采访她的事迹，她显得有点局促，一个劲地对我说没啥好写的，都是自己应该做的事。

就在我们说话的当儿,我发现几乎每个前来办理业务的顾客跟她打招呼时,都非常亲切地叫她"雪儿"。我问她:"那些跟你打招呼的都是你的亲戚吧?"她轻轻地笑了笑说:"哪里是什么亲戚,这些储户和我关系熟了,见面都爱叫小名,'丫头''闺女',也有管我叫'孩子'的,我觉得这样叫更亲。"

雪儿告诉我,一位储蓄员在储户心目中能被当作亲人一样看待不容易。别看只是一句平常的称呼,却包含十分厚重的感情分量,需要很多很多的感情投资。

雪儿曾经有过甜。那是她刚到老潍河储蓄所上任后的一段时间。她看到位于储蓄所北面的农贸市场里的数百家商贩摊位上,每天都有大量的零残币在市场上交换、流通,而无论买方还是卖方都不喜欢收存零残币。雪儿和所里的另外两名女职工一商量,率先在潍城几十家储蓄所中开办了零残币兑换业务,受到当地商贩和储户的热情赞扬,都夸农行人办了件大好事。一天,一位卖大饼的田姓老大娘拿着一张五角钱残币,跑了好几家银行的储蓄所要求兑换均遭拒绝,听人说老潍河储蓄所兑换零残币,便抱着试试看的心理来到所里。雪儿二话没说,马上给老大娘换成了新钱。田大娘十分感动,第二天又来到所里存了3000元定期存款。更令雪儿欣慰的是,经过田大娘的热心宣传,许多储户都踊跃前来兑换零残币,办理存款业务,使所里的储蓄业务一下子变得红火起来。那段日子,雪儿心里像吃了块冰糖,一天到晚总是甜丝丝的。

雪儿也有过苦。听雪儿说,她所处的储蓄所在全县城地处最偏僻,储源稀薄,存款市场潜力小。为了吸收更多的存款,她和所里的另外两名女职工坚持轮流外出,到厂矿企业、郊区农村吸存

揽储,常常是一跑一整天不沾家,吃不好饭,睡不好觉。遇上阴雨天,乡间道路泥泞,只好扛着自行车走。1995 年初秋的一天下午,雪儿和记账员程家云一道,骑车到距离县城 30 多里远的一个果园场帮助果农收取卖苹果款。回来的半路上突然下起了雷阵雨。她俩来不及躲避,浑身上下被雨水浇了个透,又湿又薄的衣服紧贴在身上,冻得直打哆嗦,只好跑到公路边的一间废弃的小卖铺前,脸朝墙站了一个多小时,等雨过天晴衣服晾干后才上路。那天晚上她俩回到县城已经八点多钟,一路上摔了不知多少跤,整个变成了两个泥人儿。

雪儿曾经有过泪。在办理储蓄业务中,雪儿多次遇到过这样的情况:有的储户因各种原因产生的误会,对储蓄员采取一些不礼貌的做法。遇到这种情况,雪儿总是采取"有理也要让三分"的态度,宁愿自己受委屈,也绝不让一个储户带着愉快和希望进来,却带着一肚子怨气和扫兴从所里走出去。去年 3 月的一天上午,一位老大爷来所里存 1300 元钱。雪儿和记账员反复数了多遍只有 1200 元。老大爷顿时生了气,怎么解释也听不进去,张口就说钱被雪儿贪污了,随即把钱拿了回去,并声言:"今后再也不到你们这个所存钱了!"打这以后,这位老大爷天天来储蓄所吵闹,话说得很难听,引来不少群众围观。雪儿和记账员程家云委屈得眼泪直往肚里咽,但从未出门和老大爷计较、理论。第四天一大早,储蓄所刚开门,这位老大爷便急忙走进所里,手中拿着一沓钱,满脸愧色地对雪儿说:"孩子,大爷真是对不起你,那 100 块钱被我大儿子抽去买东西用了,你千万别跟我老头子一般见识,这是 4000 块钱,请你帮我存上,算是大爷我给你赔不是了。"听了大爷一番话,雪儿心头一阵酸楚,泪水唰地落满了双颊。

离开老潍河储蓄所时，我心中对雪儿陡升几分敬意。我想，雪儿虽然是一个普普通通的储蓄员，但她却实实在在是农行的一位好职工，更是储户的好女儿。

《雪儿》是我转业到农行工作后在"中"字头的报纸上发表的第一篇人物通讯，对我的业余新闻通讯写作是一个很大的鼓励。稿件刚见报，《中国城乡金融报》驻安徽省农行记者站蒋斌站长立即打来电话向我表示祝贺，市分行的领导也非常高兴，在充分肯定我的新闻写作能力的同时，又热情鼓励我积极深入基层采访报道，把我市农行员工的崭新精神风貌向社会展示。

《雪儿》稿件见报后，文中的主人公孙玉雪出名了，市分行在全行范围内开展向孙玉雪学习的活动，不少营业网点还组织员工到孙玉雪所在的老潍河储蓄所学习取经，市行领导要求我继续关注孙玉雪在服务储户方面采取的新举措，取得的新成绩，做好跟踪报道工作。在接下来的一年多时间里，我又先后多次到孙玉雪所在的老潍河储蓄所进行采访，听到不少储户都管雪儿叫"一团火"，仔细一打听，原来是储户给雪儿起的外号，此事引起我很大的兴趣。我想，雪儿是孙玉雪的小名（乳名），雪本是冰凉冰凉的，而"一团火"却是很热很热的，这两者之间差异太大了，雪能够变成火，这里面大有文章可做。于是，激情之下，我怀着一腔敬佩之情，再一次来到老潍河储蓄所，采访了众多老潍河储蓄所的储户，听他们讲述了孙玉雪优质服务的感人事迹，撰写了《小所里的"一团火"》通讯，刊登在 1998 年 12 月 25 日的《中国城乡金融报》上。

小所里的"一团火"

这是个只有两名储蓄员的小储蓄所。在这个盛产"口子牌"名酒的小城里,数农行老濉河储蓄所地处最偏僻,条件最简陋。小所的主任大号叫孙玉雪,外号"一团火"。

生活在老濉河边的人们都清楚地记得,雪儿自打1987年进所以来,就像钉子一样钉在这里,12年愣是没有挪过一次窝。4300多个忙碌的日子,熔铸了雪儿火一般的性格,培养了她对农金事业火一样的热情。

在柜面服务上,雪儿待储户像火一样的热情。从18岁豆蔻年华的小姑娘,到如今30岁的孩子妈妈,12年间,从雪儿嘴里叫出了多少"大爷、大娘""叔叔、阿姨",谁也记不清楚。雪儿的亲切与热情在储户心中留下了难忘的印象,每一个储户的心灵都曾被雪儿那亲如家人般的称呼温暖、熨烫过。淮北矿务局职大退休女工张秀华开了个小卖店,缺少零钱。雪儿听说后,骑着自行车跑了10多里路,把零钱送上门,嘴里一口一个"大娘",叫得非常亲热,令张秀华不胜感动,逢人就夸雪儿:"这闺女嘴甜,心肠热。"

的确,在老濉河这片居民区,储户们都称赞雪儿有一副热心肠,是储户的贴心人。老城有个卖油条的青年,攒了一纸箱油乎乎、脏兮兮的零残币,跑了好多家银行都嫌脏烂,不愿兑换。有人告诉他,你去农行老濉河储蓄所找雪儿,她准会帮你兑换。这位青年抱着试试看的心理来到老濉河储蓄所,对着柜台内喊了声:"谁是雪儿?"雪儿闻听,连忙站起身来笑着答应道:"我就是,请问大哥找我有啥事儿?"卖油条的青年说明了来意,雪儿二话没说,热情地接过纸箱。当雪儿和同事程家云把200多元崭新的钞票递到卖油条的青年手上时,这位青年感激得不知说啥才好,当即把钱又递了回来,让雪儿给他开了个活期存款账户,把钱存在了老濉河储蓄所。从此以后,这位卖油条的青年竟成了老濉河储蓄所的一位义务宣传员。

雪儿爱储户,她把为储户排忧解难当成自己神圣的职责,自觉地用一颗滚烫的爱心和炽热的情感温暖储户的心灵,在储户心中塑造农行员工文明服务的良好形象。去年中秋节前的一天上午,城郊戴圩村的一位50多岁的女储户,与儿媳妇一道,骑着一辆三轮车进城购买节日礼品,到了城里才发觉钱忘在了家里。回去取钱吧,来回要赶30多里路。正在焦急之际,刚巧碰上外出揽储归来的雪儿。她把婆媳俩领到储蓄所,从自己的存折上取了500元钱,借给女储户购买节日礼品,令婆媳二人感动不已。像这种助人为乐、热心为储户排忧解难的事情,在雪儿身上时常发生。

雪儿个子只有一米五四,体重不足45公斤。别看她身单力薄,干起工作来却似"一团火"。只要听说哪里有储源,她就会饭不吃,觉不睡,像奉命出击的战士一样,风风火火上门公关揽储。今年5月的一天中午,雪儿正在弟弟家中吃饭,弟弟无意中说到有位做摩托车生意的朋友,手里有一笔巨款存在另一家银行,即将到期。雪儿听说,放下碗筷,硬拉着弟弟来到这家摩托车商店,找到了该店老板李某,热心动员李某把钱转到农行来存。一连十几天,雪儿几乎天天上门公关、宣传,李某被雪儿的勤奋敬业精神深深地打动,把到期的一笔巨款转存到老濉河储蓄所。

雪儿恰似"一团火",这"火"源于雪儿对农行深深的情,对储户厚厚的爱。12年来,正是对农行不断升腾的情,对储户日益增长的爱,使雪儿胸中的"一团火"越烧越旺,小所的储蓄业务也因雪儿火辣辣的拼搏、奋斗,变得越来越红火,储蓄存款由1987年时的年增长20多万元,发展到今天年增长500多万元,并于1998年10月突破千万元大关。老濉河储蓄所被濉溪县人民银行评为"十佳储蓄所",雪儿也被农行安徽分行评为"最佳服务明星"。

我们祝愿雪儿这"一团火",在振兴农村金融的伟大事业中,散发出更大的光和热。

一个普通农行女员工的事迹连续两年在《中国城乡金融报》刊载,这不仅在淮北市农行从无先例,就在安徽省农行系统也无第二人,雪儿真的"火"了。两年来,到老濉河储蓄所学习取经的人越来越多,雪儿的服务质量也不断提升,所里的经营也越来越红火。

雪儿先进事迹的成功宣传报道,使我有了较大的成就感,让我对做好业余通讯报道工作更加充满了自信。那么,像雪儿这样的农行普通员工,她的事迹的确十分平凡,没有任何惊人之举。在我看来,对她的事迹的宣传报道已经到位,再想报道新的事迹,挖掘新的报道内容不太容易。按说,我作为一个业余通讯员,能够把一个普通员工的事迹宣传报道到如此地步,应该感到很满足了,可我却有点不死心。三年多来,为了写好雪儿的事迹,我没少往老濉河储蓄所跑,不仅跟雪儿和所里其他员工的接触较多,而且同雪儿的家人关系也处得很熟,很亲密。老濉河储蓄所租用的是雪儿娘家的临街的门面房,雪儿的父母兄弟一家人就住在储蓄所后面的院子里。在与雪儿家人的接触中我慢慢地发现，雪儿的父母不仅把自家做生意的房子租给农行使用，而且一家人都积极支持雪儿的工作，积极帮助雪儿招揽储户，为农行吸收存款，把农行储蓄所当作自家的生意一样精心经营，令我十分感动。我觉得这是一个很有意义的新闻报道题材，于是，满怀对雪儿家人的一腔崇敬之情，我采写了《"农行"人家》这篇通讯，发表在 1999 年 3 月 10 日的《中国城乡金融报》上，该版的编辑特地为这篇通讯编发了题语——

　　农行的发展与繁荣，离不开千百万农民的理解与支持，就像绿树离不开泥土……

"农行"人家

　　这是盛产"口子牌"名酒的濉溪县城中的一户普通人家，自从 12 年前农行安徽省濉溪县支行在县城老濉河大桥头设立储蓄所以来，这家人就把一腔爱心和热情无私地倾注到这个小所上。孙叔在老濉河生活了几十年，是个为人要强、最要面子的人。老濉河储蓄所开业的当天晚上，孙叔就把全家人召集到一块儿，开了一个颇具意义的家庭会。孙叔说："农行租用咱家的房子开办储蓄所，咱雪儿又在里面上班，今后这所里的事就是咱家的事，大家都要用心照应着点，不能给咱老孙家和雪儿脸上抹黑。"

　　孙叔在老城做了几十年小生意，街上卖瓜果、蔬菜、炸油条、麻花的小商小贩全是孙叔的熟人。如今孙叔家的房子开了银行，女儿又在银行上班，孙叔脸上感到十分的光彩。平时走在街上，

碰到做生意的熟人，便主动上前打招呼："喂，伙计，俺家丫头在银行上班，想换零钱就去找俺家雪儿，保证随到随换。"孙叔又私下里叮嘱雪儿："你在咱家门口上班，这老濉河边的街坊邻居都是咱家的熟人和朋友，你们可要热情着点，业务再忙也不能嫌烦。"雪儿记住了父亲的话，平时值班时，见了储户总是笑脸相迎，主动招呼，口里"大爷、大娘""叔叔、阿姨"，叫得如同家人般亲热。遇到街坊邻居或小商小贩来所里兑换零钱，无论多脏多烂，雪儿总是耐心地帮助兑换，受到了街坊邻居和小商小贩们的热情称赞。后来，到老濉河储蓄所兑换零残币的人多了，雪儿便在柜台上专门设立个"零残币兑换窗口"。于是濉溪县金融机构中第一个"零残币兑换窗口"就在老濉河边诞生了。这件事经过新闻媒体宣传，到老濉河储蓄所兑换零残币的人一下子多了起来，就连七八十里远的商贩也慕名而来兑换零残币。

　　与孙叔对女儿工作上的支持不尽相同的是，孙婶张淑兰对雪儿、对小所职工的关心和帮助更加细致周到，体贴入微。10多年来，她一直扮演着女儿和储蓄所"最佳后勤部长"的角色。自从老濉河储蓄所开业那天起，孙婶每天天不亮就起床，掂起扫帚先把储蓄所门前的环境卫生打扫得干干净净。每天早上储蓄所一开门，孙婶总是准时把自家烧的两瓶开水送到所里。逢到雪儿和同事们加班，顾不上回家吃饭，孙婶就把做好的饭菜端到储蓄所。12年来，无论晴天雨天，刮风下雨，孙婶坚持每天义务为储蓄所打扫卫生，供应开水，热心地为所里加班的职工供应"免费的午餐"。虽然谁也没有详细计算过孙婶打了多少瓶开水，给所里的职工做了多少顿饭菜，但每一个在老濉河储蓄所工作过的职工们都打心底感激孙婶，走到哪里都夸孙婶有副热心肠。

在孙叔一家人中，儿子孙华在承包的村砖厂里开车运砖，儿媳杨杰在砖厂担任会计。夫妻俩经常深入厂矿企业、建筑工地，积极为姐姐所在的储蓄所进行公关宣传，主动帮姐姐拉储户、揽存款。去年 5 月，孙华得知姐姐所在的储蓄所二季度存款上升缓慢，业务下滑的情况后，连续一个多星期，和雪儿一起天天上门公关拉大户，终于说服皖北地区最大的摩托车销售客商李某在老濉河储蓄所开设了账户，存入低成本资金 150 多万元。杨杰也利用到厂矿企业要账的机会，热心动员自己的客户到老濉河储蓄所开户存款。仅去年一年，孙华、杨杰夫妻俩就为老濉河储蓄所拉来十多个存款大户，吸收存款 300 多万元。

12 个春夏秋冬，4380 个平凡而又漫长的日子，孙叔一家人，用他们赤诚的爱心，牵挂呵护着雪儿，用他们的热情和心血帮助、支持着老濉河储蓄所，他们把农行当作自己的家一样倾力操持，他们把储蓄所当作自家的生意一样精心经营。在他们的关爱和呵护下，老濉河储蓄所的储蓄业务一派红火，1998 年人均增量存款位居全市农行储蓄所之首。正是"一人在农行，全家都帮忙"。老濉河储蓄所的成绩，是对孙叔一家人爱心的最好的赞美与回报。

连续三年，我在《中国城乡金融报》发表 3 篇通讯，热情宣传报道了一个普通农行女员工雪儿和她的家人的先进事迹，让全国的农行人了解了雪儿和她的家人，这在《中国城乡金融报》办报史上是绝无仅有的。而作为一个业余通讯员，我做到了一个专职记者没有做到的事情，我深感骄傲与自豪。在追寻记者梦的艰辛过程中，这是一段令我最难忘的记忆。

难忘一个普通信贷员的情怀

在基层采访中,最令我感动的是那些长期在偏远的农村乡镇营业网点工作的员工。他们为了农村金融事业的繁荣发展,不计名利,不图报酬,不怕辛劳,长年累月地在坎坷不平的乡间小路上奔波往返,深入村镇收贷揽储,像一棵棵默默无闻的小草,用自己辛勤的汗水,点缀着农金天地的春色。

1997年秋天,我到地处偏僻的濉溪县马桥营业所采访优秀信贷员赵太伦。老赵已经五十四岁,家在农村,离营业所少说也有十五里路。妻子三年前患偏瘫,长年卧床不起。到马桥营业所十三年来,他每天骑着自行车上班,早出晚归。无论晴天雨天、天热天冷,他一年到头,天天如此,从未迟到早退一次,说起来简直令人难以相信。十三年来,老赵在马桥乡那崎岖的乡间小路上,走了将近十六万里路,相当于五趟长征。他不仅熟悉全乡的每一条小路,而且熟悉每一处村落人家。经他手发放的近百万元农贷竟无一分呆滞、沉淀。在他的热心帮助扶持下,马桥乡涌现了许许多多的万元户、专业户。而老赵却因为给妻子借钱看病,欠了一屁股的债。当老赵得知我要给他写报道时,他连连冲着我摆手说:"不要写,不要写,都是应该做的,很平常,没啥好写的。"我被太伦大哥这种敬业爱岗、无私奉献的情怀和精神深深感动着,满怀敬佩之情采写了一篇题为《走在乡间的小路上》的人物通讯稿件,刊登在1998年1月16日的《中国城乡金融报》上,并配发了压题照片,这篇稿件受到了编辑和读者的一致好评。

走在乡间的小路上

从马桥营业所到赵庄，一共 15 里路。10 年间，在这条崎岖坎坷的乡间小路上，赵太伦往返来回走了十多万里，相当于 5 趟长征路。他不仅熟悉这条路上的每一户人家，而且熟悉路边的一草一木，闭着眼睛也能记清楚路上的每一处坑坑洼洼。

1987 年 10 月，42 岁的赵太伦从乡兽医站调到农行安徽省濉溪县支行马桥营业所，当了一名信贷员。

对赵太伦来说，这么大年纪开始干信贷工作，他绝对算不上是内行。但他却死死地认准了一个理：一切按照贷款"三性"原则来。凡是不符合"三性"原则的贷款，你就是说得天花乱坠，他也不会贷。开始，有的企业和客户对赵太伦的做法不理解，说他死脑筋，办事一点也不活便。可后来的实践证明，正是由于赵太伦认准了贷款"三性"原则这个死理，才有效地避免了贷款风险的发生。在他任工商信贷员 5 年间，经他手发放的 280 多万元工商贷款，无一笔呆滞、沉淀。更令人叹服的是，在全县 95% 以上的供销社面临经营严重亏损的情况下，赵太伦负责贷款支持的马桥供销社却一花独放，不但没有亏损，反倒盈利 200 多万元，成为马桥营业所的第一存款大户，被省、市、县供销社系统评为"红旗供销社"。

在好多人的眼里，干信贷工作是一个肥缺。而赵太伦从当信贷员的第一天起，就给自己定下了三条清规戒律：不喝贷户一杯酒，不抽贷户一支烟，不吃贷户一顿饭。他认为，利用贷款贪便宜，捞好处，"肥"自己，会被人戳脊梁骨，瞧不起。以贷谋私，这

不是他赵太伦的为人。

1991年春天,赵太伦给闸河村的一姓张的个体砖厂主贷款10000元用于购买煤炭。9月里的一天,赵太伦到该砖厂了解经营情况。中午,厂主张某硬要留赵太伦到饭店坐坐,赵太伦说啥也不答应,坚持回自己家吃饭。赵太伦走后,张某撵着儿子给赵太伦送去100元钱,并叮嘱儿子说:"你赵叔不会喝酒,把这100块钱送给他,让他随便买些东西吃。"当张某的儿子追上赵太伦说明原委时,赵太伦生气地说:"你回去告诉你父亲,他要给我送钱的话,今后就别想从我这儿贷出一分钱。"后来,当张某从儿子手里接过赵太伦退回的100块钱时,非常感慨地对儿子说:"你赵叔,好人哪!"

"吃人的嘴短,拿人的手软"。赵太伦时时刻刻在心里用这条千年古训警示自己,他能掂量出吃一点、拿一点与农行信贷资产安全二者之间的轻重分量。1995年,马桥乡古饶村农民赵某和马某合建一座砖厂,经赵太伦之手借了20000元流动资金贷款。由于经营不善,砖厂出现了严重亏损,资不抵债。1996年贷款到期时,赵、马二人不但不主动上门还贷,反而采取逃避的方式,赵太伦多次上门收贷硬是躲着不见面。赵太伦十分生气,决定到法庭起诉,借助法律手段收回贷款。

一听说要起诉赵某、马某,所里的一些同事好心地劝说赵太伦要谨慎从事,三思而行。赵某、马某与上级行的现任领导是中学时的同学,这些关系希望赵太伦全面考虑,认真权衡一下。赵、马二人一听说赵太伦要到法庭起诉他们,怕丢面子,连忙请人找赵太伦说情,暗示要给赵太伦"意思意思",希望赵太伦不要起诉。赵太伦毫不客气地说:"不还清贷款,再好的'意思'也没意思。"赵、马二人见赵太伦不接受他们的"意思",最后只好老老实实地在规定的期限内还清了20000多元贷款本息。

赵太伦当信贷员10年间,双脚踏遍了马桥乡的每一条小路,马桥乡的不少村民在他的贷款支持下富了起来,涌现了不少种、养、加专业户。而干上信贷这一"肥缺"的赵太伦非但没有"肥"起来,反倒成了全县农行系统职工中出了名的贫困户,欠了一屁股的债。

赵太伦的妻子儿女都生活在农村。他刚进农行时,家里上有年逾古稀的老母,下有七八岁刚刚上学的孩子。除了承包的五六亩责任田外,家中唯一的经济来源就是他每月百十块钱的工资收入。为了维持全家人的生活,赵太伦平时省吃俭用,一分钱掰成两瓣花。进农行5年内,没舍得给自己添一件新衣服。平时上班下乡时穿的一套灰涤卡中山装,还是他进农行前特地缝制的。春秋天当单衣穿,冬天当罩衣套棉袄棉裤。

1992年春天,赵太伦80多岁的老母亲突患直肠癌。为了给老母亲看病,赵太伦不仅倾尽了自己的全部积蓄,还跟亲戚朋友借了10000多块钱。更不幸的是,1993年春天,就在赵太伦把久病不治的母亲刚刚送下地不久,不满50岁的妻子又因劳成疾,患类风湿病造成四肢瘫痪,卧床不起,吃喝拉撒睡全靠赵太伦来料理。4年来,赵太伦每天早上天不亮就要早早起床赶着做饭,然后给妻子穿衣、洗脸、梳头、喂饭、伺候大小便,直到把妻子安顿好,他才匆匆忙忙地吃点饭,匆匆忙忙地去上班。晚上下班回到家里,又要忙着给妻子洗衣、煎药、按摩,直到很晚才能躺下休息。在他的悉心照顾下,妻子的两只手已能自由活动。马桥营业所的职工告诉笔者,4年来,赵太伦从未因家事迟到、早退过,他经手

发放的 60 万元农贷,没有一分损失。

4 年光阴,1000 多个日日夜夜。在赵庄通往马桥营业所的那条乡间小路上,赵太伦肩挑着事业和家庭两副重担,披着风霜雪雨,踏着汗水泥泞,日复一日地坚实地走着,来也匆匆,去也匆匆。在以后的岁月里,赵太伦还要在这条乡间小路上走好长好长的路程,笔者衷心地祝愿赵太伦一路保重,走稳、走好。

我以我心写 "小草"

在采访报道基层员工事迹的过程中,我慢慢感觉到有一种看不见的力量在呼唤和激励着我,让我振奋,催我前进,这是一股勇于拼搏进取、积极向上的力量,这是众多无名 "小草" 拧成的建功立业的合力。正是这一棵棵无名 "小草" 的无私奉献,才能精心描绘出农业银行加快发展的宏伟蓝图,装扮出农业银行业务发展的绚丽多彩的春天。"小草" 虽小,却拥有高尚的情怀、崇高的追求,他们才是最可爱、最值得赞美、最值得歌颂的人。虽然我是一个业余通讯员,从事通讯报道不是我的 "正业",但我觉得宣传报道他们的事迹,展示他们的风采是我义不容辞的职责与义务,他们为了农业银行的振兴与发展奋力拼搏,出力流汗,默默奉献,毫无怨言,他们是支撑农业银行宏伟大厦的脊梁。如今,我有这个能力而不去宣传报道他们是我的失职,能把他们的事迹、他们的风貌展现出来,我倍感快乐与欣慰。因此,在担任办公室秘书期间,我采访报道的多是基层一线职工的事迹,只有一次报道机关员工的事迹。然而,被我报道的这些机关员工可不是一般的员工,他们是一支特别能吃苦、特别能战斗的 "电脑轻骑兵"。

"电脑轻骑兵"
——记农行淮北分行电脑服务小分队

在淮北平原西北部方圆 2500 平方公里的土地上,活跃着一支特别能吃苦、特别能战斗的电脑服务小分队,他们就是农行淮北分行信息电脑服务中心的同志们。

淮北农行电脑服务小分队 1996 年初正式组建。在 2 年多的时间内,他们的足迹遍及全行的每一个电脑业务网点,为基层维护、检修计算机设备 420 台,排除计算机设备及操作故障 740 次,有力地保障了全辖区电脑营业网点业务经营的顺利开展,被基层干部职工誉为"咱们的电脑轻骑兵"。

你求他求 有求必应

电脑服务小分队自从组建的第一天起,干部职工就把全心全意为基层服务当作自己神圣的职责。1996 年 5 月的第一个星期天的下午,杜集营业所正在结账时,电脑突然出现了故障,电话打到信息电脑中心系统管理员周杰的家里。当时,周杰正在参加一个朋友的婚礼,回到家里已经是晚上 9 点多钟。当妻子告诉他杜集营业所的电脑出现故障时,他顾不上休息,赶紧上街拦了一辆出租车,匆忙赶到杜集营业所,连夜将故障排除,保证了第二天的正常营业。在电脑服务队,像这样饭不吃,觉不睡,闻讯而动,半夜爬起来就出发的事情数不胜数。基层干部职工发自内心地称赞说:"我们的电脑服务队,有求必应,比公安局的 110 还要快,还要灵!"

大事小事 都是急事

1997 年春节前的一天下午,远离市区 100 多里的毛庄营业

所的电脑出现故障,打电话请求帮助。当时电脑中心有两位同志在基层安装设备,一位同志在医院看护生病的小孩,只有电脑中心主任李建民一人在家值班。接到电话后,他匆忙地跟计划信贷科的同志打了个招呼,背起检测工具和仪表,冒着零下七八度的严寒,挤上了开往徐州方向的长途汽车。经过3个多钟头的紧张工作,终于排除了故障,使机器恢复了正常运行。有的营业网点上电脑晚,操作人员技术不熟练,常常由于操作不当而造成程序混乱或停机,于是便打电话向电脑中心求助。他们从不因事小而通过打电话遥控指挥,而是不厌其烦地亲自下去帮助排除。在他们看来,哪一台机器设备出了故障,都会影响整个网络系统的正常运行,都是不容马虎的大事情。

晴天雨天　天天如此

淮北分行目前共拥有各种型号的电脑83台,分布在全辖区73个营业网点。由于大部分机器设备陈旧,造成机器运行故障频繁发生,几乎每天都有一两个求助电话打来。为了及时帮助基层网点排除故障,电脑服务队的同志们,不论晴天雨天,也不管天热天冷,总是毫不犹豫地下去帮助检修,再苦再累,从无一句牢骚怨言。去年9月中旬的一天,梁卫东、周杰、丁峰3人冒着细雨到石台营业所架设信号电缆,由于下雨电杆滑,架设十分困难,好几次上到电杆半腰又滑了下来,3个人都重重地摔了个"屁蹲",痛得直咬牙,直到深夜1点多钟,才把线路架设完毕。今年6月中旬,电脑服务队的4名同志全体出动,冒着摄氏三十七八度的高温,帮助杜集营业所开通"子母所",安装自动交换机。4个人光着脊梁上房、爬杆、挑线,共架设通信线路1000多米,个个热得汗流浃背,一身泥水一脸灰,从上午9点一直干到下午3点,连续工作 7 个小时,累得身体像散了架似的,往营业所的沙发上一坐,半天都没能站起来。

2 年多光阴,700 多个日日夜夜,电脑服务队的同志们下基层网点检测、维修设备 1600 余次。他们的热情服务和辛苦劳累,换来了全辖区电子化建设的长足发展。继 1996 年顺利开通全国、分辖人民币电子汇兑系统,并在全辖区范围内实现了会计报表、项目电报等报表处理的电算化后,在去年安徽省分行电子汇兑综合考核中,他们又取得了第二名的优异成绩。2 年多来,全辖区共处理来账、往账 5 万多笔,从未出现一分差错。这一串串数字有力地证明,电脑服务队的同志们,不愧是一支特别能吃苦、特别能战斗的"电脑轻骑兵"。

这篇稿件见报后,报社的编辑同志还特地打来电话,称赞这篇稿件不仅内容朴实感人,而且标题也非常新颖生动,编辑同志热情鼓励我今后继续多写一些这样见人见事、朴实生动的稿件。而在我看来,电脑服务队的同志们为了全行电子网络的正常运行吃了那么多苦,受了那么多累,为全行的电子化建设做出了那么大的贡献,我能够把他们的事迹宣传报道出去,既是对他们辛勤劳动成绩的肯定与褒奖,也是我的责任心使然,我心里感到无比的欣慰与快乐。

"没有花香,没有树高,我是一棵无人知道的小草"。这句歌词也正是农行基层员工美好心灵和追求的真实写照。在基层采访的日子里,我每时每刻都被员工们的敬业、奉献精神深深地感动和鼓舞着,促使我一次次地拿起笔来写他们的理想、追求与情操。我感到,让大家理解他们的奉献与情操,是我一个业余通讯

129

员光荣而神圣的义务和责任。而采访写作的过程，也正是我的心灵接受美的熏陶与洗礼的过程。多年来，我以我心写"小草"，赞"小草"，从《雪儿》到《方哥》，从《小所里的"一团火"》到《"农行"人家》《女儿的风采》，从《电脑轻骑兵》到《走在乡间的小路上》，这一篇篇文章，不仅浸透着我的心血与汗水，而且凝聚着我对基层员工的崇敬与热爱。或许是报社的编辑们也为这些"小草"的精神和风尚所感动吧，我采写的人物和事件通讯稿件，见报率均达100%，我打从心底感谢编辑们对我的热情鼓励及对"小草"精神的深刻理解。

这些年来，在基层营业网点采访过程中，我遇到过许多数十年如一日在一线岗位工作的老出纳、老会计、老信贷员，他们虽然没有干出轰轰烈烈的业绩，但却在本职岗位上像一颗颗永不生锈的螺丝钉一样，默默无闻地工作着、奉献着。从高处看，他们的人生显得那么平淡无奇。然而，只要贴近观察，就会清晰地发现，在这一个个平凡而又普通的职工的心灵深处，对农金事业都有着火一般炽热的情感，都对农业银行的未来充满希望与信心。他们长年累月爬山越岭，走村串户，下乡收贷收息；他们面对客户的故意刁难与羞辱，从未喊过一声冤和屈；他们总是把个人和家中这样或那样的烦恼与忧虑抛在脑后，一心扑在工作上，很少计较个人和家庭的得失。他们的确很平凡，平凡得就像大地上的一棵棵无名的小草。在与他们的接触中我深切地感到，正是这些无名的"小草"，用他们微小的身躯托起一颗颗晶莹的露珠，点缀着农金天地绚丽的春色。

在未来的日子里，我愿继续用手中的笔来书写农行基层员工平凡而绚丽的人生，为众多的"小草"高歌呐喊。

9. 不敢讲真话，当记者干什么？

我最敬重的记者——苏廷海

我从小崇拜记者，认为记者是一种十分高尚的职业，渴望自己将来能够当一名有出息、有作为、有正义感的记者。在几十年追寻记者梦的过程中，我一直恪守着这样一个坚定的信念，即当一名有出息、有作为、有正义感的记者，一定要敢于讲真话，对待事情和问题不仅要有自己独到的思考与见解，而且要敢于把事情的真实面貌和自己的想法讲出来，让人们了解事物的真相，大力弘扬公道、正义，引导人们正确地思考，推动正确的舆论导向，这既是记者职业道德的基本要求，也是记者自身素质及人格魅力的真实体现。

Wo De
Ji zhe
Meng

　　在我认识和接触过的诸多记者中,我最敬重的是已故新华社记者苏廷海,在我的心目中,他是一个最勇于讲真话的人。这虽然与他所从事的记者职业的特点有关,用老百姓的话说,他是一位"用笔打官司的记者",但他那种善于运用法律的力量,努力维护法律尊严,为国为民仗义执言的胆识与豪气,充分展示了他作为一名记者的独特个性与人格魅力,让我由衷地敬佩。苏廷海是从我们淮北这块土地上走出去的著名记者,生前我同他仅见过一次面,他送我一本报告文学集《案惊中央》,读后令我对他在报告文学写作上展露的才华及取得的成就倍加羡慕,读他的文章,我内心里深深地感受到一个记者所拥有的浩然正气。后来,得知苏廷海因病去世的消息时,我满怀哀伤与遗憾,连夜赶写了一篇短文,倾吐怀念之情——

倾情扶正气　仗义做文章
——读苏廷海报告文学集《案惊中央》

　　读廷海的新作《案惊中央》,从头至尾,我始终被一种汹涌澎湃的激情深深地感染、激动着。笔触之处皆是为普通民众呐喊,为普通民众排忧解难。涡阳县 1947 年出生的单茂华是个农民专业户,1986 年他自筹资金租地 20 亩,嫁接冬桃苗 20 余万株,全国各地的订单雪片般地飞来。眼看"金娃娃"就要抱到手,县里却下令不准冬桃苗"外嫁",致使 20 多万株冬桃苗老死"深闺"。单茂华一下子损失 40 多万元。6 年间,他四处"告官",然而处处被"踢皮球",老单实在无奈,到省城合肥找苏廷海哭诉。正值病中的苏廷海闻听此事,愤然投笔,一篇《首长干预市场造成巨大经济损失,专业户单茂华 6 年未得到补偿》的《内参》呈现在中央领导面前，使中央领导为之震惊，终于催使该县领导下决心妥善解决了单茂华的问题。

亳州市退伍军人王清礼是个农民通讯员，平时专爱为农民兄弟打抱不平，由于写信给省委领导反映当地镇政府拖延民办教师工资的问题而遭到当地一些领导的冷遇，专职通讯员被解聘。王清礼这个血气方刚的硬汉子，因为恼怒贫困交加，卧床不起，最后自杀身亡。廷海得知这位在写作上与自己曾有交往的农民朋友绝望离世的消息后，强忍悲痛，写出了让人荡气回肠的新作《写文章的硬汉，你为啥走了？》。廷海在这篇报告文学行将结尾时写出这样一段文字："我曾劝慰他，不能写稿子，咱就好好地种庄稼；当不了官，咱就一辈子当个普通老百姓——当着你那泪水涟涟的妻子，你不是眼噙热泪都答应了吗？可你，可你，而今却是'一抔净土掩风流'，千想不开，万想不开，你也该见我一面再走啊！"读了作家这段发自心灵的话语，谁又能说从苏廷海笔中汩汩流淌出来的不是沸腾的血、滚烫的泪，而是清淡、冰凉的墨水呢？

写作需要激情。多少年来，正是这种旺盛的激情，激励他倾注全部爱心和真诚，用手中的笔为普通百姓讨回被某些"官"或权势们压抑、扭曲了的公道，使之回到正道上来。在《案惊中央》文集中，笔者欣喜地看到，无论是为宿县曹村镇武云英母女争回承包土地，还是为山东新泰市新汶百货大楼承包人张荣波讨回营业执照；无论是替萧县普通村姑王朵申明冤屈，还是写河南的李战军赶着黄牛"行贿"，虽然都是写平民百姓"告官"之事，他却每件都写得如此认真投入。

《案惊中央》文集中的大部分文章都与法律有关系，这是苏

廷海近年来报告文学写作的一个突出而又鲜明的特点。他一支笔，一年多竟促使70多人被逮捕、判刑、处分。从《案惊中央》到《十大较量》，从《打官司的"秋菊之父"》到《全国罕见：挖地道集体越狱》，这一篇篇充满激情的力作，无不是廷海同志运用法律武器同违法行为和邪恶势力进行的顽强较量。他运用法律维护了法律的尊严，使多年的沉冤得以昭雪，使被压抑的正义得到伸张，使邪恶受到惩除。

在报告文学写作实践中，苏廷海同志凭借自己对法律知识的了解，为企业巧妙地解决了一个又一个难解的法律纠纷。安徽省利辛县孙集粮站状告湖南益阳市鲁光明等人诈骗一案，益阳市法院却判罚孙集粮站支付巨额"违约金"。一方说法律乱了套，一方说法律保护犯罪。两家法院争执不清，都来请教苏廷海，想听听新华社记者的声音。苏廷海经过认真思索，认识到，法律没有乱，真正乱了的是人们的思想观念；法律更不会保护犯罪，是空间给两地司法机关开了个大玩笑。于是，他主动出面，协调各方，终于达成了一纸四方皆大欢喜的圆满协议。不少读者读了苏廷海的报告文学，都有如此感觉：苏廷海手中的笔简直"神"了。其实，是博深的法学知识武装了他的头脑，使他手中的笔产生如此大的"神通"，使他敢做一篇篇很多人不敢做的"案惊中央"的大文章。

1996年9月29日《淮北日报》

当年，我读了苏廷海同志的报告文学集后，心里充满钦佩、崇敬之情的同时，倍感鼓舞与振奋，我心里暗暗叮嘱自己：写文章就要写这样充满激情、荡气回肠的文章，当记者就要当苏廷海这样有正气、有底气、有骨气的记者。

一篇差点儿"夭折"的新闻

1996年5月下旬,《淮北日报》举办一期"石油杯专刊头条征文大赛",报社编辑打电话让我写篇稿件参赛。当时,我从基层营业所调到市分行办公室工作不到两个月,还从未写过新闻稿件。而我们市分行所辖的濉溪县支行商厦储蓄所的揽储工作搞得有声有色,行长让我前去采访并写篇稿件参赛。

接受任务后,我立即动身前往商厦储蓄所进行采访,很快便撰写出一篇2000多字的纪实稿件,我给这篇稿件拟了个标题叫作《"虎口"抢储的人们》。稿件刚脱手,还没来得及送给报社,正巧,省行的一位副行长来淮北分行检查指导工作,行长让我同他一起陪省行的副行长到商厦储蓄所调研。路上,行长问我参赛稿件写作情况,我向行长做了汇报。当听到稿件的标题时,行长立即摇头说这个标题不行,说是银行之间业务竞争,既不能用"虎口",更不能用"抢",这样不仅会伤了几家国有银行之间的和气,而且会产生不好的影响,行长说这篇稿件暂时不能发。我一听,心里顿时凉了半截:这可是我到市分行机关以来写的第一篇新闻稿件,渴望发表,也好在行领导和机关同事面前露露脸,这下子全完了,白费半天工夫。

就在这时,坐在我身旁的省行副行长说了话,他说:"小谢的思路很前卫,现在农行已经开始实行商业化经营,商业银行之间开展业务竞争是一种必然趋势,不存在伤和气之说,只有树立争抢的意识,才能掌握业务经营的主动权,我觉得小谢这篇稿件写

得有创意,可以发。"副行长的一段话,让我的稿件瞬间起死回生。于是,从商厦储蓄所调研回到行里,我立即把稿件送到报社,很快便在三版头条刊登出来——

"虎口"抢储的人们
——农行濉溪县支行商厦储蓄所纪实

去年 12 月 25 日上午,在一串震耳的鞭炮声中,农行濉溪县支行商厦储蓄所正式开业运营。从此,40 岁的所主任赵敏和她的 4 位同事们,在这里上演了一幕幕"虎口抢储"的活剧。

"虎口"敢伸手

商厦储蓄所位于皖北地区最大的综合商品批发市场——三堤口批发市场北端,该市场拥有摊位店铺 300 多个,每天有近百万的资金在此流动,是开展储蓄业务的黄金地段。4 年前,先后有工、中、建 3 家银行和城关信用社捷足先登,在此建所经营,基本上抢占和包揽了该市场的储蓄业务。商厦储蓄所的开设,无异于从"虎口"夺食。现实的储蓄环境使赵敏和她的同事们清醒地认识到,敢向"虎口"伸手"抢食",必须要有新招数。为此,赵敏带领储蓄员范萍深入市场进行细致观察,看到大部分业主人手少,时间紧,营业忙,每天店铺关门收摊时,银行也已经下班,营业款只能带回家中或放在店内,既不方便又不安全。于是,他们当机立断,采取主动拎包上门揽存的方法,为业主提供方便现实的资金服务。果然此举深受广大业主的欢迎。每天一大早,商厦储蓄所的员工们就提前半小时来到所内,除留下室内值班人员外,其余的便拎着款包到市场里,把业主当日经营所需款项送到业主手中。下午,天再晚,他们也要等到业主忙完把钱收回所里再下班。就这样,开业一个月,便吸收各项存款70多万元,硬是从"虎口"里抢了一大块"肥食"。其他储蓄所的职工眼睁睁地瞧着本属于自己的储源被农行人夺走,私下里愤愤不平地说:"农行这一招可真够绝的。"

"抢储"靠真诚

开始,也有不少业主对农行人拎包上街揽储不理解,曾有人当着赵敏等人的面说"农行是专门兑换破币的银行",这话对商厦储蓄所职工们的自尊心来说是一个很大的刺伤。可商厦所的职工们并没有在意这些闲话。他们坚信,只要想客户所想,办客户所盼,竭诚为客户提供高质量的服务,就能感动"上帝",把储户从其他银行里争取过来。

在储蓄业务中,以破换新、以零换整,这是很多银行职工都不愿招揽的麻烦活,商厦所的职工们却乐意干。他们不嫌脏累,不怕麻烦,经常牺牲休息时间,认真清点收来的角分币、破烂钱。虽然一天下来的金额不过上千元,然而,在商厦所的职工看来,储户把破烂钱拿到农行来存,就是对农行服务质量的信任,自己多苦点累点值得。一天上午,一位客户拎着一包破币、零钱,跑了几家银行的储蓄所要求兑换均遭拒绝。有家储蓄所的职工对客户说:"农行最喜欢收破烂钱,你到他们那里换去吧!"这位客户抱着试一试的心理来到农行商厦储蓄所,所里的职工二话没说,花了两个多钟头把钱清点完毕,金额总共6742.25元。当出纳员吴惠萍将一大把新钞整票递到客户手里时,这位客户异常感动地说:"都说农行服务好,真是名不虚传,这钱就存在你们所里吧。"商厦所的职工们正是靠这种真诚服务,赢得了广大客户的信任与赞誉,树立了农行的良好形象,一步步地拓宽了储蓄阵地。

"竞争没商量"

银行向商业化转轨,意味着金融经营过程中竞争的加剧。商场如战场,竞争没商量,这一点早已成为商厦所职工开辟新储源的共识。面对严峻的金融业务竞争形势,赵敏带领全所同志果断地采取了"人无我有,人有我新,人新我优"的经营策略,深入市场倾力拼抢,率先在全城商品批发市场内开辟了以零换整、以整换零、破币兑换、代办取款等多项储蓄业务,样样业务走在了其他储蓄所的前面,牢牢地掌握了储蓄工作的主动权。开业仅4个月,就在全城商品批发市场发展储户300余户,三堤口批发市场的300多个客户被他们拉过来一多半。各项存款余额达到260多万元,其中低成本资金占83.7%。

商厦储蓄所职工强烈的竞争意识,使得其他储蓄所人员不得不仿效商厦所的做法,投入了拎包上门吸储揽存的竞争。这种现象预示着,在今后的日子里,商厦储蓄所的职工们,将把"虎口"抢储的活剧演得更激烈、更红火。

1996 年 6 月 4 日《淮北日报》

这篇征文刊登后,在我市金融系统内引起了较大反响。编发此稿的报社编辑对我说,这篇稿件不仅标题新颖抢眼,而且三个小标题也很生动、精练,具有很强的逻辑性。对我来说,在这篇稿件中,我最想表达的思想是让人们加深理解商场如战场、积极参与竞争才能取胜的道理,既然投身于商场之战,就要敢于撕破市场的虚荣"面纱",就不能再一味地恪守什么"温良恭俭让",竞争就是要你死我活,你败我胜,商场如战场,各自都为各自的利益而拼搏,那么,同业间的竞争还有什么可商量的呢?

对记者来说，正义感比什么都重要

记者被人们称为"无冕之王"，这既是对记者职业的褒奖，也是对记者社会责任感的一种要求。我对"王"字的理解是，记者比一般人具有更多对人对事的发言权，记者的特殊职业要求记者必须对事物有自己的看法与见解。对于社会上的一些问题，尤其是热点问题，一般民众可以视而不见，或绕着走。作为记者就不能装聋作哑，是真善美还是假恶丑，作为记者要旗帜鲜明地发表自己的意见，通过手中的笔，辨明是非，答疑解惑，该赞美的就要热情赞美，该鞭笞的就要严厉鞭笞，要用记者对事物的敏锐观察力和自身的正义感，对事物或现象给出一个合理、公正的说法，达到弘扬正气、正确地引导社会舆论导向的目的，这是记者的神圣职责所在。而要做到这一点，作为记者必须具有强烈的正义感。只有具备强烈的正义感，做人才有骨气，讲话才有底气，写出来的文章才能有战斗力。

多年来，我在追寻记者梦的过程中，一直在不断地培养和提高自己的正义感，一直在积极主动地干预生活，直面社会现实，通过手中的笔，把自己真实的心声传递给社会，传递给读者，努力在读者中塑造一个具有强烈正义感的作者形象。

20世纪90年代中期，地方政府的一些官员作风浮夸，追求奢华，不顾本地财力物力现实，大兴土木，修建豪华办公场所，有的用公款大吃大喝，还有的干部为了面子上好看，贪图享受，不惜动用公款购买豪华车，给自己的"坐骑"升级。老百姓对此很有意见，把这种现象视为腐败，编出顺口溜对这些现象进行批评讽

刺,如"一顿饭,一头牛,屁股下面一座楼"等等。目睹这种消极现象,耳闻百姓的愤懑抱怨,我认为自己有责任拿起笔来,对眼前的不良世风进行针砭与评说。于是,我果断提笔,写作出一篇题为《好看的脸蛋能长大米吗》的杂谈,寄给《中国城乡金融报》等几家报社,很快便见诸报端,受到读者的好评。

好看的脸蛋能长大米吗

看了这个题目,四十岁以上的读者都会感到记忆犹新,这是朝鲜电影《鲜花盛开的村庄》里的一句台词。

谁都知道,"好看的脸蛋"绝对长不出大米来,因为两者之间不存在任何内在的、必然的联系。然而,这句话却告诉人们一个实实在在的道理:无论找对象也好,干事业也好,绝不能只图外表虚荣华丽,面子上好看,而要讲究实际,办实事,出实绩。

前不久,一位朋友跟我讲起他们那里存在的一种社会现象:五年前他大学毕业刚分配到某县委机关工作时,整个县委大院内仅有四五辆小轿车。五年之后,该县的经济面貌并没有发生多大变化,可大院内的小轿车却如雨后春笋般地呼呼猛增,且车子越买越高档,越坐越豪华。不仅副处级干部人人有了专车,连机关各局也大都有了小轿车,其实也就成了局长大人的专车了。

我的朋友讲的这种现象在当今的社会中并不罕见。官话叫作"摆阔",老百姓的话叫作"穷烧"。笔者认为,中国的老百姓从心里与"阔"字并无啥深仇大恨,只是觉得这"阔"并不是硬摆出来的,而是应靠艰苦奋斗、励精创业干出来的。像江阴县华西村那样,越阔越光彩,这种"阔"是老百姓打从心窝里羡慕和欢迎

140

的。相反，在企业困难重重，效益低下，工人发不起工资，不少群众的温饱问题尚未得到彻底解决的情况下，也不管欠不欠国家的税金和银行的钱，想方设法，钻窟窿打洞，也要坐好车，装修豪华办公室、招待所，摆阔气，讲排场，这便是地地道道的"穷烧"喽。

据报载，在全国学邯钢的高潮中，有人到邯钢参观时，发现全国劳动模范、邯钢集团公司总经理刘汉章的办公室相当寒碜，只有二十平方米，水泥地，白粉墙，木门窗，一张发旧的老式写字台，一把一年四季都不换的藤椅，两个老式单人沙发和一个茶几。是邯钢穷吗？当然不是。五年之间，邯钢的固定资产从5.8亿元猛增到46.5亿元，邯钢是有钱的。也曾有人多次劝刘汉章把办公室装修得豪华一些，可刘汉章却说："办公室再好也不出钢。"

记得唐代诗人李商隐曾有过两行脍炙人口的诗句："历览前贤国与家，成由勤俭败由奢"，讲的就是兴邦亡国的道理。历朝历代帝王将相都把这两句诗当作兴邦富国的至理名言来记取，但却又很少有人能做到这一点。"好看的脸蛋能长出大米吗"，"办公室再好也不出钢"，这话虽听起来很俗，其实，个中的道理却耐人寻味，发人深思。

1997年8月4日《中国城乡金融报》

乐做百姓的"发声筒"

自从我立志当一名记者的那一天起，我就在心里默默地立下一个誓言：长大后，如果我能当记者，我一定要听取百姓的声音，替百姓说话，做个老百姓的"发声筒"。长大后我更加深刻地体会到，在广大人民群众的心目中，记者是一个十分高尚、十分令人

尊敬的职业,人民群众对记者职业的尊敬,来源于记者能够最真实地接近群众、接近生活,能够真实地反映群众的心声和诉求。现实生活中的老百姓,当他们对一些事情和问题有了自己的想法和意见,想把自己的意愿表达出来很困难,受到各种客观条件的限制时,他们就把希望寄托在记者身上,他们在心里把记者当成自己的"代言人"和"发声筒",他们认为记者的使命就是替他们说"心里话"的。因此,当我意识到自己能够利用新闻媒体这个平台发表文章,畅谈自己对社会、对人生的看法时,我就觉得有责任有义务履行好当记者的神圣使命,当好百姓的"发声筒",把百姓心里想说的话通过自己手中的笔写出来。我坚信,只要是能够真实反映老百姓心声的文章,不仅编辑喜欢,广大群众肯定会更喜欢,这样的记者也一定是最受广大群众欢迎的记者。

改革开放以来,在我国经济获得快速发展的同时,一些不良现象也慢慢地在社会上滋生蔓延,尤其是一些"吃官饭""拿官饷"的人,不顾"官面",竟然利用手中的某些权力,干起些与自己的"官职"很不相称的事情来,严重地损害了党和政府的形象,让老百姓十分反感。虽然老百姓没有力量惩治这些不正之风,但他们对这些不正之风拥有批评指责的权力,他们不仅自己在私下里议论乃至谩骂,更希望一些正义感强的记者能够用手中的笔把这些不正之风揭露出来,予以曝光。我生活在基层,时常耳闻目睹社会上出现的一些不正之风,时常听到百姓对某些不正之风的抱怨与义愤,我有责任用手中的笔传递百姓的心声,当好百姓的"发声筒"。当我看到中央电视台曝光的发生在山西省309国道上的强行收费、罚款的事件后,我立即联想到鲁迅先生当年描述的上海流氓的特性,抑制不住心头的义愤,连夜撰写了一篇杂文,寄给了《北方周末》,很快便见诸报端,受到读者的好评。

从鲁迅关于"流氓"的定义说起……

鲁迅先生当年在上海生活时,曾对上海的流氓生活特点进行过深入细致的观察,并做过十分生动形象的描写。他说:"上海的流氓,看见一男一女的乡下人在走路,他就说:'喂,你们这样子有伤风化,你们犯法了!'他用的是中国法。倘若看见一个乡下人在路旁小便呢,他就说:'这是不准的,你犯法了,该捉到巡捕房去!'这里所用的又是外国法。"但结果无所谓法不法,只要被他敲去几个钱便算完事。鲁迅先生通过对上海流氓生活特点的精辟观察,给流氓下了这样一个定义:"无论古今,凡是没有一定的理论,或主张的变化并无线索可寻,而随时拿了各种各派的理论来作武器的人,都可称之为流氓。"

鲁迅先生关于"流氓"的这一定义,不仅反映了上海流氓的一般的、本质的特征,而且也是对所有流氓特点的精辟概括。

其实,国人稍假思索便可发现,无论社会流氓还是政治流氓,无论他们是以何种借口和理论蒙人、吓唬人,尽管其手段不同,但都是为了谋取个人或小集团的利益,而对他人合法权益实施的故意侵犯。

令笔者叹服的是,生活在旧中国、旧上海的鲁迅先生70年前概括的流氓的特征,在20世纪90年代中国的一些流氓的身上,依然深刻、鲜明地显示了出来。旧上海的流氓敲诈乡下人的钱时,还知道找个借口,编个什么"法"来蒙人,而现在的一些人竟然毫无道理、蛮横霸道地吃、拿、卡、要,"敲竹杠",索取"买路

钱"。国人或许还记得去年冬天发生在山西省 309 国道上的强行收费、罚款的事件吧？那几个公安交通干警根本不讲什么法不法，他说让你交多少钱就得交多少钱，就连中央电视台记者乘坐的汽车都敢罚，真的是罚红了眼，其恶劣行径与流氓相比真是有过之而无不及。

值得注意的是，旧中国的流氓多是一些无业游民、地痞，而现时的流氓则多了些吃"官饭"、拿"官饷"的人。这种人虽然为数不多，但影响很坏，危害极大。老百姓在暗地里管这些人叫作"职业流氓"。百姓们还说，把这些"职业流氓"惩治好了，中国的社会秩序就会大大地稳定，改革开放的宏伟大业就会进展得更加顺利。

1998 年 11 月 20 日《北方周末》

"借题发挥"吐心声

到市分行机关担任秘书工作后，成天与各种公文打交道，接触社会生活实践的机会相对较少，自己又不是专职从事新闻报道工作，无法寻找到一个像记者那样方便的事业平台，这对我实现记者梦无疑是一个十分不利的因素。为了延续我的记者梦想，保持我对新闻写作的热情与稿件见报率，我积极尝试"借题发挥"这种写作技巧，对媒体报道的和在日常生活中看到或听到的社会热点问题，充分发挥自己的想象力，及时发表自己的看法和观点，看上去好像是在炒作新闻，其实文章的厚度与深度要远远超过新闻事件报道本身。例如，针对人民群众对社会上出现的腐败现象的痛恨与厌恶心理，如何通过记者的文章把这种仇视心理引导为健康、理性的思维，最好的方法是"借题发挥"，借用其他方面的事情说明自己想要表达的思想与观点，让读者从中受到启迪与教育。这样的文章，寓教于生动朴实的说理之中，读者喜欢看。1998 年我写的一篇随笔《想起"嘎子"那句话》见报后，在读者中引起了较好的反响。

想起"嘎子"那句话

翻开今年的《法制日报》和《检察日报》看看，几乎每天都有贪官污吏被惩治的报道，真是大快人心。众多的贪官污吏被惩治法办，一方面说明了检察执法部门加大了惩治腐败的力度；另一方面也告诉人们这样一个道理：多行不义必自毙。由此笔者想起了电影《小兵张嘎》中嘎子的一句话："别看现在闹得欢，小心将来拉清单。"

嘎子讲的这句话，虽然是河北民间的一句俗话，却深刻地反映了因果报应这样一个事物发展变化的客观规律。

改革开放以来，极少数干部钻改革的空子，打政策"擦边球"，利用职权牟取私利，不择手段地"捞一把"，很快地"发"了起来，成为百万、千万乃至亿万富翁，不仅像王宝森、李邦福这样的"大官""中官"能够聚财万贯，连一些小小的乡镇长、书记、派出所所长也能够仗着"芝麻"大的一点权力，坐着桑塔纳、手持"大哥大"、公款高消费，潇洒地包养起"二奶"来，着实令一些人羡慕乃至嫉妒。

不过，在我们这样一个拥有 10 多亿人口的泱泱大国中，真正靠贪污受贿而得以"潇洒"的人毕竟只是少数，而打从心里羡慕

这些贪官污吏的人也着实为数不多。绝大多数但凡有点是非辨别能力的国人都清楚，靠发不义之财得来的"潇洒"是不能长久的，吃进来的要吐出来，捞到手的总有一天要退回来。而对于一些贪官污吏来说，吃进去、捞进来是相当容易的，到了吐出来、退回去时就变得很难堪、很狼狈了。君不见，王宝森、李邦福之流当初在台上聚敛财富时，活得是何等的"潇洒""风光"啊，然而，一旦东窗事发，其下场必是遭万人唾弃、痛恨。

笔者近日读了一篇文章，得知古人关于"贪"字曾有过这样的诠释。"贪"字由"今"和"贝"二字组成。"今"释为眼前、现在，"贝"释为金钱、财富。古人把不择手段地谋取或占有眼前的金钱、财富视为"贪"。而贪官之所以不能长久地走红运，最后终将落得个身败名裂的可耻下场，皆是由于只顾眼前的利益，只求一时的富贵、风流、潇洒，而不顾人之道义，世之常理，去干些损人利己、损公肥私、伤天害理的事情的结果。

"善恶到头终有报，只争来早与来迟"，这是一句古训，也是一句真理。而纵观古今历史上大大小小的贪官污吏们，有几个相信这一真理，又有几个能够想到其恶行的必然后果呢？他们总是抱着侥幸的心理，幻想着能够逃脱正义的惩罚。他们不相信善恶报应这一事物发展的客观规律。因此，他们也就注定要遭受恶报，咽下他们自己当初种下的苦果。对于这一点，还是中国普通的老百姓看得明白，他们对于贪官们物质上的富有和生活上的"潇洒"极少美慕，更多的是怀着一种无言的义愤，坚信善有善报，恶有恶报的朴素真理。从这一点上来说，中国的普通老百姓还是要比诸多的贪官们聪明得多，这也是贪官们的可悲之处。

1998 年 9 月 25 日《北方周末》

甘愿当个"农民记者"

从部队转业到农行工作后的相当长的一段时间内，我在从事业余新闻写作过程中，写了大量的反映农村内容的稿件，受到了一些农村读者的喜爱。特别是我们老家的一些农民，看了我的稿件屡屡在报上发表，以为我是一个专职记者，有什么话都想跟我说，想让我向有关部门代传他们的心声。但也有个别人，认为我写的大都是农村的事情，不典型，不突出，新闻价值小，甚至以为我充其量也就是一个"农民记者"，没有多大出息。或许因为我出身于农民家庭，骨子里流淌着好几辈子农民血液的缘故吧，我身上有着深深的"农民情结"，我打从心底同情农民，关注农民，很愿意倾听他们的心声，用手中的这支笨拙的笔，替农民鼓与呼，为了保护农民的利益不受侵害，我心甘情愿当一名"农民记者"。

1996 年，中央电视台播放十二集电视连续剧《黑脸》，这是改革开放后第一部描写农村反腐败斗争现实题材的电视剧，我从头看到尾，深受感动。我觉得这部电视剧为八亿中国农民伸张了正义，提振了信心，密切了亿万农民与党的亲密联系，是一部难得的好剧。为此，我欣然提笔，撰写了一篇观后感，直抒胸臆，很快在《北方周末》刊登。

唤回真情从头说
—— 电视连续剧《黑脸》观后

中央电视台最近播放的十二集电视连续剧《黑脸》，是近年

来电视剧创作中第一部描写农村反腐败斗争现实题材的优秀电视剧。该剧主要讲述一个纪委书记同两个腐败的乡党委书记之间的斗争故事,情节并不太复杂,但剧中所反映的当前我国农村社会生活中的一些不正常现象及这些现象背后潜藏的深层次的社会矛盾,却发人深思。

文艺创作来源于生活,来源于现实。文艺创作描写的现象体现着事物的本质,同样,它所真实描写的个别性也体现着它的普遍性。在现实生活中,像电视剧《黑脸》中描写的郑世仁、郑世礼这样的腐败分子,在农村基层党组织中并不少见,像他们兄弟二人这样横行乡里、欺压百姓的现象,在一些地方不仅存在,而且相当严重,深刻暴露了当前我国农村基层党组织建设上存在的严重问题,揭示了当前我国农村政治生活中矛盾斗争的焦点,即农民群众同党的基层领导干部腐败现象的斗争。而能否正确处理这一矛盾,是关系到农村社会秩序能否长期保持稳定、农村经济体制改革能否进一步深化的最迫切、最现实的问题。

姜锋之所以敢于顶着各种压力唱"黑脸",并不仅仅是为了惩治郑世仁、郑世礼这两个腐败分子,履行一个纪检干部的职责,而是以党的干部清正廉洁、主持正义的形象出现在农民群众面前,以自己的行动扶持正义,重塑党的光辉形象,使人民群众增强对党的信任,树立对党的事业的必胜信念,重新唤回党群之间曾经疏远和正在疏远的那份宝贵情感。

中国是一个农业大国,农民占我国人口总数的四分之三。在长期的革命斗争实践中,农民群众最听党的话,最愿意跟党走,同党建立了鱼水般的亲密感情。从一定意义上来说,农民群众思想感情的倾斜方向,是决定我国国家政权稳固和社会形势稳定的基础因素,农民利益的改善和提高,是衡量我国国民经济发展速度和质量的最基准的尺度。这一点,我们党是十分清楚的。我们党历来重视和维护在长期革命斗争实践和经济建设实践中同农民群众建立起来的这样一种深厚的感情,积极采取正确的政策来保护农民的利益和生产积极性,坚决反对任何欺压百姓、损害农民利益的错误行为。同样,我们党和亿万农民群众都不希望看到干群关系紧张、党群关系疏远这样一个严酷的现实,农民群众打从内心里盼望着与党始终保持着战争年代那样一种亲密联系,盼望着有千千万万个像姜锋这样的"黑脸"为民拔剑而起,惩治腐败,隐恶扬善。

1996 年 5 月 5 日《北方周末》

愿为农民传"心声"

我的老家在距离市区四十多公里远的农村,那里有生我养我的父老乡亲。虽然我参军入伍,到城市工作,离开了农村,但我时刻关注着农村里发生的事情,牵挂着农民的利益,关心着农民的命运。我十分厌恶和憎恨那些拿农民的事不当一回事,恶意侵犯农民合法权益,肆意侵害农民利益的不法行为,对坑农害农的现象疾恶如仇,每当我听说哪里出现侵犯农民利益的事情,我便义愤填膺,便想首当其冲地站出来为农民说话、发言。有段时间,我回老家探亲时,听到当地的农民反映城里人把一些假冒伪劣商品弄到农村集市上销售,昧着良心赚取农民的血汗钱,农民群众对这种坑农伤农行为怨声载道,可有关部门就是熟视无睹,不闻不问。在农村,我竟然听到这样一起荒唐的事情:一位农民夫妻因家庭纠纷吵架,这位农民的妻子一赌气抓起家里买的一瓶农药喝了下去。这位农民立即打电话呼叫 120 求助。当救护车把喝农药的妇女送到医院抢救时,发现这位农妇喝的是假农药,生命安然无恙。农妇的丈夫经受了一场虚惊后,竟然到销售假农药的商店燃放鞭炮,捧送礼品,以示感谢。这真是一个十分辛辣的讽刺。在农村的所见所闻,令我的心情十分沉重。回到市里,我满怀酸楚与义愤,给《北方周末》写了篇杂谈,反映了当前农村市场上假冒伪劣商品泛滥的现状,呼吁相关部门加强对农村商品市场的监管,积极维护农民群众合法的消费权益。文章很快便在《北方周末》一版突出位置刊登,引起较大反响。

农村不是垃圾筐

年前,笔者回老家给父母亲送年货,顺便到附近的集市转了转,发现一些服装、烟酒、饮料、食品的价格出奇地便宜。比如有一种玻璃坛子装的白酒,酒的重量为八斤,仅要十元钱。笔者寻思着,光一个酒坛子至少也得三四元钱,除去坛子钱,这酒只合几毛钱一斤。试想,这样的酒能喝吗? 由此可见农村市场上假劣商品的严重性。

近年来,虽然国家不断加大农村市场的整顿力度,严厉打击了危害农业生产和农民生命健康的制假售假行为,但一些不法商人唯利是图,依然变着法地把假劣商品向农村倾销,不仅骗了农民的血汗钱,而且给农业生产和农民生命健康带来了严重威胁。

据了解,近年来有些城市商人经常把在城市里已经过时的商品或假劣商品弄到农村集市上去销售,去骗农民的钱。有的为了达到假劣商品顺利销售的目的，竟然出些馊主意，故意在社会上散布和传播一些带有迷信色彩的舆论，诸如什么"今年是某某年，时兴女儿给母亲买某种布料做衣服，妗子要给外甥买某某鞋，如若不买，就会给自己的亲人带来灾难"等等。那些老实、善良的农民哪里猜得透这些狡猾的商人肚子里的花花肠子，于是便争先恐后，"一窝蜂"地去购买，以至于很多在城市里滞销的假劣商品竟成了农村的"紧俏货"。在笔者家乡的集市上有段时间甚至出现了红布脱销的现象，实在令人不可思议。

笔者认为，大量假劣商品流入农村市场，威胁农业生产，侵害农民的利益，这其中既有市场管理不到位的原因，也有地方保护主义作祟的因素，还有对制售假劣商品的行为惩治力度不够的原因。长期以来，有些主管部门对制假售假处罚的主要办法就是罚款，以罚代管、以罚代惩、以罚了之的现象相当普遍。另外，从农民自身来看，好多农民缺乏防假意识和辨别能力，加上消费观念上存在的偏差，买东西只讲价格，图便宜，很少关心产品的质量，有些农民受价格的诱惑，明知是假仍要买假，这无疑给制假售假提供了机会。

农村不是垃圾筐，什么乱七八糟的东西都可以朝里边装，农民的消费合法权益必须得到有效保护。如果任假劣商品在农村随意销售的话，不仅严重地威胁农业生产和农民的生命健康，损害农民的利益，而且还会延缓农村奔小康的进程。为此，有关部门一定要加大对农村市场的管理和对制售假劣商品的打击力度，彻底克服地方保护主义。特别是一些乡镇政府，绝对不能充当制假售假分子的"保护伞"，对制假售假采取睁一只眼闭一只眼的态度。而要真正瞪起双眼来，及时发现，严厉查处，绝不能让假劣

商品在农村市场泛滥成灾,努力为农民朋友创造一个健康公平的消费环境。

《北方周末》2003 年 4 月 4 日

10. 沉到深处始得"金"

"身入"永远都是写好新闻的"第一要素"

一讲到如何写好新闻稿件，不少人自然而然地就会想到五个"W"，这五个"W"指的是新闻写作的基本条件。我个人认为，掌握基本条件固然是写好新闻的重要因素，但不是决定因素。决定因素在于人，在于记者能否亲自到新闻产生的源头或现场去进行实地调查了解，进而掌握第一手资料，而不是"身在上面"，通过打电话、听汇报这种"耳入"的方式来获得信息或资料。人们形容一篇文章写得好，常说"读其文章如同身临其境"，而前提恰恰是记者本人首先要做到身临其境，在最近的距离内观察、采访新

闻报道的主体,获得最真实的信息,这样写出来的文章才能最大限度地减少或挤干"水分",使采写的报道成为"真新闻"而不是"假新闻",或者是"掺了水"的新闻。

从我开始从事业余新闻报道、追寻记者梦的第一天起,我就深刻理解"身入"对于写好新闻稿件的重要性。我一开始在团政治处当通讯员,我采访报道的第一个对象是我团三连纳西族战士阿孜尔·夏拉。他们连驻扎在师部附近,距离我们团驻地六十多公里路程。到三连去采访,要从团部步行七八里路赶到一个只停靠慢车的火车站乘坐一个多钟头的火车,下了火车再步行五六里赶到夏拉所在的连队。由于夏拉汉语表达能力较弱,跟他交流沟通很费劲,我就同夏拉在一起吃饭、睡觉,耐心地同他谈话交流,一点一点地从他口中了解到他家庭的生活情况、民族的风俗习惯及对部队生活的感受。在三连,我前后同夏拉在一起生活了五六天,初步了解到夏拉的一些情况,获得了一些报道素材。后来,我又多次到三连采访干部战士,听他们讲述了夏拉的一些事迹,最终成功地写出了我的第一篇长篇人物通讯——《凉山之鹰》。后来,我所在的部队开赴云南老山前线参加自卫防御作战期间,为了采访报道好"老山铁牛"赵海峰的模范事迹,身为营职干部的我,不顾领导的再三劝阻,毅然冒着生命危险,多次跟随赵海峰班的军工战士往前沿阵地背送作战物资,亲自感受和见证了军工战士赵海峰不畏生死,不怕劳累,为了保障一线部队作战生活需求默默付出的无私奉献精神,第一个把"老山铁牛"的名字印在前线出版的报纸上,让"老山铁牛"赵海峰的模范事迹传遍整个老山战场,极大地鼓舞了老山战场军工战士的战斗士气。这篇报道虽然篇幅不长、文字不多,但"含金量"却是很高的。

2001年6月下旬，我行所辖的濉溪县支行在全行范围内开展一次不良资产清收、盘活、保全攻坚活动，抽调部分客户经理和离岗、下岗员工50多名，组成20个清收小组，对300多个自然村的个体农户拖欠的小额贷款实行全面清收，取得了显著成绩。市分行领导让我下去采访报道，给《中国城乡金融报》写篇稿件。接受任务后，我搭乘市分行电脑信息中心的维修车辆赶到距离市区五十多公里远的孙疃营业所，跟随所主任张随熠带领的一个四人清收小组走村串户，到田间地头找农户收取贷款。当时正值盛夏酷暑时节，刚刚下过一场暴雨，天气异常燥热，乡下的道路十分泥泞，我们5个人骑着3辆摩托车在乡间坎坷不平、满是泥泞的小路上艰难地行驶着，遇到太烂的路面泥巴塞住了车轮不能行驶，大伙儿只好把鞋子脱下来，将摩托车抬到干净的路面，用手和树枝将沾在车轮上的泥巴剔除干净再上路。一上午，我们跑了2个村子，找到了9户欠贷农户，落实了还贷时间。中午，因为道路泥泞通行不便，不能回营业所吃午饭，劳累了半天的大伙，就在村外的路边吃着自带的方便面，喝着凉白开充饥解渴。看到眼前的情景，我心里十分感动，取出随身携带的相机，拍下了一组令人感动的镜头。大家伙在路边休息了片刻，便趁着中午农户回家吃饭的机会，赶到贷户刘记民家里。刘大爷手头没有现金归还农行贷款，愿以小麦抵贷。清收队员见刘大爷年老体弱，便从村里借来一台磅秤和小板车，把用来归还贷款的小麦称量后，3名清收队员把自己的摩托车交给村子里的熟人帮忙看管，用小板车拉着五六百斤小麦，沿着泥泞的乡间小路，汗流浃背，步行七八里路把一车小麦拉回营业所里。

我虽然奔跑劳累了一天，又渴又饿，但我被清收队员们那种

任劳任怨、勤业敬业的精神深深地感动着。赶回市里的第二天，我就把此次下乡采访拍摄的照片洗印出来，寄给了《中国城乡金融报》。8月14日，《中国城乡金融报》在二版中心位置，以《清收小组在行动》为题，刊发了我拍摄的一组(4张)照片，报道了孙疃营业所员工清收小额农户贷款的事迹，收到了较好的宣传效果。我本人也成为《中国城乡金融报》创刊以来一次在该报刊登照片最多的业余通讯员，受到报社编辑的好评和市分行领导的称赞。

当我看到报纸上刊登的4幅照片时，心情异常激动，欣喜之情溢于言表。自从1980年我担任团里的宣传干事从事新闻报道工作直到现在，前后二十一年的时间里，我在报纸上发表了数百篇文字新闻稿件，还没有发表过一篇图片新闻稿件，而这一次竟然一下发表了4幅新闻图片，着实令我惊喜与欣慰。

从1980年到现在，我先后使用过十多种国产与进口的相机，在部队曾经受过专门的摄影技术培训。在摄影技术上，我曾经得到过解放军画报记者梁有为老师的精心传授与指点，他和我同为安徽老乡，关系很熟，他不但热心地向我传授摄影技术，而且还认真传授搞好新闻摄影的方法与要领。他告诫我说，对于一个新闻摄影工作者来说，最重要的是要懂得如何把握好镜头，即镜头聚焦的方向，要想拍出好的新闻图片，必须做到镜头朝下，深入基层，到火热的连队生活中去寻找和发现新闻摄影题材，从而拍摄出好的新闻作品，那种成天待在机关，提着相机围着领导转的人是很难拍出有价值的新闻图片的。在部队工作期间，或许是因为工作环境的局限，我虽然拍摄了不少官兵生活训练的图片，但都只是用作橱窗宣传，极少可以用作新闻图片。回到地方工作以来，我拍摄的图片曾被一些刊物采用，有的甚至上了封面，但大都是纯艺术的图片,还从未在报纸上刊登过具有真正新闻意义的图片,在《中国城乡金融报》上一次刊登 4 幅照片,这对我来说简直是个奇迹。这既是对我摄影技术的认可,更是对我长期坚持的新闻摄影理念的肯定。自从我拿起相机的那一刻起,我就深刻地铭记住了一代伟人毛泽东讲过的一个道理:历史是人民创造的,群众是真正的英雄,一个真正有出息、有作为的摄影工作者,也必须"身入"到基层去,将手中的相机镜头的焦点朝下,到群众中去寻找新闻摄影的原始题材,努力拍摄出更多反映现实生活、接地气的新闻图片。从这个意义上来说,"身入"无论是对从事文字报道还是摄影图片报道的新闻工作者来说,都是从业的基本要求,都是当好记者的"第一要素"。

"深入"之处见精神

如果把"身入"作为当好记者、写好新闻的前提条件或记者职业道德的第一层境界的话,那么,"深入"便是当好记者、写好新闻的重要条件或记者职业道德的第二层境界。对于一名记者来说,"身入"是获得新闻素材的重要渠道,是获得事物感性认识的直接来源,这是记者采访写作新闻必不可少的环节。而"深入"相对于"身入"说来,不仅仅是时间的延长、空间的扩大,更重要的是能够进一步加深对事物本质和规律的了解,从而获得更加丰富的理性认识,采写的新闻稿件也就更加具有说服力。

一个记者在新闻采访过程中,能否做到"深入"而不是走马观花、蜻蜓点水般走过场,是衡量和检验一个记者是否具有敬业精神的重要标准。从多年来从事业余新闻报道工作的实践中,我

Wo De
Ji zhe
Meng

深深地体会到，"身入"对于一个记者来说，常常带有被动的因素，即带着领导交代的任务下去采访报道，而"深入"则显示出记者工作的主动性。这么多年来，我曾经接触过这样一些记者，他们热衷于采取打电话、听汇报或是让下面写好材料送上来供参考这种方式进行新闻采访，因为没有"深入"，写出来的新闻稿件难免会出现官话、套话，没有新鲜感，读者自然就不喜欢看。但凡具有强烈敬业精神的记者，都会把每一次采访报道当作一种使命来完成，自然就会全身心地投入，力求把工作做得更加完美，尽最大的能力写出优质上乘的稿件来。

2001年7月下旬，就在我给《中国城乡金融报》寄出照片不久，省分行转发了淮北分行清收农户小额不良贷款做法的简报，市分行领导让我抽空再去濉溪县支行采访，进一步挖掘和总结基层营业网点清收农户小额不良贷款的成功经验，写篇稿子，争取在《中国城乡金融报》上刊登。

接受任务后，我先给濉溪县支行清收任务较重的几个营业所负责人打了招呼，让他们提前做好汇报准备工作。几位营业所主任一接到我的电话，急忙劝我说："谢大记者，大热的天，你工作那么忙，就别再下来了，我们抽空把材料整理好给你送过去。"他们说的是心里话。大家都知道，办公室只有我一个人负责文秘工作，全行的文字材料都由我一个人来做，工作异常繁忙，平时极少有空下去采访，而我只要下去，绝对不会空着手回来的。下面的干部职工能够体谅我的工作，让我打从心里感动与感激。而越是这样，我越觉得自己更要下去，基层营业所的干部职工们生活条件那么艰苦，工作环境那么差，他们毫无怨言，长年累月地坚持工作，埋头苦干，无私奉献，我如果不去宣传报道他们的事迹实在问心里有愧，当然，如果我没有这个能力又另当别论，可我有这个能力如果不去做的话，那就是一种失职行为。尽管我知道待在市行办公室有空调吹着热不着，下到农村网点肯定要吃苦头，可一想到基层营业所的干部职工的辛苦与付出，我觉得有一种责任感在促使着我赶快下去，去做自己应该做的事情。

就这样，在一年当中最热的三伏季节，我从 8 月 10 日至 8 月底，前后抽出十一天时间下到基层，吃住在营业所，白天跟随清收小组一起走村串户清收农户所欠的贷款；晚上，同营业所的干部职工一起总结、分析白天的清收情况，研究制订第二天的清收计划与方案，直到很晚才休息。三伏天，气温高，农村网点职工宿舍里没有安装空调，也没有蚊帐，我被蚊子咬得睡不着，半夜三更爬起来跑到院子里仰望星空，期盼早点天明。

在乡下跟基层营业所的干部职工一起清收农户小额不良贷款的十多天里，我跟基层的干部职工们朝夕相处，在最近的距离内感受到了他们对工作如火一般的热情和高度负责的精神，看到他们头顶烈日、脚踏酷暑，拉着小板车，满身汗水地行走在乡间小路上，我被他们这种勤业敬业的精神深深打动着、激励着，心里随时都充满了一种写作的激情与冲动。我觉得，他们这些人才是农业银行赖以发展和壮大的中坚力量，他们才是农业银行走向辉煌的坚强脊梁。

记得 8 月下旬的一天中午，我跟随农行铁佛营业所的 4 名员工坐着一辆三轮摩托车到某村的一个陈姓农民家去收贷款。陈某当时正在门前的打麦场上晾晒麦子。陈某欠农行贷款本金 650 元，连本带息一共 870 元，为了清收这笔不良贷款，农行铁佛营业所的信贷员已经先后上门七八次做工作催讨，陈某硬是以各

种理由拖延不还。这次陈某晒的满满一场小麦足有两三千斤,以粮抵贷绰绰有余。可当清收小组让陈某归还所欠的贷款时,他又想拖欠。这次农行清收小组的同志们是铁了心要把这笔贷款收回来,于是便待在陈某的打麦场边耐着心给陈某做工作、讲道理,前后说了将近两小时,陈某还是不愿还款。这时,突然变了天,天空乌云积聚,远处雷声隆隆,一场暴风雨就要到来。陈某一见,顿时慌了神,眼看着大雨将至,满场的小麦就会被雨水冲泡,陈某心急火燎,直皱眉头。农行清收小组的同志们连忙抄起扫帚和工具,齐心合力帮助陈某堆聚小麦,终于在暴雨到来之前将满场的小麦收进屋子里。陈某见农行清收人员个个满脸灰土,累得满头大汗,实在过意不去,态度十分真诚地答应以小麦抵贷。

回营业所的路上,张守伦主任开着三轮车,载着满满一车小麦,大家伙有说有笑地坐在车上,脸上写满了胜利的喜悦,好像打了一场大胜仗似的那么兴奋,那么愉悦,仿佛苦与累从没与他们沾边似的。

从乡下采访回来,本打算写一篇清收纪实稿件,可我一想到那些成天冒着烈日酷暑、不辞辛苦地奋战在清收一线的干部职工们,突然改变主意,用基层三位营业所主任的清收日记串成稿子,也给这些劳苦功高的一线领导们扬扬名。一个多月后,《中国城乡金融报》在二版刊登了这篇稿件——

为了"金穗"的丰收
——来自一线三位营业所主任的清收日记

基层营业所主任是农村不良贷款清收攻坚战的主角。他们既是指挥员,又是战斗员,不分白天黑夜战斗在清收工作的第一线。农行安徽濉溪县支行三个营业所主任的清收日记，不仅记下了他们清收工作的酸甜苦辣，更记下了他们强烈的事业心和高度的责任感。

濉溪县支行四铺营业所主任张传宝——

8 月 10 日　星期五

今天是中伏第 16 天，一大早太阳就热得烤人。

上午 10 点半，我和信贷员罗伟光到远离营业所 20 多里的穆浅孜村，去清收该村村民穆廷杰 1996 年借的 1400 元贷款。穆在打麦场上晒麦子，看到我们后，怕我们向他催要贷款，赶紧躲进村里不跟我们见面。我和小罗在打麦场上一起等到下午 6 点多钟，穆廷杰还是没有露面。看到天色越来越晚，我和小罗便掂起木锨和扫帚，把穆廷杰的满场麦子堆聚起来，扬个干净。村里的群众见此情景，都围了过来，说农行的同志真是太够意思，讲穆廷杰故意逃债实在不像话。有位村民看到我们俩一身的灰土和泥水，累得精疲力竭的样子，主动提出要帮我们去寻找穆廷杰。

在我们的行动感召下，穆廷杰终于来到打麦场上同我们见面，连声对我们说“对不起”。当场称了 900 多斤麦子以粮还贷，并当着众人的面承诺剩下的贷款保证在一年之内还清。

濉溪县支行孙疃营业所主任张随熠——

8 月 16 日　星期四

清收小额农贷工作已经持续了一个多月，所里的几位同志由于天热劳累，有的感冒发烧，有的拉肚子。今天，我决定单枪匹马去催收雷家村村民雷修军的一笔拖欠了 10 年的贷款。

上午，当我来到雷修军家里向其催要贷款时，雷一听就火了起来，说我们找他收贷款不符合党的政策。我心平气和地对雷

说："你借贷不还钱,到哪都讲不出个道理来。"他不服气地说："我是共产党员,你不要唬我。"我说："你是共产党员,更应该带头遵守党纪国法,更应到期还钱。"雷修军听我这么一说,顿时干巴了嘴,但仍扭着脖子说："我就是不还钱,你能把我咋的?"我说："这样吧,咱们请法庭评评理,如果判我输,这钱我就替你还上。"雷听说要上法庭,自觉理亏,说啥也不愿意去。我忙掏出手机对雷说："我来之前已经跟镇法庭打过了招呼,如果你不还钱,我打个电话过去,镇法庭立马就会来人传唤你,看你去还是不去!"雷闻听,一脸不情愿地对我说："好了,我说不过你,认输还钱还不行吗!"随后他一次还清了全部贷款本息。

濉溪县支行铁佛营业所主任张守奎——

8 月 27 日　星期一

今天上午,我们清收小组 5 个人来到岳集村,准备清收该村村民王某 1994 年借的一笔 800 元贷款。

上午 9 点多钟,当我们 5 人来到王某家时,王一见我们就一脸不高兴地说："再来一百趟,我也没钱还你们,不嫌累你们尽管跑好了。"我耐着性子对王某说："你也是个读过书的人,知书达理,自古欠债还钱的道理应该懂得吧,当初你有困难向农行借贷款时说得很好听,保证到期还钱,如今已经过期 6 年多了,你迟迟不愿还贷是没有一点道理的。"王某被我说得无言以对,厚着脸皮说："我没钱还,你们看着办吧!"

我们 5 个人从上午 9 点半在王某家里磨到下午 5 点多钟,一口水没喝,一口饭没吃,抱着空肚子跟王某讲道理,引来了好多村民前来看热闹。王某见这么多人来看自己的笑话,心虚了。我抓住时机对王某开展攻心战。我严肃地告诫王某说："你不还钱,我们也不强迫你，今天我们就把你不愿还钱的理由说给老少爷们听听，让大家来评评这个理吧。"王某听我这么一说，一下子软了下来，当着众多村民的面，还清了拖欠 6 年的贷款。

2001 年 10 月 12 日《中国城乡金融报》

那一年，濉溪县支行清收小额不良贷款取得了显著成效，受到了省分行的表扬，农行的清收队员们为了取得如此显著的成果付出了巨大的辛劳，我不仅见证了他们的辛苦与奉献，而且把他们的付出与收获宣传报道出来。可以说，在他们的清收成果里也有我的一份汗水与付出，我当引以为荣。现在回想起那段跟随清收队员下乡收贷的艰辛经历，我的心情依然激动难平……

"心入" 乃是记者从业的最高境界

作为一名记者，能够在新闻采访报道过程中做到"身入"与"深入"已经难能可贵，但要达到"心入"，尚有一定的差距。一个记者在采访报道过程中，有两个因素促使他必须坚持做到"身入"或"深入"。"身入"为的是保证新闻的真实性，可以有效地杜绝假新闻。而"深入"则可以通过对事物更加细致全面的了解，进一步提高新闻稿件的质量，增强新闻稿件的可读性。我个人觉得，无论是"身入"还是"深入"，对于一个记者来说大多是受到责任或任务的驱使，很多是上级领导指派的任务必须完成。而"心入"则是记者发自内心地对所见所闻的事物产生强烈的兴趣或好感，主动去采访报道的一种实践过程。就如同热恋中的情人一样，当一个记者对他所采访报道的事件或人物产生浓厚的兴趣

Wo De
Ji zhe
Meng

时,他可能会在心里时刻关注着某件事情的进展,关注着某个人物的命运,他渴望通过自己的努力奋斗,尽最大的可能把事件更加客观、真实地反映出来,把人物的思想、情感展示出来,以增强新闻的可读性与感染力,让读者感觉自己写的是一篇让人爱读、令人称赞的好新闻、好文章。

"心入"是记者从事新闻报道工作的最高境界。只有全身心地投入到采访过程中去,积极主动地而不是消极被动地去参与、去实践,才能把自己的工作热情激发出来,把自己的写作技能调动起来,让自己采写的新闻稿件成为最新、最真、最美的作品,就像一个孕妇对待腹中的胎儿一样,倾注全部爱心,生一个健康可爱的"宝宝"。

当年在老山战场上,我为了成功报道"老山铁牛"赵海峰的模范事迹,在阵地上的猫耳洞里一连住了半个月,先后多次跟随军工战士冒着生命危险往前沿阵地背送作战物资。连队的领导担心我的安全,竭力劝阻不让我上前沿阵地。可我想,我负责全团的战时宣传工作,采访报道军工战士们的先进事迹是我义不容辞的责任,军工战士们每天都要冒着生命危险往前沿阵地上背送作战物资,难道他们就不怕死,难道我的命珍贵,他们的命就不珍贵吗?不多跟军工战士上几次前沿阵地,怎么能够真实了解军工战士们吃的苦、受的累,怎么能够更加深切地理解和感受军工战士们那种"位卑未敢忘忧国"的高尚爱国主义精神和不畏艰难险阻、勇于拼搏牺牲的革命英雄主义精神?其实,自从部队开赴老山前线的那一刻起,我心里早已做好了牺牲的准备。如今到了战场上,我是一名干部,又是官兵们心目中的"战地记者",我的职责要求我必须深入基层,深入一线,全面真实地了解军工战士的战时生活、工作和思想情况,写出有血有肉、真实可信的稿件。正是基于这样一种强烈的事业心和高度的政治责任感,在参战期间,我的双脚走遍了全团军工的每一个连队、每一个猫耳洞,同军工战士们结下了浓厚的战地友谊,这是我人生中不可多得的一大笔最宝贵的精神财富。战后,赵海峰同志荣立一等功,被授予"老山铁牛"荣誉称号,我撰写的军工思想政治工作文章被长征出版社选编出版,这与我全身心地投入采访、调研是分不开的。而我后来创作出版的反映军工战时生活题材的长篇小说《生死线上》之所以受到广大参战军工战士的好评,是因为小说里的故事情节绝大部分都是我在战时的亲身经历。

一个记者在新闻报道中要做到"心入",就必须对所采访报道的对象"动真情",打从心灵深处热爱被采访报道的对象,这一点十分重要。因为,只有记者从心里喜欢和热爱被报道的对象,才能激发一种写作冲动,才会产生一种不宣传报道好决不罢休的念头与信心。

1997 年春天,市分行领导让我去采访报道一下濉溪县支行储蓄部主任荣莹同志的先进事迹。采访中我得知,荣莹原是县支行的一名稽核员,1996 年 3 月,她被调到县支行摊子最大、人员最多的储蓄部担任主任职务。当时储蓄部所辖 10 个储蓄所,共有干部职工三十多人,女职工占 85%,由于管理滞后,职工思想涣散、劳动纪律松懈、服务水平不高,年年完不成县支行下达的存款任务。荣莹就是带着这样大的压力去储蓄部担纲挑梁的。上任头一个月,荣莹连续抓了几个违反劳动纪律的典型,一下子镇住了不良风气,消除了员工队伍中长期存在的自由散漫现象,干部职工的精神面貌焕然一新,储蓄业务出现了良好的发展势头。

当年,荣莹所在的县支行储蓄部被淮北市人行、团市委授予市级"青年文明号",八人被评为省、市级"最佳服务明星",荣莹被评为先进工作者、濉溪县"优秀共产党员""十佳青年""十大杰出青年"。

采访中,我了解到荣莹许多文明服务的事迹,虽然都很平凡,却令我十分感动。可对于这样一个先进典型要想成功宣传报道出去,我感到很困难。因为雪儿就是荣莹属辖下的职工,雪儿的事迹刚刚在《中国城乡金融报》上刊登,荣莹的好多事迹都与雪儿相似,在如此短的时间内,再去写一篇类似的稿件,成功的概率很小。可对于荣莹这样一个先进典型,我心存敬佩之情,不宣传报道出去我又不甘心,于是,我紧密地关注着荣莹的工作情况,有空就往濉溪县储蓄部跑,真是功夫不负有心人,在采访中,我又了解到荣莹的两件令我感动的事迹。

一件是 1997 年 4 月的一天上午,荣莹腰椎病严重发作,痛得直不起腰来。在几位同事的多次劝说下,她正要去医院输液。这时,一个中年男子突然心急火燎地走进储蓄部,原来这位男子攒的 2000 元钱放在盛饲料的口袋中,不小心被自家养的牛吃进了肚子里。这位男子心疼钱,一气之下杀了牛,取出了一大堆被牛嚼碎了的钞票,跑了几家银行都因太碎、太脏不予兑换。荣莹听了这位男子的话,二话没说,强忍着腰椎疼痛,端来一盆水,不嫌腥臭,和副主任宋书明一起将碎钞清点洗好,一块块拼凑,整整用了一上午时间才把碎钱拼凑好,并陪这名男子一起到市人行兑换成 1250 元整币。这位男子从荣莹手里接过兑换的整币,眼里闪着泪花对荣莹说:"大妹子,我一辈子都不会忘记你这位好心人。"就在这位男子拿着钱刚走出人行大门时,荣莹因极度劳累和腰椎痛,一下子晕倒在地上。凭着"记者"特有的敏锐观察和反应能力,我觉得这件事具有较高的新闻价值,值得一写。

另一件事是 1997 年 8 月的一天下午,荣莹为了攻下一个储蓄大户,急需赶赴宿州市,恰逢丈夫到外地出差,她狠心地将年幼的儿子一人留在家中。当她怀着揽存 200 万元低成本资金的喜悦心情回到家里时,留在家中的孩子因无人照顾,饿得吃剩饭,得了急性肠炎,幸被邻居发现及时送进了医院。当她急急忙忙赶到医院时,儿子面色苍白,正在输液。护士一见面就狠狠地批评她说:"世上哪有你这样做妈妈的,如果不是邻居送来及时,孩子就会有生命危险!"听了护士的话,荣莹内疚的眼泪唰地流了下来。采访完这两件事迹后,我心头一喜,觉得到了应该报道的时机。

1998 年初,我以《女儿的风采》为题,把三年来精心采访荣莹的先进事迹整理成一篇 2000 多字的人物通讯,寄给《中国城乡金融报》。3 月 6 日,《中国城乡金融报》作为献给全行女职工"三八"国际妇女节的一份特殊礼物,在二版中心位置刊发了这篇通讯,并配发了压题照片,收到了很好的宣传效果,我也实实在在地享受了一次报道成功的喜悦。

Wo De
Ji zhe
Meng

11. 练好言论写作基本功

为自己争得更多的"发言权"

我是从 1995 年开始尝试言论写作的。当时我还在基层的营业所干出纳工作，没有外出采访的机会。之前，我在《淮北日报》《北方周末》等报纸上发表了一些散文、随笔，报社的几位朋友见我的文笔不错，建议我给报纸写点言论稿件，全当是练练笔。刚好，那时的《淮北日报》经常举办一些言论征文竞赛活动，每期我都积极参与，每篇稿件都能发表，有的甚至获了奖。究竟是我的稿件写得好，还是编辑们的关爱照顾，我不得而知，我想可能这两方面的因素兼而有之。起初，我仅给《淮北日报》《北方周末》写言论稿子，后来又给《安徽日报》《新安晚报》《安徽青年报》《安徽老年报》《中国城乡金融报》《金融时报》等报纸写言论稿子，基本上都能做到每篇必发，见报率是十分令人欣喜的。

　　我从来没有认真学习过言论的写作方法，在体裁上也没有认真研究过，因而写出的东西有点"四不像"，介于评论、杂谈、随笔之间，真的无法进行严格的界定。我的想法是，无论是评论也好，杂谈也罢，只要能把我心里想说的话、想表达的思想观点说出来，能够一吐为快就达到我写作的目的了。

　　一开始学写言论，大多数是简单的就事论事，很直接地表达自己对某件事、某一问题的看法，既没有太深的哲理性，也没有太多的思想性，语言上也缺少诙谐、幽默感，可读性不是太强，唯一突出的特点就是政治性较强。后来，我读了鲁迅先生等名家写的杂文、杂谈等文章，从中受到了较大的启发，悟出了一些知识，言论虽短，内涵深长，越发地感觉写好言论并非那么容易。虽然是一篇千字短文，但要让其既具有思想性、哲理性又具有可读性，这要求作者必须具备厚实的写作功底、敏锐的观察能力、深邃的思考能力和丰富的语言表达能力。其中语言表达能力对增强言论文章的可读性尤为重要。人们之所以觉得鲁迅先生的杂文读起来生动感人，回味无穷，除了文章具有很深的哲理性、思想性外，先生那种别具一格的辛辣讽刺、诙谐幽默、生动多味的语言风格令人发自内心地钦佩、叹服。先生的杂文的这种可读性就在于其语言生活气息很浓，他是在用朴素的生活语言来讲述社会及人生的大道。我个人觉得，言论写作对一个记者来说应是一门必不可缺的基本功。如果想把新闻稿件写成精品，把新闻工作做到极致，当一个高水平的记者，不妨从言论写起，好好地磨磨手中的这把"小刀"。

　　后来我调到市分行机关工作后，开始有了进行新闻采访和写

作的机会，但我对言论写作热情依然不减。我之所以对言论写作如此热衷和偏爱，并不是我已经熟悉和掌握了这种写作技巧，取得了一些成果，而是我觉得这种形式的文章短、写得快、新闻性强，能够比较快速地表达自己的观点，吐露自己的"心声"，特别是一些带有很强时效性的言论。我从捕捉获取信息到写成稿件一般只需一两天时间，稿件见报时间大都在一个星期左右。当我看到稿件在如此短的时间内见报时，心里犹如在炎热的夏天一口吞下了一大块凉西瓜似的爽快。如果错过了见报的黄金时间，稿件写得再好也没有发表的意义了。

另外，我偏爱言论写作还有一个更重要的原因，我充其量只是一个业余新闻爱好者，我的本职工作是办公室的文秘，这本身就是一项十分辛苦、十分繁忙的工作，在单位从事新闻报道工作纯属我个人的业余爱好，写与不写，稿件见报多与少，既不影响单位的经营效益，也不影响我个人的工资收入。作为农行的一个市级经营机构，我们行当时仅有 300 多名员工，就那么大点业务经营范围，可供新闻报道的信息来源渠道就那么窄，信息量就那么小，想把新闻报道做大做强不现实，在我面前没有一个让我能够发挥新闻报道潜能的平台。而言论写作恰好在我面前提供了一个更加广阔的社会平台，这个平台可以让我的视野变得更加宽阔，对新闻信息的获取量更广、更丰富，我可以充分发挥自己的写作潜能，把自己对社会、对世象、对人生的看法与观点表达出来。我的文章见报后，可能会影响一部分人，也可能会影响很多人，而很多人在读懂了我的文章的同时，也认识、读懂了我这个人。因而，我觉得写作言论比起写作消息、通讯等新闻稿件更容易争取到"发言权"，更有成就感。

不能像“匕首”，也要像“钢针”

我个人理解,在言论文章的社会功能中,其战斗性应放在第一的位置。尤其是对于一些针砭时弊、抨击时下社会种种不正之风的言论文章,作者赞成什么、反对什么,应该给人一种鲜明的态度,应该体现一种如冬日的山风怒吼、慷慨陈词、正气凛然的犀利笔风。言论文章的批评要有力度,说理要有深度,要让被批评或抨击的人和事引起公众的警醒。如果一篇批评性的言论文章对社会上的不正之风评说时避重就轻、欲言又止、模棱两可、不痛不痒的话,就会使言论文章的社会功能性大打折扣,达不到使人警醒、明辨是非的目的。从这个意义上来说,我以为,一篇言论文章的社会功能应该像一把锋利的“匕首”,一剑封喉,击中要害,即便不能达到“匕首”那种效果,最起码也要像根“钢针”,能够刺痛“皮肉”,让被批评的对象感觉到痛痒。

这些年来,我写过一些批评性的言论文章,笔风虽然没有像“匕首”那样尖锐锋利,但也显露出“钢针”的作用,让读者能够很清楚地读懂文章的“剑”指所向。比如,20世纪90年代中期,企业实行减员增效,一些手里握有权力的人,便借着企业减员增效的时机,搞小动作,排斥异己,打击报复先前对自己有意见的职工,我听到了很多这样的议论。于是,我便及时撰写了一篇题为《减谁最能增效》的杂谈,在《淮北日报》发表——

减谁最能增效

最近一个时期,“减员增效”这个口号在社会上叫得很响。

企业减少冗员,走内涵扩张之路,无疑是现代企业经营的一条正确的途径,这是被国内外许多优秀企业的成功实践证明了的科学之策。然而,减员增效关键要看减什么样的人才能增加效益。

从我国目前企业经营的现状来看,真正影响企业效率提高或导致企业经营出现严重亏损的主要原因,并非一线职工太多,而是企业任用了一部分不该用的人。

有的企业,尤其是一些乡镇企业的领导,往厂长、经理的位子上一坐,就把企业视为自己的私有财产,于是便将自己的七大姑子八大姨,凡沾亲带故的人都一个个地弄进来,不论德才、素质高低,全都安排好的工作,有的甚至安排在要害部门。这些人仗着自己的亲戚大权在握,当"特殊职工",无视厂规厂纪,胡作非为。有的人甚至充当厂长、经理以权谋私、经济犯罪的得力助手。一旦犯了事,拔起一个,往往带出一大串来。凡是存在这种现象的企业,十有八九效益都不怎么好。因此,企业若想增效,最应该把这部分人减掉。

有的企业亏损的主要原因则是由于存在用人上的不正之风。一些企业的领导在人才使用上,不是论德才,讲实绩,而是采取"一朝天子一朝臣,我上台不用你的人"的方法,搞以我画线,拉帮结派,近小人,疏贤才,打击和排斥那些懂经营、会管理、具有真才实学的干部职工,专门使用那些善于投机钻营、阿谀奉承、吹牛拍马或给领导经常来点"小意思"的人。这些年来企业出现的人才跳槽现象,有一部分是因为专业不对口,而大部分是由于才华不能发挥,不能得到重用造成的。对于一个企业来说,用好一个人才,特别是关键岗位、关键部门的人才,就可以搞活振兴一个企业;而错用一个人才,则可能毁掉一个企业。现实社会中,这样的事情并不少见。所以,减掉一个压抑、摧残人才的领导,就可能解放一大批有用有识之才,就能救活一个企业。

有的企业机构臃肿,编制超员,机关人浮于事,养了一大批"一杯水,一包烟,一张报纸看半天"的懒人、闲人和庸人。这些人不但不能给企业的经营精谋良策,反而指手画脚,说三道四,干扰领导经营决策,在同事之间搬弄是非。一个机关这样的人多了,实在是单位和企业的一大祸害。这样的人员当属重点裁减对象。

目前,企业"减员增效"的做法已在全国范围内逐步推行,问题也逐渐地暴露出来。各级领导应特别注意和警惕的是,有的企业领导借减员之机,打击报复,排除异己,把那些平时对自己有意见或揭自己短的干部职工划入减裁之列。据报载,某集团公司在企业优化劳动组合中,竟把一对名牌大学毕业的青年夫妇给裁了下来,原因是这对青年夫妇对集团领导的经营方法提出过一些批评意见,得罪了该集团的领导,于是便遭此厄运,这实在是对人才的一种粗暴的摧残。还有的企业领导这边裁人,那边将自己的亲朋好友往企业里塞。假如企业都如此减员的话,那么,增效又从何谈起呢?

1997 年 3 月 26 日《淮北日报》

这篇杂谈,针对社会上出现的热点问题进行议论,观点鲜明,有理有据,对在减员增效过程中存在的不正之风进行了深刻的揭露与批评,政治性强,新闻价值高。稿件一经发表,给那些在企业减员操作过程中徇私舞弊的人敲了一记响亮的警钟,受到了读者的好评。

更多的时候,我的言论稿件会直面社会上的不正之风和腐败现象,主动揭露、大胆抨击、言辞辛辣、笔风犀利、直抒己见,稿件一经刊发,心里感觉特别"解气"。20世纪末,我国社会中一度出现十分严重的乱摊派现象,百姓怨气很大,虽然党和政府曾下发文件严格禁止,彻底制止乱摊派现象,但是禁而不止,有的地方乱摊派现象达到十分严重的地步。针对这一严重的社会问题,我撰写了一篇《关于"唐僧肉"问题……》的杂谈,对这一错误做法进行了深刻揭露与剖析,使人们对乱摊派的实质与危害有了更加清醒的认识。文章在《北方周末》发表后,我心里倍感"解气",好多朋友和读者都称赞这篇文章写得有深度,有味道,对社会上出现的乱摊派不正之风狠狠地抽了一鞭子。

关于"唐僧肉"问题……

关于"吃唐僧肉能长生不老"这句话,我是在小时候第一次看电影《孙悟空三打白骨精》时听说的。当时,县里的电影队到我们公社巡回放映电影,父亲带着我和哥哥爷儿仨跟着电影队跑了三个村子,一连看了三场《孙悟空三打白骨精》,实实在在地过了次电影瘾。

白骨精一心想吃唐僧肉,使尽了阴谋诡计,引诱唐僧,挑拨唐僧师徒之间的关系,但到后来,非但没有吃上唐僧肉,反而给自己招来了杀身之祸,这便是幼时看《孙悟空三打白骨精》电影留下的深刻印象。那时,我尚未读过长篇小说《西游记》,以为世界上只有白骨精一人想吃唐僧肉。后来,上小学四年级时,姐姐从同学那里借来一部掉了皮、旧得发黄的《西游记》小说,我用了三天多时间便通读了一遍。之后,我才知道,这西天取经路上,并非白骨精一人想吃唐僧肉,还有很多很多的妖怪对唐僧肉垂涎三尺。

其实,我以为许多读者朋友也和我一样,从小时候开始读《西游记》到长大后看《西游记》电视连续剧,大都是为了瞧个热闹,看看孙悟空到底有多大本领,是怎样一次又一次地战胜众多妖魔鬼怪的,很少想过关于"唐僧肉"的问题。今年春节期间看完电视连续剧《西游记续集》后,我突发奇想:天底下的人那么多,究竟想吃"唐僧肉"的是哪些人呢? 于是,我便从书柜里把《西游记》小说给翻腾出来,从头至尾草草地浏览了一遍。结果我发现,在十万八千里西天取经路上,唐僧前前后后共遭遇了九九八十一难,其中就有七十二次险些被"吃肉"的劫难。我仔细地想了想,但凡想吃唐僧肉的无一凡人,全是有邪术的妖魔鬼怪。再往深里想,这些妖怪之所以想吃唐僧肉,除了唐僧肉所具有的营养价值外,还在于他们都拥有吃唐僧肉的特权和本领。即无论妖怪大小都有一定的神通,其能耐远非一介凡夫俗子唐僧可比可及。也就是说,随便哪一个小妖小怪都可以置唐僧于死地,而只会潜心念经、手无缚鸡之力的唐僧是无论如何也逃脱不了被妖怪"吃肉"的厄运的。假如没有孙悟空、猪八戒、沙僧的精心保护,纵然有一千个唐僧也早就成了众妖怪的"下酒菜"了。

由妖怪想吃唐僧肉,笔者联想到近年来社会上出现的乱摊派现象,摊来摊去,最终承受摊派负担的还是那些基层的人民群众,终须让基层人民群众"出血"。去年中央电视台《焦点访谈》曾报道了这样一个典型的乱摊派事件。某省一个乡镇竟然向教师摊派招商引资任务,完不成引资任务的直接从教师工资里扣。有几位完不成任务的教师甚至被"请"到镇政府进行"面壁"反省。这

篇报道的题目叫《教师不是"唐僧肉"》。我想，教师不是"唐僧肉"，那么，农民、医生、小商小贩难道就是"唐僧肉"不成？事实上，在某些为官者眼里，基层群众的利益早就被他们视为可餐可嚼的"唐僧肉"了。他们自恃手中有那么一点权力，就向下面乱摊乱派，而处于社会最底层的群众是绝无向上级乱摊乱派的特权的。因此，这现实生活中的"唐僧肉"问题，说到底就是如何保护农民、工人、教师等基层群众利益，如何保持社会稳定的大问题。只有好好地整治整治那些想吃"唐僧肉"的人，才能确保农民安心种地，工人安心做工，医生安心治病，教师安心教书，商贩安心经商，也才有国家的长治久安。

2000 年 5 月 30 日《北方周末》

不是"烫剩饭" 旨在"煲新汤"

我所写的言论稿件，有很大一部分内容是对新闻媒体报道和披露的新闻事件的再评论。或许有的人会认为，既然事件已经媒体报道和披露，再去写岂不是"烫剩饭"吗，还有什么意义和价值呢？我认为，这种再评论不是"烫剩饭"，而是"煲新汤"，是有意识地从另一个侧面或层面去分析新闻事件的内涵，揭示一种潜在的意义或本质，从而加深人们对某种事物的理性认知，获得更加理想的宣传教育效果。

1998 年元月下旬，我在《人民日报》上读到一篇报道，讲的是一位优秀共产党员、市级劳动模范侯成云下岗不失志，自谋职业走向成功的感人事迹。当时，国有企业改革正在如火如荼地进行，下岗一度成为社会生活中被人们热议的话题，这么一位有名的女职工竟然遭遇下岗的命运,更难能可贵的是她竟然能够重拾生活的信心,走出命运的低谷,创造了人生新的辉煌。

读了这篇报道后,我的心情十分振奋,感动之余,我陷入了深深的思考之中:《人民日报》这篇报道向社会公众传递的是一种什么信息呢?难道仅仅限于告诉人们下岗不可怕,要敢于向命运挑战这层意义吗?在这个事件的背后还有没有蕴含更加深刻的人生理念和社会意义呢?联想到当时社会上一提起下岗人们就认为这是一件很不光彩、很掉面子的事情,我觉得人们对下岗现象持消极态度的根本原因在于一个千百年来被国人称之为"面子"的问题。这个问题,说小也小,说大也大。《人民日报》的报道里面虽然没有提及"面子"的话题,但事实上,全国那么多的下岗职工,尤其是国有企业职工(当时农行也有相当一部分职工面临下岗的痛苦选择)在"下岗"这一严酷的现实面前,心理上难免会出现困惑与失落。如果能写篇文章,把"面子"的问题给大家讲明白,撕掉长期以来罩在"面子"上的神秘光环,让人们看清"面子"的实质及过于看重"面子"的非理性心理,这将是一件十分有意义的事情。为此,我撰写了下面这篇杂谈,在 1998 年第 2 期《安徽农村金融》发表,受到了读者的好评。

挣回的"面子"更珍贵

据《人民日报》近日报道:辽宁省丹东市纺织业连续 10 年的技术革新能手、优秀共产党员、市劳动模范侯成云,下岗后不等不靠,由卖楂子粥开始,发展到日进千元、年纳税上万元的拥有几十名员工的美食园经理,闯出了一条自谋职业的成功之路,1996 年

再次被评为市劳模。

在当今我国社会生活中，"下岗"在好多人的心目中是件"失面子"的事。特别是一些下岗前工作单位好、个人荣誉高的职工，更感到自己"掉价"，"面子"上下不来。于是便有一些认为丢不起"面子"的职工，面对下岗的严峻现实，一下子变得十分苦恼和消沉。

我虽然与侯成云经理未曾谋面，但据我推测，作为一个市级劳模，侯成云当初突然面对下岗这一现实时，恐怕不能没有一点"失面子"的感觉吧。关键是侯成云很快便想通了："全民出身"即便是"金饭碗"，碗里没有饭照样会挨饿，荣誉再高、再多也不能当饭吃。因此，"全民"、荣誉这些在昔日曾经令侯成云深感自豪的"面子"，此时在面临下岗选择的侯成云面前都变成了"虚"的东西，而只有舍弃了这种好看的"面子"，把握转机，做自己想做又能做的事情，才能给自己谋一条新的成功之路。

古往今来，国人都清楚，所谓的"面子"只不过是一种虚荣的象征，是罩在事物表面的一层薄薄的、一捅就破的"窗户纸"。但长久以来，很多人都不愿随意地去捅破它，总是想保住它，不愿失"面子"，以为饭可以少吃，甚至于不吃，"面子"是断不能不要的。于是，中国自古就有"好女不嫁二夫""宁愿饿死不要饭"等维护"面子"尊严的说法，以至于"死要面子活受罪"至今仍是一个令国人恪守的人生信条。

其实，厚"面子"也是中国几千年的"具体国情"，并且在相当长的时期内，这种"国情"不可能全部改变。笔者在此想提醒国人注意的是，这"面子"并不是硬要来的，而要靠自己去挣。只有用自己的血汗挣来的"面子"才最美丽好看。否则的话，如果"金饭碗"里盛的是"稀粥",就是给你个"全民出身"的好看的"面子"又能咋着呢?

还是侯成云看得明白,她没有因下岗"失面子"而自暴自弃,而是靠自己勤劳的双手,创造了巨大的物质财富,重新当上了劳模,获得了荣誉,在市场经济的大舞台上确立了自己人生主角的位置,为自己挣回了"面子"。这个"面子"远比她失去的"面子"要珍贵得多,贵就贵在她挣回了一个女人的自信与价值。

新闻报道大多限于对事件过程的报道,很少去进行分析与说理,从理性的角度引导人们明白这件事情为什么会是这样而不是那样。而言论的作用恰恰就在这里,它不但能够让人们从某件事情中知道"是什么",而且让人们真正弄明白"为什么",而要讲清"为什么"却是要花费脑力,认真进行一番思考的。记得2003年年底,媒体相继报道了一些"枪手"落马的消息,人们都在痛斥"枪手"的不道德行为。"枪手"现象引起了我的深思,为什么会出现"枪手"现象,"枪手"现象背后隐藏的是一个什么样的社会问题,如何才能有效地避免"枪手"现象的出现。针对这一问题,我给《北方周末》的《百姓茶座》栏目写了篇短文:

"枪手"的悔恨

近来,媒体相继报道了一些"枪手"落马的消息。在落马的"枪手"中,不仅有在校的大学生、硕士生,甚至还有博士生。众多的"枪手"被查处曝光,令人拍手称快,这无疑是"打假"活动的一个胜利战果。

前不久，笔者偶然打开电视，碰巧看到倪萍主持的《聊天》节目，本期节目的话题叫作《枪手》。节目中一位"枪手"的悔恨，引起了我深深的思索。与倪萍对话的"枪手"小王是一个大学四年级的学生，学习成绩十分优秀。据小王坦述，他当"枪手"代考已经不是一次、两次，而是多次。雇他的人大多数是领导，也有一小部分是在校的大学生。替考的项目很多，有的是考职称，有的是考学历，有的是考大学英语四、六级。小王说他曾经为一个领导代考专升本12门课，每门替考费500元，一次代考完毕能挣6000元钱，这对他这个来自贫困农村的学生来说实在是一笔十分诱人且丰厚的收入。

虽然充当"枪手"是一种极不光彩、很不正当的行为，但小王却对当"枪手"有着自己独特的理解：一是社会上有的人需要"枪手"，需要就是市场。有的人舍得花钱雇，并且还有专门从事这种行当的中介人和不挂牌的中介公司。二是现在大学里的一些老师和学生对"枪手"现象已经屡见不鲜，见多不怪，大家都心照不宣，睁一只眼闭一只眼，很少有人去严厉查处与管理。三是替别人代考，挣点钱可以解决学费或生活费紧张的困难。

小王对当"枪手"的理解远不止这些，但仅此三点就足以发人深思了。试想，假如我们的一些干部都具有真才实学，都能依靠自己的真实本领考上职称，考上学历的话，那么还需要花钱雇人代考吗？假如我们的老师和学生都对"枪手"现象深恶痛绝、群起而攻之的话，那么，考场上还会有"枪手"生存的环境吗？假如我们的农村生活比较富裕，农民有足够的资金供子女上大学的话，那么，这些来自农村的大学生还会因家庭困难交不起学费而充当"枪手"去铤而走险吗？假如整个社会的诚信度很高，大家都从心里崇尚诚信，反对弄虚作假的话，那么，就不会有"枪手"生存的土壤，哪里还会有这么多"枪手"的悔恨呢？

由此看来，"枪手"落马绝不是"枪手"个人的不幸，整个社会都应对"枪手"现象引起深深的忧思。

2003 年 1 月 17 日《北方周末》

在这篇短文的倒数第二小节中，我一连用了四个排比句"假如……那么……"，通过反问的方式，对"枪手"现象产生的根本原因及消除的办法进行阐述，把"枪手"产生的原因及社会历史背景交由整个社会来思考。这样一来，文章虽短，不足千字，然而，内涵与意义却显得更加厚重、更加富有张力了。

不言位卑微　救赎堪担当

作为一个业余通讯员，虽然地位卑微，不可能扮演救世主的角色，但绝不能没有爱心，没有救赎情怀。一个记者，无论他写什么体裁的文章，他都必须具有一种社会责任感，你弘扬正气也好，你鞭笞邪恶也罢，都必须从救赎的理念出发，将自己和公众的思想与行为朝真善美的方向引导，以求得对人们心灵的激励与修复，从而维护整个社会的幸福与和谐。

这些年来，在我的言论写作中，"救赎主题"是十分显见的，对一些社会中的乱象与丑态，我十分鲜明地表达出一种哀其不幸、怒其不争的心态。这种心态既是救赎情怀也是一种心灵的自救。《避"恶"》这篇杂谈就是彰显我个人救赎情怀的一篇代表作。

　　1998 年夏天，我偶尔从一本杂志上读到一则消息，我国青年电影演员周某在拍摄一部反映吸毒内容的影片时，出于体验生活的良好动机，冒险尝试了一下毒品，结果一尝便上了瘾，最后因毒性发作而身亡。读到这个消息时，我十分震惊，由此联想到当下社会上存在的赌博、色情等恶习，有些人明明知道这些恶习的危害，却在一种好奇心的驱使下铤而走险，最后把自己变成恶习的受害者与牺牲品。青年电影演员周某的悲惨遭遇太有代表性了，令人同情与惋惜。我觉得我应该写一篇文章，提醒人们学会在现实生活中有效地保护自己。于是，我精心撰写出《避"恶"》一稿，同时寄给了几家报纸。8 月 24 日，《中国城乡金融报》在四版头条刊发了这篇杂谈。9 月 11 日，《中国剪报》在头版转载了这篇杂谈。10 月 23 日，《北方周末》在二版刊发了这篇稿件。

　　到了 1999 年元月里的一天，我从媒体上获悉重庆市一位十六岁的中学生到一家洗发店洗头时，被该店一位年轻的小姐骗到屋里，使之染上了性病。看到这篇报道时，我的心灵在颤抖，带着一腔义愤，连夜把已经发表过的《避"恶"》杂谈稿件进行修改，寄给了《安徽日报》。2 月 24 日，该报在《每周评论》栏目里，以《学会避"恶"》为标题，再一次刊发了这篇杂谈，引起了较大反响。

避"恶"

　　避"恶"是人们的一种生理本能。一个人走在大路上，偶尔遇到一堆臭气熏天的牛粪，便会不由自主地捂着鼻子迅速避开。村口上碰见一条狂吠的疯狗，人们便会机警地躲过。

　　人们对于牛粪、疯狗之所以能够迅速地避而远之，就在于其

"恶"显露在外,给人以直接的感官刺激,形成生理上快速的条件反射。这种外露的"恶",一般说来比较容易躲避。

现实社会中,有些"恶"隐形于内,含而不露,让人们不易识别,不太容易躲避。如赌博、色情、吸毒等,这些"恶"不像牛粪、疯狗那样能直接、主动地刺激感官,使人自然而然地产生一种厌恶的心理。相反,却具有一种很强的诱惑力,引诱人们去接近与尝试,使人们在不知不觉中被"恶"所害。

据报道,我国某青年女电影演员在拍摄一部反映吸毒内容的影片时,出于体验生活的良好动机,冒险尝试了一下毒品,结果一尝便上了瘾,陷进去不能自拔,把美好的青春交给了毒品,成为影坛上一朵被毒品吞噬的花蕾。

这位青年女电影演员的不幸遭遇令人惋惜与同情。然而,在同情与惋惜之后,人们又不禁要问,难道他(她)们不知道色情、毒品、赌博有害吗?事实上,关于赌博、色情、吸毒等严重危害,媒体已经做了大量的宣传报道,有些报道相当触目惊心,足以引起世人的警觉。可是,就有这样一些人不信宣传,在强烈的好奇心的驱使下,铤而走险,以身试"恶",最终被"恶"所害。

在我们生活的这个社会里,客观存在着许多被称为"恶"的东西。除了赌、黄、毒等大"恶"外,还有坑、蒙、拐、骗、偷等中"恶"、小"恶"。人们在这些"恶"的影响和干扰下生活,必须学会躲避"恶"的本领,方能生活得平平安安。诸如赌博、色情、吸毒等现象,这些都是被世人公认的大"恶"的东西,难道不应该引起一个正常人的警惕和躲避吗?明知是"恶",反倒去有意地接近,以满足其强烈的好奇心,这便是彻头彻尾的愚蠢了。

孔子在《论语》中讲过这样一句话:"见善如不及,见不善如

探汤。"意思是说，看到好的人要去接近他，学习他，看到好的事，要毫不犹豫、义无反顾地去做。而见了坏人、坏事，就像身体的某个部位接触烧得滚烫的水一样，立即离开，离得远远的，不再去碰它、接触它。孔老先生几千年前总结出来的人生经验，至今对于我们顺利适应复杂的社会生活，仍具有十分深刻的指导意义。

生活本身就是一门很精深的艺术。"见善如不及"是一种生活美德，"见不善如探汤"更是一种精妙的生活技巧。初入社会的青年人，缺少丰富的生活阅历和经验，要看清社会的复杂性，要区分善恶，学会在复杂的社会中生存很不容易，一不小心，就可能被"恶"诱惑而惨遭"恶"之所害。因此，必须学会避"恶"的生活艺术，增强自我保护和防范意识。尤其是对诸如赌博、色情和吸毒等社会公认的大"恶"、公害，更要保持清醒的理智，及早做好"见不善如探汤"的精神准备，既然碰不得，就干脆离得远远的。古代兵法上讲"三十六计，走为上"，当今社会，学会避"恶"，对于人生来说，实在不失为一种上上策。

1998 年 7 月 24 日《中国城乡金融报》

言论文章的最大特点是说理性，评论事件，讲述道理，通过对事物的理性分析，得出一种合乎实际的结论，达到启迪、教育人的目的。其中，说理是言论写作的重中之重。如何把想要讲的道理说明白，让读者接受，这不仅要看作者说理的艺术高低，更重要的还要看作者是否拥有救赎情怀。面对世俗以及世俗中种种的不平、谬误甚至罪孽，有的人怒目而视，言辞激烈，口诛笔伐，话语里充满浓浓的火药味。我则喜欢缓缓地述说，在平静中讲述要讲的道理，让听我讲道理的人能够深刻感受到我不是在恐吓、打击他们,而是要真心地拯救他们。

改革开放以来,我们一些领导干部经受不起商品经济大潮的冲击和洗礼,成为金钱的俘虏,绝大多数腐败落马的官员都与金钱脱不了干系,是金钱之罪还是人之过? 不少的人往往都是从狭义的角度来看待金钱的本质属性,认为贪官们眼里盯着金钱,栽在钱眼里,就是看中了金钱的使用价值,而没有从广义的角度来看待金钱的社会属性,没有弄明白金钱的价值与使用价值二者之间的关系,从而把金钱视为万恶之源,这是十分荒谬的。为此,我特地撰写了一篇题为《劝君善待"孔方兄"》的言论,详细地阐述了金钱的价值与使用价值之间的关系,劝导人们正确地认识和对待金钱。这篇文章虽然是针对某些贪污腐败现象而写的,但对国人的教育、警示意义可谓大矣。在我这些年撰写并发表的100多篇言论稿件中,这是唯一的一篇用"劝"字做标题的言论,相信读者能够从文中体会到我在文章中所蕴含的救赎情怀。

劝君善待"孔方兄"

20世纪90年代初,中国社会上广为流传着这样一句顺口溜:"十亿人民九亿商,还有一亿在观望。"那么多人热心经商,目的是为了赚钱。到了90年代末,十二亿中国人对"孔方兄"的追求可以说到了史无前例的狂热程度。不过,有些人是真心实意地追求"孔方兄",有的人则是居心叵测地玩弄"孔方兄"。结果,有的人是真正地发家致富了,有的人却一头钻进钱眼里不能自拔,成为"孔方兄"的俘虏和奴隶。于是,如何善待"孔方兄",就成为当前国人经济生活中不可回避的一个重要问题。

据我国民间传说，古代人在铸造钱币时，之所以选取外圆内方的形状，除了便于携带外，还有一层潜在的含义，即钱币作为充当一般等价物交换的特殊商品，其作用是通过在流通中顺利地运转方能得以升值，从而创造更多的财富。因此古代钱币的外形大都选择圆形，意味着灵活、变通。反之，如果抹杀货币的流通特点，而一味地不择手段地捞取和积聚货币，天长日久，这钱就会成为一堆废铜烂铁，黑心钱积攒得太多，免不了有一天会塌下来把人给砸死。后来，人们为了让后人不要过于贪图钱财，在造字时，特地将"人"与"方框"结合，创造出"囚"字这样一个让人见了就心惊肉跳的文字，旨在警示后人要善待"孔方兄"，不要贪图不义之财，一门心思往钱眼里钻。不然的话，一旦钻进钱眼里不能自拔，便会沦为金钱的囚徒。

在商品经济社会里，金钱作为财富的象征，其使用价值是不言而喻的。人们为了生活得更幸福，更美好，需要创造更多的财富，这就需要借助于货币的助推作用。因而，生活在当今社会中的人们喜欢金钱，钟情"孔方兄"，这也是一种正常的心理需求。然而，古人云，"君子爱财当取之有道"。想获得更多的金钱，必须靠自己的双手去创造，用自己辛勤劳动的汗水去换取，而不能用非法的手段去攫取，去占有。像王宝森、褚时健、李邦福等贪官们，是利用职权、通过非法途径贪占和侵吞国家钱财的，他们践踏了"孔方兄"的神圣尊严，最终撞死在钱眼里纯属罪有应得。据了解，曾有不少的贪官们在他们的犯罪行为中被揭露，受到法律的严惩时，痛恨金钱，咒骂"孔方兄"是"魔鬼"。其实，这又与"孔方兄"有何干系呢？要怪也只能怪他们自己不能善待"孔方兄"，在金钱面前走火入魔罢了。

改革开放以来,笔者欣喜地看到,有相当一部分人借助于改革开放的东风,在党的富民政策激励下,依靠自己的智慧与汗水发了家,致了富,成为有名的企业家,万元户,社会上不仅涌现出一大批拥有百万、千万元巨资的个体经营大户,还涌现出一批亿万富翁。这些人经营和事业上的成功,不仅给个人创造了财富和幸福,同时还有力地带动和促进了一方经济迅猛发展。更难得的是,许多富裕起来的人们,不仅懂得金钱来之不易,倍加珍惜金钱,而且知道富余的钱该朝什么地方花。有的拿出巨资帮助乡亲脱贫致富,有的向"希望工程"捐款,救助失学儿童,还有的向社会慈善事业、受灾地区捐款,奉献爱心。笔者认为,这样的人才是金钱真正的主人,也只有这样的人,才能在市场经济的大舞台上,永远成为"孔方兄"最欢迎的舞伴。

1999 年 12 月 6 日《淮北日报》

Wo De
Ji zhe
Meng

12. 与记者合作的短暂机会

曾经渴望与记者合写稿件

在部队刚从事新闻报道工作时,我十分渴望能够有机会同记者合写稿件。我把同记者合写稿件当作提高自己写作能力的一条重要途径来看待,绝对没有傍名人想给自己出名的想法。我当时虽然是军区报社的一名特约通讯员,也在军区的报纸上发表过一些稿件,但与记者的水平相比还相差甚远。在我看来,作为一名记者,其令我钦佩、羡慕之处不仅仅在于其驾驭新闻业务的熟练程度与写作技巧,更在于其观察思考问题的优秀能力,业内人士管记者的这种能力叫作"视觉能力"或"视觉水平"。

在我看来,记者比通讯员的高明之处就在于能够小中见大、动中见静、凡中见伟、微中见著。有些通讯员在刚学做新闻报道工作时往往都侧重于对新闻业务的五个"W"的认知与理解,追求写作技巧的提升,而我一上来就看重了记者的那种独特的"眼力"。在一般人眼里平平常常的生活小事或是习以为常的社会现象,打记者眼中一过,就具有了一定的新闻价值,这就是记者独特的"眼力",这也是一个记者与通讯员之间能力与水平的差距。向记者学习,最重要的是要学习记者这种敏锐观察、善于思考问题的能力,这也是我渴望与记者合写稿件的主要动机。

提干后,我在部队一直从事政治理论宣传工作,兼做新闻报道工作,平时很难有机会接触记者。由于热爱新闻工作,我心里总渴望着有机会与记者合写稿件,从而得到记者的言传身教,尽快提高自己的新闻写作水平。我知道,这样的机会很难得,部队那么多,而记者就那么几个人,没有突出的事迹或重大价值的新闻题材,记者不可能到下面采访报道。然而,如果遇到这样的机会,我一定会紧紧抓住,绝不轻易放过。

20世纪80年代中期,部队开展培养军地两用人才活动,上级想树立一个先进典型。正好我们团二连饲养员小张在担任连队饲养员三年间成绩突出,每年生猪出栏20多头,连队每月都能保证杀2头猪,官兵的生活条件得到了较大改善,团里给小张记了一次三等功。我把小张养猪的事迹整理成材料报到师政治部后,师里向军政治部推荐,军里决定在我们团召开现场会,《解放军报》的一名驻军部记者要来采访报道小张的事迹,师里让我提前准备好一份材料交给军报记者供采访报道参考。接受任务后,团里紧张地组织部队搞好迎接军里现场会的各项准备工作,我开始精心写作供军报记者参考的材料。材料写好后,师团政治部(处)的领导都十分满意。团政治处的领导跟我说,你这篇材料写得不错,军报记者拿去稍作修改就能见报,稿件见报时肯定会

署上你的名字,这也算你和记者合写的一篇稿件,你也算是沾了一回记者的光吧。

现场会召开那天,军师来了不少领导,军报记者和另一名《解放军画报》记者也一同前来采访报道。我把写好的材料交给军报记者看后,记者十分满意地将材料放进采访包里,然后让我陪他一起去二连养猪场采访。我陪军报记者来到二连养猪场,记者同饲养员小张谈了几分钟话就走了。不久,小张的事迹稿件在《解放军报》头版刊登,上面只有军报记者一人的名字,我们团政治处领导和我的同事看了报纸,与我写的材料内容基本相同,大家都替我鸣不平。这件事对我刺激很大,从那以后,我就暗暗地叮嘱自己要争口气,要通过自己的不懈努力,写出更多高质量、高水平的稿件,靠自己的能力把名字刊登在报纸上。

在沉默中爆发的追梦激情

1990 年,我在新华社发了一条消息、在《中国青年报》发了一篇随笔稿件后,一直到 1994 年,这四年间,我在农行的一个基层营业员所从事出纳工作,没有给报纸写过一篇新闻稿件。因为我所从事的出纳工作每天都在同现金打交道,稍不注意就会出差错,属于高危职业,搞得我成天脑子里仿佛绷了根弦,精神时刻都处于高度紧张的状态,极少有时间写作。更何况我受所处的工作环境限制,工作单纯,与社会的接触的机会稀少,很难获取比较有价值的新闻信息,从而使手中的笔长期处于沉默状态。早年那么热烈的记者梦,此刻在我心中已经变得十分遥远而渺茫,但并没有彻底消失。

1993年夏天，一次偶然的工作失误，不仅差一点改变了我的人生之路，还差一点令我的记者梦彻底破灭。那一起意外发生的短款2000元的重大责任事故，像三九天的一盆冷水，把我的一颗滚烫的心浇得冰凉。尽管造成差错的客观原因很多，但作为出纳员，我实在无法原谅自己的过失。内疚和懊悔沉重地揉搓着我这颗一向要强的心，使我这个当年在老山猫耳洞环境那样恶劣、条件那样艰苦的情况下都没有流过一滴泪的五尺男儿，情不自禁地流下了痛心的泪水。我恨我的粗心大意，恨自己当初的选择，那么多战友和同学都热心地劝我转业到党政事业单位工作，我非要进农行，现在，我恨不得立马甩掉这又脏又累的出纳工作。回过头来再看看比我提前转业退伍的战友老乡，许多人不仅有了职务，而且还有了住房。而我既没有职务，又没有住房，单位临时给我找了两间信用社的破烂不堪的老房子让我居住。一场暴雨引发巨大的山洪，灌了满屋子泥水，家具全都泡在了水里，我们一家三口蹲在床上战战兢兢地度过了险恶的一夜。想到这里，我心里充满了巨大的失落感。此时此刻，我对生活的信心几乎丧失殆尽，哪里还有心思去追求什么记者梦啊，我恐怕要在这个世界上长期沉默下去了。

就在我的人生遭遇最低谷的时候，市行和上级业务部门的领导及时找我谈心，认真地帮我查原因、找教训、卸"包袱"，鼓励我轻装上阵，使我重新树立起干好出纳工作的信心。这次出纳差错的发生，让我缴纳了一笔昂贵的"学费"。为了减少或避免出纳差错的发生，让更多的出纳少交或免交如此昂贵的"学费"，在干好本职工作的同时，我利用半年工作时间，积极向老出纳员虚心求教取经，搜集和查阅了近百起出纳差错的相关资料，在对各种

出纳差错原因进行认真分析研究的基础上,精心撰写了一篇题为《影响出纳安全的几种心理因素》的论文,寄给了省农行会计出纳处,受到处领导的重视与好评。论文被推荐给《安徽农村金融》杂志后,很快便在该刊发表,并被兄弟省的金融刊物转载。这篇论文的发表,使我很快成为我们淮北市农行系统的知名人士。我自己也感觉到,原来在金融刊物发表稿件并非很难,一下子提振了我写作的信心。

后来,一个偶然的机会,我到办事处领导的办公室里汇报工作,发现主任的办公桌上摆放着几份报纸,有《人民日报》《经济日报》《安徽日报》和《淮北日报》。我顺便问了问这些报纸领导看完后能否借我看看。办事处主任知道我在部队长期从事政治理论宣传工作,非常热情地对我说,喜欢看尽管拿去看。就这样,我就隔三岔五地跑到办事处主任的办公室里取报阅读,从此在我眼前开辟了一条宽畅的信息通道,使我对外界事物经常保持着一种积极关注的心态。后来,我给《淮北日报》投寄的第一篇题为《乡镇企业不能搞"短期承包"》的稿件发表后,很快又在《人民日报》右头条刊登。与此同时,我给《经济日报》写的一篇生活论坛小稿件也顺利发表,极大地激发了我的新闻写作热情,鼓舞了我追求记者梦的脚步。

1996 年,我的业余新闻写作事业步入一个巅峰时期,我的写作热情空前高涨,稿件见报数量呈现出"井喷"态势。一年间,我在各级报刊发表稿件 78 篇,其中《人民日报》5 篇,仅 4 月份一个月就在《人民日报》发表稿件 3 篇,在淮北新闻界引起轰动。从那以后,报社的年轻记者见了我的面都亲切地叫我"谢老师",让我感觉既受宠若惊,又诚惶诚恐。

从 1996 年到 1999 年三年间,我在全国报刊先后发表稿件 200 多篇,这期间是我从事业余新闻写作的一段黄金时期。最令我感到欣慰与自豪的是,我给《金融日报》和《中国城乡金融报》投寄的通讯、随笔、言论稿件,见报率达到 100%,每篇稿件的篇幅平均在 1600 字以上,有些稿件先后被多家报纸刊登、转载或被选编出版。这些成绩的取得,使我在追寻记者梦的路上向前迈进了一大步。

由事业的低谷步入巅峰,由多年的沉默不语,到如井喷状态的爆发,我的业余新闻写作之路,我的追求记者梦的历程,恰好应验了鲁迅先生的一名句言:"不在沉默中爆发,便在沉默中灭亡。"这或许就是事物发展的客观规律吧!

与记者第一次愉快合作

1997 年 5 月中旬,时任《中国城乡金融报》安徽分行记者站站长的蒋斌同志给淮北分行领导打电话,邀请我到省分行记者站与他合写一篇稿件。我把手头的工作交代完毕后,立即赶往合肥去见蒋斌站长。我和蒋站长虽然是第一次见面,但因为我们都是军人出身,在部队也都在政治机关工作,讲起话来颇有共同语言。见面后,彼此简短地说了几分钟部队上的事情,很快便转入主题。蒋站长告诉我,《金融早报》和《安徽经济报》有篇约稿,要报道一下农行安徽分行在支持皖江经济开发中的作为,这是一篇大文章,分量很重,省分行领导十分重视,要求记者站务必集中精力把文章写好,争取早日见报。"为了顺利完成这次写作任务,我特地向省分行办公室请示,抽调你过来,咱们一起做好这篇大文

章"。

接受任务后,我心里暗暗地思忖:这次写作任务可非同一般啊!在此之前,我从未有跟记者合写稿件的经历,也从未遇到这么大的题材,凭自己这点写作水平如何能够驾驭这么大的一篇文章呢?可转念一想,既然蒋站长跟省分行办公室点名要抽调我来和他合写稿件,说明他对我写作能力的认可与信任,我现在是被蒋站长推上"梁山",想下都下不来了,只好硬着头皮上。多年来渴望着与记者合作写稿子,这一次终于盼来了机会,无论自己的写作水平高与低,丑媳妇总得见公婆,我自己在心里对自己说:"是骡子是马,这一回是真的要拉出来遛一遛了!"

在接下来的一个星期时间里,我跟随蒋斌站长先后来到省农行所辖的铜陵、芜湖、宣城、池州、安庆五个二级分行进行采访调研,认真听取了各分行在支持皖江经济开发过程中采取的成功举措,实地参观考察了十几家大型国有企业、民营企业和乡镇企业,收集了大量的信息资料。七天采访调研结束时,我的采访笔记本记下了好几十页资料。回到记者站后,蒋斌站长立即着手研究拟定文章的写作思路与写作提纲。蒋站长说,整篇稿件的主题要围绕安徽省农行在支持皖江经济开发战略中的"为"与"位"来写,提纲让我来拟定,文章草稿先写 6000 到 7000 字,蒋站长给了我一个星期时间,让我回淮北撰写,草稿脱手后,让我亲自送到记者站。

回到淮北分行后,我连天加夜整理资料,赶写稿件,仅用三天时间便写出了一篇近 7000 字的纪实稿件。草稿送给蒋斌站长看后,他比较满意,对我拟写的《精谋良策兴皖江》的文章标题赞不绝口。稿件经蒋站长精心修改后,最先在 7 月 24 日、26 日的《安徽经济报》一版连载。8 月 24 日,《金融早报》在二版头条刊发,随后《中国城乡金融报》《金融时报》相继刊发了这篇长达 4000 多字的纪实稿件,收到了预期的舆论宣传效果。

共谋良策兴皖江①
——农行安徽分行支持皖江经济开发纪实
蒋斌　谢敬华

长江东去,浪逐涛涌,流经安徽境内 800 余里,安徽人把这段素有"黄金水道"之称的水面叫皖江。7 年前,伴随着浦东开发序幕的拉开,中共安徽省委、省政府审时度势、冷静分析,果断提出:开发皖江,呼应浦东,与合肥、黄山形成两点一线的开发格局,带动全省经济的腾飞。

开发皖江,离不开金融杠杆的强力撬动。农行安徽省分行,面对这千载难逢的机遇,积极转变观念,举实策,定实招,带领全行员工,奏起了一曲支持皖江开发、振兴皖江经济的动人乐章。

做好开发大文章

皖江 800 里,水资源丰富,这是皖江地区自然环境的最大特点,也是皖江经济发展所拥有的独特的地缘优势。农行安徽省分行领导在统揽全局的基础上,把开发利用皖江流域水资源作为开发皖江的突破口,紧紧围绕"水"字,认真做好开发的大文章。

皖江流域滩涂丰腴,湖泊众多,拥有得天独厚的发展水产养殖的优越条件。农行安徽省分行瞄准这一资源优势,依照"支持

---

① 《精谋良策兴皖江》在《中国城乡金融报》《金融时报》刊发时文章标题改为《共谋良策兴皖江》。

195

皖江开发开放"的总体规划积极支持沿江地区开发荒山、荒水，大力发展水产养殖，先后发放贷款几十亿元，支持改造低产水面，兴建精养鱼塘、蟹苗基地等，帮助沿江农民开辟了一条充满希望的致富道路。

地处皖江上游的安庆市望江县，在开发皖江大潮的推动下，望江人不再"望江兴叹"，他们以河蟹系列开发为龙头，在 13 万亩武昌湖上大摆"龙门阵"，让鱼鳖虾蟹争跃"龙门"。农行望江县支行集中 600 万元贷款，支持建成了大型蟹苗场、工厂化甲鱼养殖基地。河蟹系列开发的蟹苗、种蟹、成蟹放养，年创产值 1500 万元，仅蟹苗一项就获纯利 90 多万元，上缴特产税 46 万元。蟹苗销往沿江的宣城、九江等地，成为远近闻名的蟹苗繁殖基地。

形成合力抢"龙头"

从皖江开发战略实施的第一天起，农行人就清醒地意识到，三资企业不仅是皖江开发中产生的新经济增长点，而且也是农行的创利大户。为了掌握经营主动权，在皖江地区扩大农行资金的市场占有份额，农行安徽省分行果断放弃过去在信贷投向上"村村点火、处处冒烟"、在信贷投量上"广下毛毛雨，遍撒胡椒面"的做法，按照扶优限劣、重点倾斜的原则，适时确立了以市场为导向，以发挥地方资源优势为依据，以产生强烈辐射效应和龙头作用为标准的支持思路，调整信贷策略，集中资金重点支持和扶植了一批起点高、规模大、科技含量高、产供销一条龙、贸工农一体化的乡镇企业和国有大中型企业。

皖东南丝绸实业总公司的前身是广德县四合乡兴办的小丝绸厂，实施开发后，农行宣城地区分行从企业长远利益和发展后劲考虑，支持企业发展蚕桑生产基地，建成桑园 1.5 万亩，从根本上解决了原材料不足的困难。为了使产品增值,他们协助企业进行技术改造,新上高科技项目,大力开发新产品,使这个小乡镇企业由原来的"丑小鸭"变成了"白天鹅",发展成为皖东南丝绸行业的骨干和支柱。

铜陵华陵铜材有限公司是一家生产和加工铜线材的中型企业,由于设备落后,产品档次低,企业效益始终徘徊不前。为了帮助企业摆脱困境,当地农行经过认真考察论证,贷款4000多万元,从国外引进了高质铜材生产线和高新技术设备,使这家企业产值和利税大增,一跃跻身全国300家大型企业之列。

支持农业产业化

早在省委、省政府实施开发皖江战略之前,皖江地区的农业产业化已初具雏形。但是,由于缺乏正确的引导,各地的产业化发展不能同市场有机衔接,不少地区的农业产业化呈现出"一哄而上"盲目发展的状况。实施皖江开发战略之后,农行安徽省分行及时发现了沿江各地农业产业化发展与市场严重脱节的缺陷,认识到农业产业化只有同市场接轨,面对市场求发展,才能实现农产品的商品化、市场化,才能提高农产品的附加值和市场占有率,实现农业产业化追求的规模效益,也才能充分发挥当地的资源优势。因此,从一开始,沿江各级农行就注意引导农业产业化向市场化发展,围绕市场争创效益。

"农业产业化的根本出路在于市场化。"近年来,该行发放4000万元贷款,帮助农民发展大棚蔬菜生产,支持农民采购塑料薄膜、蔬菜品种,使全县蔬菜种植面积达到20万亩,其中大棚蔬菜7万亩,年产各种蔬菜30多万吨,实现产值2.8亿元,成为华东地区最大的"菜园子",有力地支持了南京、合肥、上海等地的

市场供应。

资金与科技联姻，是分行支持皖江地区农业产业化发展的一条准则。通过信贷支持科技开发，在皖江区域形成了优质粮、棉、油生产区域带和多种水产养殖带。望江、无为、宿松的优质棉，不仅产量跨入全国棉花生产大县行列，而且质地优良，成为国家指定的军用棉和出口优质棉。

"建好本地市场，开辟外地市场"，是农行无为县支行支持农业产业化的一条新思路。几年来，该行累计投放信贷资金1.2亿元，积极支持兴建刘渡木材交易市场，使之在短短几年内，发展成为全国最大的木材交易市场。该市场日最高木材成交量达1000立方，日最大资金流量达3000万元以上，木材生意拓展到长江中下游地区，辐射全国18个省市，取得了良好的经济效益。

在皖江开发的战略工程中，农行安徽分行面对市场，不但懂得并寻求、培养好的企业、优良客户，更清楚地为皖江开发提供全方位的金融服务是实现地方经济发展与农行自身发展的最佳结合点，坚持在皖江开发的全过程中，唱好服务主旋律，通过服务追求农行自身的最大经营效益。

农行安徽分行的精谋良策，振兴了皖江经济，更将振兴农行向商业化转轨的大业！

1997 年 10 月 17 日《金融时报》

第一次与专职记者合作写稿获得圆满成功，我最大的收获是经历了一次真正意义上的新闻写作锻炼，从专职记者身上学习到了新闻稿件写作的方法，使我参悟出一些新闻写作的要领。从蒋斌站长对稿件的修改中，我发现了自己在新闻写作上与专职记者存在的差距。这种差距主要表现在对整个文章的谋篇布局、结构设置、标题提炼、材料取舍等方面。虽然蒋斌站长没有对我的原稿提出异议，但我从他对稿件的修改中悟出了个中的道理。原本6000多字的稿件，经他的精心修改后变成了4000多字，对于我来说，这删除掉的2000多字就是多余、无用的，如果不将这些多余的文字删除，不仅不能起到突出文章主题的作用，反而会淡化或削弱文章的主题。另外，从整篇稿件结构设置、小标题的应用，我看到了作为专职记者特有的广阔视野和丰富的思路，如果没有蒋站长的精心修改，这篇稿件将很难被如此多的报纸刊载，即便刊载了，也不会达到这样的宣传效果。

于无声处学品位

《共谋良策兴皖江》稿件见报后，蒋斌站长特地从合肥打电话向我表示祝贺，热情鼓励我继续努力，争取写出更多高质量的新闻稿件。他特别提示说《中国城乡金融报》近期开办了一个"双先"专栏，希望我能给这个栏目写篇稿子。恰巧，我们淮北分行所辖的相西分理处今年6月初被上级机关确定为农行"全国基层窗口示范单位"，有不少好的新闻素材可供报道。蒋站长听后，当即要求我抓紧时间前去采访，尽快把稿子报给他。

放下电话后，我便骑上自行车赶往相西分理处采访，仅用三天时间便写出了一篇目题为《文明服务在相西》的通讯稿件，寄给了省分行记者站。蒋斌站长收到稿件后十分高兴，他在电话里称赞我这篇稿件的三个小标题写得特别新颖、独特，很有味道。他说大标题有点平，他建议将我原来的标题改为《八个人的分理

处》，说这个标题新闻性更强，我十分赞同他的建议。这篇稿件经过蒋斌站长的修改、整理后，很快便在 8 月 15 日《中国城乡金融报》二版头条位置刊登出来：

八个人的分理处
——记农行安徽淮北市相西分理处
谢敬华　蒋斌

1996 年 8 月 20 日上午，安徽淮北市农行相西分理处在一阵清脆、响亮的鞭炮声中正式开业。在不到一年的时间内里，这个仅有 8 名员工的分理处，就以其优质文明的服务吸引并赢得了千家万户的信任与赞扬，树立了一个行业文明的崭新"窗口"形象。

行不在大　守信则名

相西分理处是淮北市农行所辖的最小的一个基层分支机构，整个分理处营业面积也不过 70 多平方米，再加上地理位置偏僻，乍一看上去并不怎么显眼。但在 8 名员工心目中看来：行不在大，守信则名。他们就是抱着"信誉第一，以信扬名"的崇高信念，迈开了文明经营的坚实步伐。从去年 10 月份起，该处承诺上门为市公交公司办理收送款业务。从此，不管春夏秋冬，晴天雨天，天天按时上门把公司当日的营业款及时收回入库，全市公交车每天营业款三四万元，几乎全是角币、零钱，这些钱堆在桌子上像一座小山，清点完至少要花费两个多小时。从开业至今，光零钱就整理了 1000 多万元。

人不在多　业精则灵

相西分理处人虽不多，但 8 名员工人人具有一流的业务素质，具有一专多能、一岗多能的技术本领。分理处刚开业时，只有

2 名同志会微机操作技术,在不到一个月的时间内,处里的其他 6 名员工利用岗位教学传帮带,很快便学会了微机操作。精湛的业务素质,不仅使他们能够胜任每一个业务岗位,快速、准确地处理各种业务,而且锻炼和提高了他们应付和处理各种复杂情况的能力。一天,一位 30 多岁的男子拿着妻子的存单和证件,要求提前支取一笔定期存款。值班员任启凤、马莉见其神色异常,顿生警觉,便告诉这位男子让其妻子亲自来取,该男子闻听,显得很不耐烦,一会儿要请小任她们吃饭,一会儿又声言要打电话给行长,告她们有意刁难顾客。缠磨了两个多小时,他最后只好悻悻地离开了营业室。第二天一大早,那人的妻子便前来感谢,她说:"多亏你们负责任,钱才没被我丈夫拿去赌博。"从开业至今,该处共办理各种业务 13000 多笔,从未出现一次差错,被广大客户称赞为"最放心的银行"。

斯是农行 服务唯重

相西分理处的领导为了提高员工的服务意识,增强员工服务的自觉性和主动性,提出了"谁得罪了客户,谁砸了农行的牌子就端掉谁的饭碗"的严格服务要求。全处员工人人想着维护农行新形象,大家牢记"服务第一"的宗旨,从心里真正把客户当亲人,真心实意地为客户排忧解难。为此,他们积极开办了零残币兑换、代付利息、代验伪钞、代验单证等便民服务业务,使广大客户实实在在地享受到农行人的优质服务,感受到农行人的热情与真诚。今年 4 月下旬的一天下午,该处接到一位客户打来的电话,说有两笔款子,问能否帮助收存一下。这笔钱数额虽大,但只存放在农行一夜,第二天就汇走。分理处副主任吴惠玲接到电话后,二话没说,马上和信贷员黄敬东一道,开车到市里把钱接了回

来。这位客户异常感动，当即掏出 300 元钱请客，被婉言谢绝。从此，相西分理处便多了一个黄金客户。

时光如梭，春华秋实。相西分理处 8 名员工以辛勤的汗水、优质文明的服务，换来了丰硕的收获。开业仅仅 11 个月时间，该处各项存款净增 1300 多万元。今年 5 月，该处被团市委评为"青年文明号"。6 月初，又被上级机关确定为农行"全国基层窗口示范单位"。相西分理处正在绽放出更美丽的文明之花。

这篇稿件与《共谋良策兴皖江》那篇稿件的见报时间前后仅差七八天，在如此短的时间内，能够在我们国内金融界最高规格的报纸上刊登这样两篇颇有分量的稿件，我的心在充满惊喜的同时，更对蒋斌站长充满了感激、敬重之情。看到报上刊登的稿件后，我第一眼发现蒋斌站长把我的名字放在前面，他的名字放在后面，我心里顿感惊异。我知道，按照报社的惯例，稿件见报署名时，记者在前，通讯员在后，蒋斌站长把我的名字放在他的名字前面，不仅仅是对我的稿件质量的肯定，更是对我个人情感的一种尊重与抚慰。他的这一举动，让我深刻感悟到他作为记者高尚的道德与品位。他虽然是一个专职记者，具有丰富的新闻写作经验和高深的写作水平，但在业余通讯员面前他表现得如此谦虚、低调，热情地支持和扶持业余新闻爱好者，体现了一个专业新闻工作者崇高的思想境界，实在令我敬佩，是我学习的楷模。

我与蒋斌站长合写稿件的机会虽然十分短暂，但从他那里却学习到了很多东西，不光是新闻写作的技巧和经验，更让我受益匪浅的是，我从他的为人处世上深深悟出了一个道理，即成事先成人，要干好新闻工作。无论是作为一名专职记者还是一名业余通讯员，首先要学会如何做人，这是我跟蒋斌站长合写稿件过程中最大的收获。在后来与蒋斌站长合写的稿件见报时，他总是把我的名字放在他的名字前面，每当这时，我就情不自禁地回想起当年在部队的那位记者的做派，我实在想不明白，同是记者，两者的差别怎么就这么大呢！

13. 愿教手中笔　常传正能量

胸中怀正义　笔下荡激情

从 1995 年至 2003 年前后八年间，我先后写作并发表了近 200 篇言论文章，最多的时候一年发表 40 余篇。这些言论文章，有的赞美文明，有的批评世风，有的弘扬正义，有的抨击邪恶，有的怀念亲情，有的感悟人生。熟悉我的文章的编辑和读者，都说我是个充满激情的人。

在我看来，写文章必须有激情。这种激情从哪里来，我个人感觉写作激情来源于作者心中的正义感。这种正义感对于一个记者来说尤为重要，它是记者写作的直接动力，它能够最大限度地激发记者参与社会的使命感。一个拥有强烈正义感的记者，他会以疯狂的热情去弘扬生活中的真善美，同样，他也会以严冬一样的冷酷无情去鞭笞生活中的假恶丑，乐为正义鼓与呼，这是一个记者应具备的责任感与使命感，也是对一个记者职业道德的基本要求。在这一点上，我最看不起一些小报记者的做派，他们不是把写作激情用在弘扬真善美，抨击假恶丑上，而是用在搜集、追踪一些文人、明星的绯闻趣事上，用那些低俗的文字吸引社会上一些人媚俗的眼球，我从心底鄙视这种没有出息、缺乏职业道德的记者。

20 世纪 90 年代以来，随着我国商品经济的迅猛发展，社会上的不正之风也越来越严重，国人对不正之风痛心疾首，恨之入骨，迫切希望舆论界对社会这一消极现象进行揭露批评，宣传正义，弘扬正能量，给国人以信心。我虽然是一个业余通讯员，按说，有记者在，轮不到我"发声"。但我曾经是一个受部队党组织培养教育多年的基层党组织的负责人，是一位在部队长期从事政治理论宣传工作的干部，又是一个记者梦的追寻者，我有义务用手中的笔去为正义鼓与呼。我对正义的崇敬与信仰，催生出我对我们的党、我们的祖国、我们的人民的大爱，这种大爱犹如一团燃烧的火焰，从我手中的笔下喷涌而出，我的文字虽然不能指点江山，除恶扬善，但也能为正义叫声"好"，对邪恶说声"不"，为净化、优化社会环境尽自己的绵薄之力。

1998 年，我国的检察执法部门加大了惩治腐败的力度，有媒体上曝光了一批贪污腐败案件，甚是大快人心。贪官污吏被依法惩处是罪有应得，伸张了正义，打击了邪恶，彰显了法律的威严，从一定程度上对社会上存在的腐败现象和不正之风起到了震慑作用。然而，老百姓心里还是不满意，他们对腐败现象根除不净，不正之风纠而不正颇感困惑，认为国家在惩治、打击不正之风问题上手软，缺乏应有的力度和狠劲，私下里难免有些怨气和不满

情绪。那么，如何有效地消除百姓心中的这种怨气，理顺百姓的情绪，我认为，作为一个记者，应该有针对性地写点文章，加以正确引导，这是一件很有意义的事情。于是，我认真地阅读了"三令五申"这个成语的典故，精心撰写了《"三令五申"与"动真格的"》这篇杂谈，在《北方周末》发表，收到较好的反响。

"三令五申"与"动真格的"

"三令五申"这个成语见于《史记·孙子吴起列传》，讲的是孙武演兵的故事。

当年，孙武为了演示自己写的阵法，专门从吴王宫中挑选美女180名，列成两队，并安排吴王的两名爱妃担任两队队长。为了保证演练效果，孙武不仅三番五次详细地向宫女们讲解动作要领，还让手下人搬出铁钺（古代军法杀人的斧子），以示警诫。然而，当孙武击鼓发出行进的命令后，宫女们非但没有依令而行，反而哈哈大笑起来。孙武又把军纪解释一遍，而后再次击鼓发令，这些宫女们仍然只是大笑不动。孙武十分生气，便让左右把两名队长给推出去斩了，重新任命两个排头宫女为队长。这一下子就把宫女给镇住了，一个个乖乖地按孙武的号令演练，再不敢拿军令当儿戏了。

俗话说，无规矩则不成方圆。孙武于三令五申后，毅然下令杀掉吴王的两名爱妃，也是为了维护军令的威严。作为一名军事指挥员，孙武深知令不行，禁不止乃军规之大忌矣。这些宫女们自恃受君王宠爱，拿军令当儿戏，不杀不足以正军规军纪。再说，孙武开杀戒也委实合情合理、合规合法。他已经把号令向宫女再三地解释清楚，众宫女也都听得明明白白，愣是不听指挥，此乃严重的无视军纪军规的行为。在三令五申宫女不买账的情况下，孙武意识到，软的不行，只有来硬的，才能起到杀一儆百的效用，于是决定"动真格的"。

现实生活中，国人不时看到，有些问题，诸如减轻农民负担、制止公路"三乱"现象等，尽管中央三令五申，下面依然我行我素。这说明"令"与"申"仅对那些纪律性较强的人起作用。就拿去年底发生在 309 国道上的乱收费现象来说，中央早在几年前就下了文件要严格禁止的。那些公安部门的领导和干警们难道没学过中央文件，不知道上面的规定？他们还不是照样你说你的，他搞他的吗？后来，中央一下决心，动了"真格的"，抓了几个反面典型，对当事人该撤的撤，该开除的开除，309 国道上的"三乱"现象一下子被制止住了。由此看来，中国现实社会中的一些问题要解决得彻底，不能仅限于三令五申，而要像孙武那样敢于"动真格的"。

孙武之所以敢仗胆杀吴王的两名爱妃，还在于吴王本人能够晓大义，识大体，以国家利益为重。他虽然心疼两名爱妃，不忍心让孙武杀掉，也曾派人前去向孙武求情。但孙武执意非杀不可时，他也就毅然忍痛割爱，没有过多地迁怒于孙武，这便是一个君王的明智之处，而不像我们一些领导，明明知道本地区、本部门或部属的一些做法与中央的批示精神相悖，却从本地区、本部门的狭隘利益出发，对一些违纪现象采取睁一只眼闭一只眼的态度，任其蔓延滋长。比如，这些年来，国家为了减轻环境污染，曾三令五申要关闭 5000 吨以下的小造纸厂，上级有关治污的红头文件发了不少，可一些地区为了增加财政收入，不管环境污染不污染，

照样让一些违规小造纸厂上马。甚至上级来检查时,有的领导还在检查人员面前"打马虎眼",检查时关,检查后产,来他个上有政策,下有对策。像这样的领导,国家的法律法规他不是不懂,只不过是出于一种地方保护主义意识,故意放纵而已。对这样的领导,上面再三令五申也不顶用,最好的办法就是动点"真格的",拿掉他的"乌纱帽"。

时下,不少国人面对社会秩序上存在的一些混乱现象几乎有种同感,认为并非国家法律法规不全,宣传教育不力,而是执法不严、不狠,"动真格的"太少。中国的好多问题,现在已经到了国家"该出手时就出手"的时候了。

1998 年 5 月 21 日《北方周末》

人民群众对社会上存在的不正之风和贪污腐败现象十分憎恶,心理上有一种不断增长的怨恨和不满情绪,他们渴望有人出来为他们代言,把他们对不正之风的义愤和不满表达出来,使他们这种疾恶如仇的情绪及时得以宣泄,他们把希望寄托在新闻媒体、寄托在记者身上,这是对新闻媒体、对记者的莫大信任。因此,任何彰显正义,呼唤、弘扬正能量的文章,人民群众都是打从心里拥护和赞同的,这也是新闻媒体的职责所在,光荣所在。我个人这样理解,老百姓对不正之风反感,对贪腐现象痛恨,他们找不到合适的"发声"平台,只能在私下里咬牙怨恨,心里面憋的这口怨气却没能发泄出来,只要有人肯替他们"发声""出气",他们是从来不会吝啬自己的掌声的。我的一篇抨击不正之风、鞭笞邪恶的文章如能在市级报纸发表,就等于为全市的老百姓出了口心中的"怨气";如果在省级的报纸发表,就等于为全省的老百姓泻了"火",他们会给我的文章打 5 分的,因为我说出了他们想说的心里话。

既要会"看病" 又要能"下药"

自 1995 年以来,我先后在报纸发表了多篇抨击不正之风、贪污腐败现象的言论文章,受到了读者的好评。我认为,不正之风是危害社会健康的病菌,腐败行为是毒害党的肌体的毒瘤,新闻媒体对其无论如何曝光、揭露、口诛笔伐都不为过。然而,曝光与揭露只是一种手段,我们的目的是要想方设法消除不正之风、贪污腐败现象滋生的土壤,要让更多的为官者、掌权者避免再"发病",因此,还必须有针对性地对其打"预防针"、种"疫苗",努力提高为官者们的"免疫力",这才是解决问题的根本办法,也是媒体、舆论的主要任务。为此,我在对不正之风、腐败现象抨击、鞭笞的同时,又认真思考"防病"的良方妙药,先后撰写了一些言论文章,开了几副"防病"的良方,以证明我真心救人的善意。我给为官者开具的第一服"药方"是:

给"官念"淬淬火

乡里的铁匠师傅告诉笔者,镰刀、斧子等铁器一经淬火,便具有了较强的韧性。

由给镰刀、斧子淬火,笔者想到:假如众多的为官者也能经常给自己的"官念"淬淬火,增加点"韧性"的话,那么,有好些大官、小官们就不至于陷进钱眼里,拜倒在石榴裙下,堕落为金钱的奴

Wo De Ji zhe Meng

209

隶,成为女色的俘虏。

翻开历史,察古往今来,曾有许多人初为官时,不乏报国救民之志,有过崇高、清正的为官之"念"。然而,随着个人权力、地位的变化,一些官的"官念"便也不知不觉地发生了转变,由为官之初的"念念不忘"为人民服务,变成"念念不忘"为人民币服务,由创业时的艰苦奋斗,励精图治,变成贪图享受,腐化堕落,灵魂出窍,其"官念"由悄悄地量变发展到了质变。于是,便有一些大官、小官们走到了为官之初时"官念"的反面,成为人们的罪人,被历史无情地淘汰掉。20世纪50年代的刘青山、张子善,90年代的陈希同、王宝森等就是这种人物。

我们提倡给"官念"淬淬火,就是要求每一个干部,特别是党的高级领导干部要注意理论学习,不断加强世界观改造,时刻保持清醒的政治头脑和清正廉洁的"官念"。只有这样,才能保持革命气节,自觉抵制各种腐朽思想的侵蚀,从而把自己的"官念"永远标定在为人民服务的事业上。党的好干部孔繁森、张鸣岐,人民的好公仆李润五就是这样的官。

改革开放以来,我们党的少数干部经不住权力、金钱、女色的诱惑,丧失革命气节,蜕变成为社会的蛀虫和渣滓。他们的堕落,除了受西方资本主义腐朽思想的侵蚀的客观原因外,相当一部分干部乃至高级领导干部忽视给"官念"淬火是一个最重要的原因。那些贪官、赃官、淫官们,一个个总是等到银铐入狱时才幡然悔悟,绝大多数人都是用悔恨的泪水书写着同一条痛心切肤的教训:悔不该放松学习,放松世界观改造……因此,对于我们党的各级领导干部来说,一个正确"官念"的确立并非一劳永逸的事情。由于客观事物是在不断发展变化的,要使我们的思想不断适应发展变化的新情况、新事物,就必须加强学习,加强改造。只有在改造客观世界的过程中,不断加强主观世界的改造,及时给自己的"官念"淬火,才能永远保持"官念"的正确性、先进性,永远做一个受人民群众欢迎和尊敬的好官。

1997 年 12 月 20 日《淮北日报》

改革开放以来,在商品经济大潮的冲击下,我们党的一些干部的世界观、人生观、价值观产生了"异变",膜拜权力、崇尚金钱、贪图享受成为其人生追求的最终目的,有的贪污受贿,成为金钱的奴隶;有的拜倒在石榴裙下,成为女色的俘虏;有的成为社会上黑势力的保护伞,人生观、价值观出现严重扭曲,丧失了灵魂,成为时代的败类。究其原因,皆是信仰缺失的缘故,这正是问题的根源所在。试想,中国共产党之所以能够带领全国人民历经坎坷、百折不挠、英勇奋斗,推翻三座大山,建立社会主义新中国,靠的就是对共产主义的坚定信仰,这是保持我们党的事业兴旺发达、久盛不衰的立国兴业之"魂"。而贪污受贿、腐化堕落的官员们,多是因为丧失了共产主义信仰这个真"魂",而被拜金主义之假"魂"附体攻心,成为邪恶的化身。因此,若想根治腐败,保持我们党的高度纯洁性,最根本的措施就是要让每一个党员、每一个党的干部坚定共产主义信念。为此,我开具的第二个"药方"是:

共产主义信念能战胜邪恶

近年来,少数领导干部经不住商品经济大潮的冲击和西方腐

朽文化的侵袭,跌在了权力上,钻进了钱眼里,倒在了石榴裙下,成了权、钱、色的奴隶与俘虏。面对腐败现象,许多人以为这是权之过、钱之错、色之恶。其实不然。

权力是圣洁的,我国《宪法》明确规定:"一切权力属于人民""各级领导干部仅仅是接受人民给予的委托,代表人民去行使权力"。如果把人民给予的权力看成是个人的"神通",把权力当作谋取更大权力和个人私利的工具,以至于权迷心窍,这样,权力在一些领导干部的手中就变成了一副地地道道的"魔杖"。

金钱是美丽的。法国哲学家卢梭说:"我们手里的金钱是保持自己的一种工具。"共产党人认为,获取金钱是为了让人民生活得更富裕一些。但把金钱看得过于神秘,以为"金钱万能""钱能通神",活着就是为了追逐金钱,拼命地往钱眼里钻,弄得钱迷心窍,金钱就会变得"邪恶"起来。

"窈窕淑女,君子好逑。"爱美之心,人皆有之,喜欢年轻漂亮的女性,并非邪念。而真正"邪"的倒是少数领导干部存在的资产阶级淫乱思想。他们利用手中的职权和贪占的钱财,引诱、玩弄女性,并把乱搞两性关系看作是活得"潇洒","有能耐"。

上述现象固然有各种剥削阶级思想侵蚀以及对权力监督与制衡不力等重要原因,但最根本的原因还是一些领导干部放松了马克思主义理论学习,放松了世界观改造,丧失了辨别是非好坏、善恶美丑的能力,抵不住权力、金钱、女色的诱惑,逐渐地对马克思主义真理和共产主义信仰产生了动摇。在他们看来,什么马克思主义、共产主义,只要能多捞钱、多得实惠就是最好的"主义"。于是,便迷信权力的"神通",崇拜金钱的"万能",贪恋女色的"魅力",不知不觉地走上了"邪路"。

一个共产党员,特别是各级领导干部只要坚定不移地信仰真理,信仰共产主义,就能够在任何复杂环境下站稳脚跟,保持清醒头脑,自觉抵制各种腐朽思想的侵蚀,永葆政治本色。李润五与王宝森同是副市长,同处一样的环境下,为什么李润五成为人民群众拥戴的"好人",而王宝森却沦为人民群众唾弃的"罪人"?岂不发人深思!

1997 年 7 月 9 日《淮北日报》

坚定的共产主义信念,是我们党的队伍发展壮大的精神支柱,是我们党的事业不断走向胜利的政治保障。信念动摇或缺失,党员就等于失去了灵魂,迷失了方向,党的队伍就会失去前进的动力和战斗力,党的事业必然会遭受挫折。我们党的事业的每一个胜利都是千千万万个党员凝心聚力、团结奋斗的成果。在新的历史时期,我们党要想带领全国人民实现振兴中华的宏伟大业。作为一个党员,特别是党的各级领导干部,必须做到坚定共产主义信念不动摇,让信念永不褪色。那么,如何才能让信念永不褪色呢? 我给自己和全体党员开具的第三个药方是:

勿忘誓言

23 年前的一个秋日的下午,我被部队党组织吸收为中国共产党的一名新党员。在鲜红的党旗面前,我庄严地举起右手,深情地对党宣誓:"我志愿加入中国共产党……"

在这以后的漫长人生旅途中,我既有过遭遇生活挫折时的痛苦与烦恼,也有过事业成功的喜悦与欢欣。这一切,无论当时对

于我心灵的创伤与刺激是多么的强烈,随着时间的推移,都渐渐地在我脑海里淡忘掉了,唯有当年入党时的誓言,一直深深地铭刻在我的心底,时时刻刻激励我奋发向上,成为我记忆中的永恒。

在我看来,宣誓是一种庄严的承诺,是一种神圣的责任感和使命感。它不仅仅是一种形式,更是心灵上的一种永恒的压力与追求。它标志着从此以后要永远听党的话,跟党走,为党的事业奋斗终生。就像电影《闪闪的红星》里的潘冬子说的那样:"做党的人,党叫干啥就干啥。"从这个意义上来说,我认为,既然向党宣了誓,就等于向党组织签字画押,从此便将自己的百十来斤交给了党来安排。如果前边宣誓,后边食言,不积极履行一个党员神圣的义务,却一门心思地想着为自己牟私利,捞好处,把当初入党时的誓言忘得一干二净,这种人的入党动机,说轻了是出于一种政治虚荣心的驱使,说重了则是一种政治上的投机行为。这种人从宣誓的那一刻起,压根儿就没有想为党的事业奋斗终生,充其量不过是为了捞一张装饰门面、图好看的党票罢了。因此,誓言在这种党员心里,一转眼工夫就可能变成为一种永恒的谎言。

现实生活中,也有这样一些党员,他们当初在党旗面前举手宣誓的时候,确实满怀豪情、热血沸腾、信誉旦旦,愿意为党的事业奋斗终生。他们刚入党时,胸怀是那样宽广,目标是那样远大,立志要为大多数人谋利益。然而,随着环境与条件的变化,这些党员的目光开始变得越来越短浅,由刚入党时的全心全意为人民服务,变为只紧紧地盯住鼻尖上的一点私利,甚至于为牟取更大的私利,不惜违背党纪国法,出卖人格与灵魂。近年来在我们党的队伍中出现的一些党员干部违法乱纪、以权谋私的丑恶现象,曾使不少善良的人感到不可理解:"这些人原来可不是这么坏的呀!"是的,他们中的多数人刚入党时都曾是好党员、好干部。可是他们后来变了,随着环境与条件的变化,他们渐渐地把当初入党时的誓言忘记乃至违背了,走向党的信仰的反面。现实的药方早已开了出来:根本原因就是放松学习与思想改造,对新情况不适应,成为时代的落伍者。目前在全国处以上党员领导干部中深入开展的"三讲"教育活动,第一条是"讲学习",就是专治这种病的。

誓言也是一种坚定的人生信仰。共产党员是最讲信仰的。只有坚定不移地实践入党誓言,才能更好地坚定信仰,从而保证在任何复杂多变的条件下都能站稳脚跟,明辨是非,区别善恶,使自己永远保持一个共产党员的优秀政治本色。在深入开展的反腐倡廉斗争中,笔者欣闻有许多老干部、老党员重温入党誓词,有的重新在党旗下宣誓,这实在是一种自我学习、自我改造的好形式。

1999 年第一期《党建通讯》

爱,就要大声地喊出来

我所讲的爱,是对真善美的追求,是对文明进步的崇尚,在实际生活中,具体表现为对祖国的爱,对人民的爱,对英雄模范的爱,这是我心中的大爱。我之所以狂热地追求真善美,崇尚文明进步,是因为它们代表着文明进步势力,是推动我们的事业向前发展的正能量。我认为,舆论的作用就是要造势,就是要传播正能量。如果我们对代表正能量的事物宣传多了,就会形成一种巨大的势能。这种势能一旦形成,就将会利用其自身的惯性,冲击

涤荡一些消极腐朽思想,抑制削弱负能量,就能够在最大的范围内提振国人的信心和斗志,鼓舞人们坚定不移地跟着共产党走,去追逐和实现伟大的中国梦。作为一个业余通讯员,虽然我个人的能力有限,但弘扬真善美,传播正能量,为正能量造势,是我义不容辞的责任。我一个人、一支笔的能量虽小,但如果全国千千万万个像我这样的业余通讯员和专职记者都拿起笔来,都把心中的爱大声地喊出来,就会形成雷声隆隆、气势磅礴的舆论势能,祖国的大地上就会沐浴着正能量的阳光,就会呈现诚信、文明、和谐的祥光。因为我心中有大爱,所以我一定要大声地喊出来。这么多年来,无论是我听到或看到的文明进步的事物,还是媒体宣传的先进人物的模范事迹,我都满怀激情地为之鼓与呼,为凝聚正能量尽自己的一点微薄之力。在我撰写并发表的 500 多篇各类体裁的稿件中,弘扬真善美,宣传正能量的稿件占 90% 以上。有时在电视或报纸上看到和读到一个先进人物的事迹,就会被先进人物的事迹感动得热血沸腾,夜不能寐,半夜三更爬起来提笔写作,有感就发,有感速发,尽快地把稿件写出来,发出去。虽然不是像专职新闻记者去抢新闻那样急迫,但也不乏一种只争朝夕的精神。例如,1998 年,全国金融系统开展向饶才富同志学习的活动,饶才富同志是农行基层营业所的一位负责人,他的平凡而又闪光的事迹十分感人。因为我也是农行人,我曾接触过许多基层营业所的负责人,了解他们的追求,懂得他们的付出,体会到他们的艰辛,感受到他们的风采。我读了邱晓茹同志写的长篇通讯《一个美丽的传说》后,心情异常激动,情不自禁地提笔撰文,热情地礼赞饶才富同志的"三老"精神。稿件寄出后不到两个星期,便在《中国城乡金融报》四版头条刊发:

"三老"精神礼赞

在全国金融系统学习饶才富同志的高潮中，我又一次捧读了邱晓茹同志的长篇通讯《一个美丽的传说》。饶才富同志扎实的工作作风、高尚的职业道德、优秀的领导风范和一件件平凡而又闪光的事迹让我感知了"说老实话、做老实事、当老实人"的高尚品格和情怀。洒洒万言的长篇通讯《一个美丽的传说》，正是对"三老"精神和作风的热情讴歌与礼赞。

饶才富同志最爱说老实话，他是那种咋想咋干就咋说的老实人。他担任红坊营业所主任18年来，在向上级领导汇报工作时，总是有一说一，有二说二，从不说一句假话、空话、大话。在向上级反映经营成绩时，从不虚报浮夸、欺上瞒下，坚持了对上与对下负责的一致性。在这一点上，饶才富同志说老实话的高尚品格，可为某些说假话、空话、大话，相信不说假话就办不成大事者之镜。

饶才富最肯做老实事，是坚持党的实事求是思想路线、用科学态度办事的典范。他崇尚求真务实，积极深入实际调查研究，了解情况，掌握信息，把每一项经营决策都建立在对客观事物的科学分析之上，从不凭"想当然"办事。在他担任营业所主任18年期间，经他手先后发放贷款3000多笔，无一笔贷款本息发生损失，而且分分见效益。这种不平凡的业绩，来自他对待工作的科学态度和扎实的作风。作为一个基层营业所主任，他能够大胆地决策，将500万元巨额贷款投放红坊水泥厂，如果没有对企业情况的深入了解，没有对市场信息与行情的透彻观察与分析，没有

217

对国家财产高度负责的主人翁责任感，是无法做出如此大胆、果断的决策的。在这一点上，饶才富同志实事求是、讲究科学的工作态度，可为某些华而不实、臆想蛮干、爱做表面文章以捞取政治资本者之镜。

饶才富同志又是一个最讲党性的老实人。他扎根山村38年，始终用共产党员的标准严格要求自己，牢记全心全意为人民服务的宗旨，把党和人民赋予的权力，积极用来为搞活农行业务经营，支持地方经济发展服务，从未想到给自己牟一点私利。身为营业所主任，18年来，他没有放过一次"人情贷""关系贷"，没有贪占一分"外快"、收受一分贿赂，真正做到了为官一任，造福一方，一身正气，两袖清风，不愧是清正廉洁、克己奉公的典范。在怎样为官用权，如何做一个老实人这一点上，饶才富同志可为某些违规经营、以身试法、以权谋私、为官不廉者之镜。

"说老实话，做老实事，当老实人"，这是周恩来、朱德等老一辈无产阶级革命家生前积极倡导的优良作风，是指导人们正确说话、办事、做人的道德规范和行为准则。而饶才富同志这一先进典型的出现，使人们重新感受和领略了"三老"作风的现实魅力。中国人在心灵深处呼唤"三老"作风的回归，更希望我们党的干部都能带头说老实话，做老实事，当老实人。

诚然，饶才富同志只是一个普普通通的共产党员，是一个很平凡的人。但他的言行、他的作为、他的品格所折射出来的，正是我们这个社会倍加崇尚的一种朴素而又高尚的精神和道德，不仅农金事业的振兴与发展需要更多像饶才富这样说老实话、做老实事的老实人，我们整个社会都盼望大力弘扬"三老"之风。这或许就是饶才富同志先进事迹能够在全国金融系统产生强烈反响的根本原因吧。

1999 年 1 月 8 日《中国城乡金融报》

Wo De
Ji zhe
Meng

14. 留心之处皆文章

"家教专家"是怎样"炼"成的

1997 年,我的 15 岁的儿子被某重点大学录取,成为淮北市一中当年高考录取的唯一一名少年大学生。消息传出后,亲朋好友、街坊邻居倍感惊奇,纷纷前来询问我们的教子方法。当时,我和妻子都在忙着上班,剩余的心思全都放在儿子身上,没有更多的精力去刻意地总结我们培养教育孩子的方法。后来,我在生活中见到和听说一些不正确的家教方式给孩子造成的负面影响,如:有的孩子迷恋游戏,荒废学业;有的孩子沾染上小偷小摸的恶习;有的家长沉迷玩乐、打牌赌博,放松对孩子的管理;有的家长对孩子的期望值太高,给孩子造成过大压力,导致孩子绝望自杀或杀害自己的亲生父母;等等。这些负面的家教消息听得、见得多了,渐渐地引起了我的注意,我开始对家教问题产生了浓厚的研究兴趣。说是兴趣,倒不如说是一种社会责任感的驱使,我觉得家教问题已经严重地影响孩子的心理健康与成长,是一个严重的社会问题,我有责任就如何施以科学的家庭教育方法,确立先进的家庭教育理念,谈谈自己的看法与观点。为此,我抽出时间对我们培养教育孩子的做法进行认真总结,就家长的责任、父母的期望值、孩子的道德品质培养、家庭教育环境、孩子的兴趣爱好、成才与成人的关系等诸多问题进行了认真深入的研究与思考。从2001年到2002年,前后不到两年的时间内,针对当前中国社会家庭教育中存在的一些具有代表性的问题,我先后在《北方周末》《家庭教育报》《新安晚报》《安徽人口报》《安徽老年报》等报纸发表20余篇关于家庭教育的文章,比较全面、理性地阐述了我的观点和看法,受到了家长们的好评,也得到了从事家庭教育问题研究人士的认可。

2003年,不满22岁的儿子以优异的成绩考上了某著名大学电子电力研究所的公费博士研究生后,我开始着手写作一部我们如何培养教育孩子的长篇纪实文学。书稿脱手后,我先后邀请中国社会科学院文学研究所人文学者、民盟中央妇女专委会委员、中国第二届家庭教育学会理事周永琴,北京师范大学教授赵忠心,"中国教子有方十佳"、江苏省家庭教育学会理事董文英等家庭教育方面的专家与学者对书稿进行评论,大家对我们的家庭教育方法给予了肯定与好评,认为我们的做法是一种成功、科学的家庭教育方法,具有很强的实践与借鉴意义。2006年,这部名叫《太阳是这样托起的》的30万字的长篇纪实文学由中国文史出版社出版发行,受到了年轻家长们的好评。有的读者打电话向我

We De
Ji zhe
Meng

咨询家庭教育的方法,还有的亲戚朋友直接上门向我们夫妻讨教,一时间,我成了读者心目中的"家教专家"。

尽管大家都觉得家庭教育问题是中国社会中的一个值得关注、值得重视的问题,然而在不少家长心里还没有把这个问题当成一个"问题"来看待,很多年轻家长对什么是家庭教育十分陌生,更不了解家庭教育的重要性。就在我的新书《太阳是这样托起的》刚出版不久,有一天,我和妻子带上十几本新书上街向家长们推荐销售,一位年轻的家长说:"我们的孩子刚上小学,等长大了再教育也不迟。"是的,社会上真的不乏这样的家长,他们宁可花几十块钱给孩子买一盒肯德基吃、给自己买一包高档香烟抽,也不愿买一本书回家好好教育自己的孩子,不想学习怎样才能做一个合格的家长,面对这样的家长,我这个"家教专家"也只好摇头叹息了!

不可忽视"环境"的作用力

环境可以改变人,可以造就人,这是一条真理。中国民间有句俗话说:"跟着好人学好人,跟着巫师跳假神",说的就是这个道理。一个好的家庭环境可以对子女的心灵施以纯洁、健康的影响,从而促进子女身心的健康发育,使子女的心灵充满阳光。相反,一个不良的家庭环境则可能给孩子的心灵带来消极、颓废的影响,导致子女的身心畸形发育,使孩子的心灵充满阴霾。例如,有的家长在家里打牌喝酒,却逼着孩子去看书学习;有的夫妻在家里当着孩子的面吵架、打骂,闹得全家鸡犬不宁;有的儿媳妇当着孩子的面顶撞甚至辱骂公婆;有的父母聚众在家吃喝玩乐等。

试想,在这样的家庭环境下,孩子能够得到什么有益的教育与熏陶呢?

我们夫妻向来重视家庭环境对孩子成长的影响作用,努力营造一个健康、和谐的家庭环境,给孩子的身心发育营造一个安静、温馨的"巢"。儿子上小学时,我在部队从事宣传教育工作,在家的空闲时间,我一般都用来看书写作。妻子是位小学教师,在家里,除了做家务,就是忙着备课,批改学生的作业,儿子在我们的熏陶下,从小喜欢读书,看到我们俩都在看书写作,儿子也安静地在他的小屋里看书学习,累了就摆弄自己喜欢的小玩具。转业到地方工作后,逢到父母从老家农村来市里住几天,我和妻子把父母照顾得无微不至。看到我们为父母洗脚、剪指甲,儿子也高兴地跟我们学着为爷爷奶奶剪指甲、端洗脚水。孩子在这样一个和谐、温馨的家庭里生活,身心得到了健康的发育,从小学到博士毕业,儿子都是老师和同学眼中品学兼优的学生,这与我们家庭的良好家教环境是分不开的。

一些亲朋好友看到我们的儿子如此品学兼优,都羡慕我们的家庭环境好。我认为,要营造一个良好的家教环境,父母的作用是最主要的,父母的一言一行,为人处世,乃至穿戴打扮都可能对孩子的心灵产生积极或消极的影响。为了让更多的家长认识家教环境的重要性。在儿子读高三的那年秋天,我给《淮北日报》写了篇题为《"孟母三迁"与家教环境》的杂谈,这是我第一次就家教环境问题谈的个人观点:

"孟母三迁"与家教环境

"孟母三迁"在我国乃世代相传、妇孺皆知的故事。相传孟

轲幼年时，其母为了给他提供一个良好的生活与学习环境，"三迁其家，择邻而居"。孟轲长大后，成为战国时期重要的思想家、政治家、教育家，这与其母从小就注意为他选择良好的生活与成长环境有着十分重要的关系。

孟母一而再，再而三地搬家择邻，除了体现她作为一个慈母对孩子山高海深般的关爱之情外，更可贵的是她认识到了家庭环境对孩子成长进步的重要性。在当时，一个普通妇女若没有相当的远见卓识是绝对做不到这一点的。

常言道，父母是孩子的第一任老师。那么，父母也理所当然地成为家教环境的主体。在家庭生活环境中，做父母的一言一行，不仅具有直接现实的教育作用，还具有潜移默化的熏陶作用。父母亲的思想、品德、操行的好坏善恶，直接关系到家庭环境的优劣，影响子女的成长进步。普天之下，哪一个父母不"望子成龙""盼女成凤"？可这好心毕竟是父母的一种主观意愿，与客观现实之间尚有相当一段距离，这其中连接主观意愿与客观现实的一个重要环节，就是必须为子女健康生活成长创造一个良好的家教环境。

看过电影《少年犯》的人们都不会忘记，其中好几个孩子的犯罪，皆由于家庭环境的恶劣而给孩子幼小的心灵上造成的深刻创伤。不难看出，要创造一个良好的家教环境，与父母主体作用发挥得好差有着极为密切的关系。父母良好的道德操行，是创造良好家教环境必不可少的因素，容易培养孩子良好的心理素质，促进孩子健康地生活与成长。反之，如果父母没有做父母的样子，在家庭生活中经常吵架，举止轻浮，行为放荡，言语卑俗，甚至好吃懒做、赌博酗酒等等，试想，孩子在如此家庭环境中能受到什么有益的教育，能培养孩子高尚的心理素质吗？还有的父母拉关系，走后门，不但自己搞不正之风，而且还让年幼的孩子一起参加，并美其名曰："让孩子提前适应社会。"这样的家庭环境能培养教育出好孩子来吗？

孩子是祖国的希望与未来，不是个人的私有财产。把孩子培养成无产阶级革命事业的接班人，是国家、社会，更是做父母义不容辞的责任。作为孩子的第一任老师和家教环境的主体，父母在孩子面前，应该首先注意管好自己，在家庭生活中注重自我形象的塑造，乃不失为促进孩子健康成长的上上策。

1996 年 10 月 23 日《淮北日报》

"德育"是根"定魂针"

在家庭教育的诸多内容中，道德品质教育是第一位的，它对子女的身心健康成长起着"定魂针"的作用。道德品质是做人的标准和灵魂，这种灵魂必须从孩子懂事起就进行培养，让其成为子女健康成长的精神支柱。为了让这根精神支柱能够坚实强硬，作为家长对子女的道德品质教育要做到经常化，像打铁的师傅一样，经常地对子女进行敲打，不断地让其"淬火"，摒弃杂质，留其精华。这样，子女长大成人走向社会后，才能够自觉地抵御各种诱惑，洁身自好，在人生的道路上始终保持正确的方向。

从现实的情况看，好多家长在家庭教育中重才轻德，把子女成才放在第一位，把德育、成人放在次要位置，这种认识与做法是十分错误的，错就错在没有真正弄明白"人"与"才"二者之间不

同的含义,把"人"的内涵与"才"的内涵相混淆,眼里只见"才"不见"人",因而在家庭教育中出现重"智育"、轻"德育"的情况。对此,我认为有必要给家长们讲清楚教子成才与成人的关系,以提醒家长对子女"德育"的重视。于是我特地撰写了一篇《教子成才先成人》的杂谈,发表在 2001 年 12 月 16 日的《家庭教育报》上:

教子成才先成人

　　现实生活中,不少家长从儿女一生下来就渴望其快成才,成大才,而很少有家长首先想到要教育子女成为一个好人,即具有高尚道德的人,因此忽视对子女成"人"的培养教育,这是众多家长在子女培养教育上存在的一个突出的误区和缺陷。

　　所谓人才,就是指那些德才兼备的人。人与才组成"人才"一词,人在先,才在后,明显地突出了"人"的重要地位。为什么先人组词不讲"才人"而讲"人才",分明是看重了做人的重要性。从社会学的角度来讲,培养一个优秀人才,首先是教其做一个好人,一个有高尚道德的人,而后才是将其培养成为一个有才能的人,一个对社会有用的人。因此,作为一个对子女、对社会负责的家长,在培养教育子女上,应该遵循让子女先成人后成才这条正确的途径。

　　其实,现实生活中,许许多多的家长在培养教育子女时,都已经在自觉或不自觉地采取先成人后成才的做法。例如,有的家长从子女刚刚懂事起,就教育孩子要做诚实的孩子,不要做爱说谎话的孩子。在家里教育子女尊老爱幼,孩子上学后,则教育孩子

226

尊敬老师,爱护同学,不打人骂人。在日常生活中教育子女爱护公物,保护环境,助人为乐,言谈举止讲究礼貌、文明等等。这些都是教育孩子做人的重要内容。而家庭道德、社会公德正是社会中的每一个人必须具备的立身之基,处世之本。古往今来,在我国历史上,任何一个被世人称颂的英雄人物,都是忧国忧民、爱国爱民,具有崇高牺牲精神和高尚道德的人。我们敬重岳飞、江姐、雷锋、焦裕禄,无不是在肯定和褒奖他们所具有的那种伟大的爱国主义、集体主义精神。正是从这个意义上说来,笔者认为,一个具有优秀思想品德的人,即使才能有限,但仍不失为一个好人,一个高尚的人,一个有益于社会的人。相反,一个道德品质上存在严重缺陷的人,尽管可能成为一个很有才能的人,但是这种人极容易成为一个对社会具有严重危害的人。道德低下,才能越大对社会带来的潜在的危害性就越大。成克杰、胡长清、赖昌星这三个人都是很有才能的人,由于道德品质低下,给国家造成的经济损失也是十分严重的。笔者看到,这些年来,有的家长"望子成龙""盼女成凤"心切,只重视对孩子的知识与技能的教育,眼睛只盯着孩子的考试分数与学习成绩,而忽视了对子女思想品德的培养,使子女在思想发育上存在严重营养不良,缺乏应有的做人的道德,结果使子女既没有成"人",也没有成"才",留下了深深的遗憾。笔者有一位朋友在某政府机关工作,他有一个女儿长得既聪明又漂亮。这位朋友夫妻俩把女儿视为掌上明珠,一心想早日让女儿长大"成凤"。为了让女儿在学校里能够取得最好的学习成绩,他们平日里在生活上对女儿过分溺爱,达到了随意、放纵的地步。结果,这位宝贝女儿并没有给他们夫妻争气,而是在生活上变得越来越贪图享受,爱慕虚荣,上初三时便和班里的几个

流里流气的男孩子厮混。有一天，趁大人不在家，她带着班里的几个男孩子到家里吃喝玩乐，一直到下午5点才回学校。其中的一个男孩子半路上又返回来，用事先配好的钥匙打开了我朋友家的房门，偷走了放在抽屉里的3000元钱。此事在5个钟头内便被公安机关侦破，抓住了偷钱的男学生。当我的朋友得知此事的真相后，觉得女儿给自己丢人现眼，太不争气，倍感失望，从此变得萎靡不振，整日借酒消愁。

由此看来，对于教子成"人"这样的大事，每一个有责任感的家长都应该引起足够的重视，认真对待，在思想上对先成"人"要有个清醒的认识与定位；在行动中，要有目的、有步骤地加强对子女思想品德的教育培养。当然，教育子女先成"人"，不仅仅在于家长，学校和社会也都具有不可推卸的责任与义务。但我认为，家长作为子女的第一任老师，所承担的责任与义务更多，发挥的作用也更大。

2001年12月16日《家庭教育报》

加强子女的思想品德教育，从家庭教育的角度来说，家长要始终不渝地给子女灌输正能量，无论是身教还是言教，都要体现一种正义、善良、积极的精神和力量。子女们年幼，涉世不深，如今的社会，各种诱惑太多，他们身上尚缺乏应有的抵抗力，很难辨别真假是非，容易被迷惑，感染上"病菌"。而家长对子女进行思想品德教育的优势也恰恰在这里。因为父母是子女的第一任老师，父母如果能够站得直，行得正，就等于在子女面前树立了一个良好的标杆，子女们就会从父母身上获取一种正能量，就会自觉地以父母为榜样，像父母亲那样为人处世，做一个品德高尚的人。

在这个问题上,我十分赞赏雷锋的战友乔安山的做法,他不但对儿子善于言教,更善于身教,注意用自己的模范行动教育和感动儿子,帮助儿子加固身上的那根"定魂针",让儿子在生活中"不掉魂"。乔安山的做法是:

多给孩子上几"扣"

每次观看影片《离开雷锋的日子》,对我的心灵都是一次强烈的震撼。尤其是乔安山讲的要给孩子上几"扣"的话语,更是发人深省,意味深长。

影片的大概内容是这样的:乔安山在开车途中好心救了一位被他人撞伤的老人,事后却遭到老人及其子女的诬陷。乔安山的儿子小军埋怨父亲不该多管闲事,以致惹祸上身,而且,他还从这件事情中消极地得出这样一个处世原则,即"在这个社会上,好人不能做"。后来,乔安山在与儿子开车运输途中,车子陷进烂泥中开不出来,爷俩在茫茫荒野里过了一夜。第二天一大早,一群赶来的青年志愿者们,帮他们把车子从烂泥里推了出来。老乔对此感慨万千,厉言正色地教训儿子说:"在这个社会里,还是好人多。看来,今后我还得给你多上几'扣'!"

笔者寻思,乔安山这里所讲的给孩子上几"扣",主要还是指多对孩子进行思想素质方面的教育,使孩子们能够树立一个正确的人生观和价值观,从中体会如何做人的道理。从整个影片的故事情节中人们不难看出,老乔作为雷锋的战友,他不但时时注意在工作和生活中自觉地学雷锋,还注重教育自己的儿子向雷锋学习,积极弘扬雷锋精神。老乔给儿子上的"扣",不仅体现了乔安

山对雷锋精神的景仰，而且体现了乔安山对子女们真心的关爱与呵护。作为一个父亲，老乔不但自己站得稳、坐得直、行得正，而且，他时刻不忘教育自己的儿子像他一样做一个有益于人民、有益于社会的人。为此，他不仅言传，更施以身教，注意用自己的模范行动教育和感动儿子，使儿子了解父亲的为人，领悟父亲的言行中所蕴含的无比深刻的内涵。从这一点上来说，笔者认为，乔安山这个父亲当的的确够格。

众所周知，父母是孩子的第一任老师。作为家长，就有责任和义务教育子女如何做人，如何做一个好人。而如何正确教育子女处世做人，是当今社会每一个家长都必须正视和认真对待的一个非常现实的社会问题。从整个社会来看，大多数家长都能够像乔安山那样，重视对子女进行思想素质教育，他们通过自己的言传身教，引导子女们长大后好好做人。然而，也有那么一部分做父母的，他们忽视和放松对子女这方面的教育，一任子女惹是生非，胡作非为，致使子女进了劳教所。按理说，此时他们应该深刻地反省一下自己平时对子女教育的疏忽之处了，可他们不但没有醒悟，从自己身上找一找原因，反倒一味地埋怨孩子不争气，埋怨学校和社会没有把孩子教育好，把责任全部推给学校和社会。还有一些家长，他们倒也给子女们上"扣"，可他们上的"扣"与乔安山上的"扣"却大相径庭。比如，同样是对待一件见义勇为的事，有的家长鼓励子女们要挺身而出；而有的家长却这样教育孩子："嗨，在这个社会里，好人没几个，以后遇到这种事要躲远点。"像这种"扣"如果给子女们上多了的话，就不难理解有一天自己的子女会心灵扭曲、思想畸形，做出不可理喻的事来。

就拿最近媒体连续报道的几起学生杀害父母和殴打班主任

的恶性事件来说吧，一经报道，社会舆论顿时一片哗然，一时间子女的教育问题成了社会关注的热点。笔者也陷入对此问题的沉思之中。此刻，我的脑海里又浮现出乔安山要给孩子多上几"扣"的话来，这使我更加深刻地感受到家长正确的教育和引导对孩子的成长所起的至关重要的作用。了解到问题的重要性，就使我更加深刻地感受到解决问题的迫切性。实际上，要解决这一问题并非一件难事，只要家长们对子女的思想教育从小抓起，并辅之以一些积极、健康向上的娱乐活动，相信孩子们一定能够茁壮成长，长大后成为国家的栋梁之材。即使是不成"才"，也一定能成"人"。可话又说回来，正是由于对子女的教育是一个长期的过程，非一朝一夕所能成就之事，所以，对于家长来说，平日里还是应该冷静地想一想，如何才能够像乔安山那样，利用日常生活中的一些小事，好好地给自己的孩子多上那么几"扣"。

2000 年 3 月 13 日《淮北日报》

莫让希望变失落

2002 年，有一阵子，媒体关于给学生"减负"的呼声很高，且大多数媒体把批评的矛头指向学校，认为是老师加大了学生的学习负担，影响了学生的身心健康。于是，上面一个文件下来，各地教育部门都忙着清理整顿学校周围书店，收缴教辅资料，责令老师不要给学生增加课外作业，以实际行动给学生"减负"。

诚然，学生的负担过重，影响身心健康，这固然与老师布置的作业太多有着很大关系，但父母对子女过高的期望值，硬逼着孩子多读书、多做作业，看到别的家长给孩子购买所谓的课外教辅

资料，生怕自己的孩子跟不上队，也不惜花钱买来一堆课外作业让孩子做，额外地加重了孩子的学习任务。我想，这恐怕才是加重学生负担的最主要的原因吧。

希望自己的孩子学习好，将来能考上一个理想的大学，家长的这种心情可以理解，无可厚非。可是，现在有些父母心高得实在有点让孩子受不了。他们就希望自己的孩子一天到晚埋头学习，希望孩子每次考试都能够取得优异的成绩，就是不希望看到孩子去玩乐。只要看到孩子玩乐，便认为孩子是不听父母的话，不好好学习，轻则训斥，重则体罚。

物极必反，高压之下，孩子尚未成熟的心理必然会被扭曲变形，出现逆反情绪——

逼孩子学画者，孩子扔画笔；

逼孩子学英语者，孩子摔磁带；

逼孩子在家里老老实实做作业者，孩子离家出走……

更有甚者，孩子由于忍受不了父母的"高压"，导致心理崩溃，走上杀母弑父的犯罪道路。

2002年4月16日晚上，景泰县春雨中学初二学生齐刚，由于忍受不了父母长期以来对其实施的"高压管教"，心理失衡，在家里用菜刀杀死了他的亲生母亲，他计划下一个目标是杀死他的亲生父亲。

我从媒体报道中得知，齐刚的父亲是大学生，技术员，据本人说其祖先曾做过"清朝的太师"，自身是社科院"专门人才库"里的技术人才。他明示儿子："要超过我，不要给齐家丢脸！"殊不知，他过高的期望值正是导致儿子心理崩溃，走上犯罪道路，让他的希望变成失落的最直接的原因。

齐刚杀母的悲惨事件发生后,许多人都在思考这样一个问题,现在做父母的到底怎么啦?

　　我觉得,现在不少父母在对待子女的学习与前途上心态没有摆正,说得严重一点就是太自私了。他们把子女当成自己的私有财产,从个人极端的私心出发,逼着子女按照自己的意愿去做这干那,却很少站在子女的角度认真考虑子女心理与情感发育成长过程中的现实需求。他们用自己对子女的期望与苛求,无情地剥夺子女玩乐的权利,无休止地给子女的心理制造更多的压力,最后把子女逼上了绝路,因而,他们极高的希望也就不可避免地失落了。

　　当初,我和妻子对儿子也寄予了很大的期望,希望他能够如愿以偿地考上中科大少年班。后来,我们发现客观环境给儿子成才带来诸多不利的因素和影响,我们马上调整了对孩子的期望值,让儿子放弃报考中科大少年班的目标,我们并没有认为孩子无能,而是主动地给他创造了一个轻松、快乐的学习环境,让他打牢基础,为将来的深造创造条件。后来的实践证明,我们的做法是非常明智的。

　　回想到齐刚父母对孩子的这种过高的期望值,以及在他们的"高压管教"下孩子心理发生的扭曲、崩溃的惨痛教训,我觉得我有责任给天底下的父母写一篇文章,让他们看看——

父母的心到底有多高

　　读了《家庭教育报》6 月 16 日刊登的《哪根链条断了——走近一个"尖子生"的悲愤世界》这篇通讯后,我的心在震惊、遗憾

的同时，由衷地想起这样一个话题：父母的心到底有多高？

古往今来，有哪一个父母不"望子成龙"，不"盼女成凤"？希望儿女们长大有出息、成大才，希望儿女们超过自己，这是从咱们祖先一代代传承下来的传统心理习惯，也是做父母的一种期望，本无可非议。试想，天底下又有哪一个做父母的希望自己的儿女一生平平庸庸、碌碌无为呢？单从这一点上来说，我以为"望子成龙""盼女成凤"是做父母的一种正常心理。父母的心高则完全是对儿女的一种期望与信心，这也是很多父母生活中一根重要的精神支柱。

然而，父母的心到底应该有多高？这是每一个做父母的必须要认真思考的严肃问题。我以为，作为父母，不能只是一厢情愿地期望自己的孩子将来都能上好学，成伟才，而应该冷静地考虑一下自己的子女是否拥有较高的智商和学习兴趣，就读的学校是否有较高的教学质量，自己的家庭是否具备让孩子健康学习的良好环境。上述条件缺少哪一个，都不利于子女成长成才。因此，家长的心高必须与现实相吻合，否则，期望就可能变成失望。

其实，父母的心高人们都能够理解，因为向往美好是每一个父母共同的心理。但让人不能理解的是父母将自己的愿望强加在子女头上，采取各种方式，硬逼子女按照他们设定的目标和计划去做，并且人为地在子女成长的道路上设置诸多"雷区"和"高压线"，如不准子女看电视、玩电脑，不准孩子与同学互相交往、写信、娱乐等等。这实在是对子女身心的一种极大的摧残与折磨，同时也严重侵犯了法律给予子女的权利和自由。在现实生活中，我们不难看到这样一种现象，在父母"盼子成龙"思想的"高压"下，许多孩子失去了童年的欢乐，也失去了思维的独立性和个性张扬与发展的空间，一个个变成了被父母牢牢遥控着的"考试机器"，而子女们用自由与快乐、汗水与泪水拼得的一张张重点大学的录取通知书，换来的却只是父母虚荣心的一种满足。

生活中，像齐刚的爸爸妈妈这样"逼子成龙"的父母大有人在，因父母的心太高和教育管理不当而在子女身上诱发逆反心理的现象也日益严重。物极必反，这种心理现象如果不能及时发现和消除，势必导致子女与父母之间的极端仇恨与报复，发生悲剧也就在所难免。若想有效地避免这种悲剧的再发生，首先每一位父母要调整好自己的心态，要懂得孩子与孩子之间客观存在着各种差异。由于智商、性格及兴趣等诸多方面的不同，孩子们在对不同事物的理解和接受能力上存在差异。特别是在应试教育条件下，面对以考试成绩论英雄的现实，这种差异就表现得更为突出。这是在一个相当长的时间内都很难改变的现实。面对这种现实，做父母的必须保持清醒的头脑和理智的思维，合理确定对子女的期望值，只要孩子奋斗了、努力了，做父母的就应该感到满足。更重要的是要理解自己的子女，尊重他们的人格，给他们个性的张扬与发展创造宽松的环境，让子女的身心得到健康发展。从这个意义上来说，我认为，父母的心应该比天高，比海阔，这样才能更好地任鸟飞，凭鱼跃。

2002 年 6 月 30 日《家庭教育报》

培养爱好　勿逼成"家"

现实社会生活中，一些家长受功利思想的驱使，渴望子女成名成家的心情十分迫切，错把子女的一些业余爱好当成职业，并

给予很高的期望值，有的家长甚至把自己的兴趣与爱好强加在子女身上，让子女去参加这个书画培训班，那个琴艺提高班，等等，一心渴望子女们将来能够成名成家，出人头地。这种急功近利的思想，非但不能让子女成名成家，反而会给子女身心带来更大的压力，增加子女的学习负担，既不利于子女的身心健康成长，又分散了子女学习的精力，很不利于子女学习成绩的提高。

这些家长之所以热衷于让子女参加各种业余培训班，是因为其头脑中的一种错觉。在他们看来，那些出了名的歌星、舞星、画家、书法家、钢琴演奏家成名很容易，经济收入高，回报来得快，他们幻想着自己的子女能一夜成名，一夜暴富，自己也跟着沾光享受。其实他们并不知道，诸如琴棋书画、弹唱歌舞等艺术类的"家"并不是那么好当的，首先是要具有特殊的艺术天赋，然后经过长期的勤学苦练方能成"家"，而这样具有特殊天赋的孩子在现实社会中可谓寥若晨星，偌大的中国，十四亿人口，新中国成立以来在艺术界能够被称为"家"的又有多少人呢？被称为"大家"的更是屈指可数。因而，面对这些头脑发热、一心幻想把子女的业余爱好逼成"家"的父母们，我有必要往他们热得滚烫的头上泼一盆冷水：你的孩子是不是成"家"的那块料，别人清不清楚没关系，你心里难道不清楚吗？如果不清楚，请看我的这篇短文：

几多爱好成了"家"

我这个人从小爱好广泛。上小学四年级时，突然爱上了下棋。每天放学后，把书包朝家里一扔，便跑到外面找村子里的小伙伴去下棋。有时下棋下入了迷，饭顾不上吃，觉顾不上睡，一直

236

下到天昏地暗实在看不清棋子方才收棋回家。

上初中时，我又喜欢上吹笛子。一天到晚笛不离手，校内校外，放学路上，到处能听到我悠扬、悦耳的笛声。上高一的那年冬天，县文工团到我们学校招收演员，见我笛子吹得好，热情地劝我进文工团。当时，对于一个生长在农村的孩子来说，能进文工团，找一份吃商品粮的工作的确是十分令人羡慕的。但我想，吹笛子对我来说只是一种业余爱好而已，而读书求知才是我人生最大的追求。于是我断然谢绝了文工团领导的好意，继续留校读完了高中。

长大后，我当了兵，在部队机关一直从事文字工作。于是，我便对硬笔书法产生了浓厚兴趣。为了把字写得工整、好看，我不仅买了好几本硬笔书法字帖刻苦临摹，平时外出看见好的字便在心里认真揣摩一番，有时夜间躺在床上还用手指在肚子上比画。也是功夫不负有心人，经过几年的练习，我的硬笔书法有了很大长进，首次参加全国青年人硬笔书法大赛便获了奖。

我以为，一个人活在世上，有那么几种业余爱好实在是一件乐事。下象棋与练习书法都是修身养性、陶冶情操的一种极好形式。吹笛子不但能使自己获得精神上的愉悦，还可以活跃和感染周围的气氛，给听众带来欢乐与美的享受。从这个意义上来说，每一种良好的业余爱好都是有益于个人的身心健康的。

近年来，随着我国人民物质文化生活水平的不断提高，人们的兴趣爱好也越来越广泛。有的爱好绘画，有的爱好唱歌，有的喜欢书法，有的喜欢游泳、打拳等等。其实，这众多的爱好说到底，大多数都是人们自觉地发自内心的一种喜好与需求，仅仅是一种业余爱好而已，极少有人把这种业余爱好与成"家"联系到

Wo De
Ji zhe
Meng

一起。但也确实有那么一些人，以为自己能哼上几句时髦的流行的歌曲，便觉得自己肯定是一块歌唱家的材料。也有的人能写上几行能看上眼的字，就认为自己将来必定成为一名书法家。我以为，爱好就是爱好。诚然，成"家"与爱好之间有着一定的联系，但爱好与成"家"之间却有一段不短的距离。

在我国当今社会里，歌唱得好、字写得好的大有人在，而真正能成为"家"的却是极少极少。就拿最近刚刚结束的"步步高"杯第九届全国青年歌手大奖赛来说，全国四五亿青年人，爱好唱歌的千千万万，真正唱得好、最终能登上大雅之堂的也就是那么几个人，即便获得了金奖、银奖，也还只是个歌手，离歌唱家尚有相当长的距离。

行笔至此，笔者禁不住为那些热切盼望儿女成名成"家"的父母们深深地叹息：君不见，每逢节日、假日，有多少年轻的父母领着年幼的儿女，背着画板，拎着琴盒，送儿女到各种各样的培训班去学艺，硬是人为地给儿女们创造自己设想的"业余爱好"。人都说世上"可怜天下父母心"，可这些做父母的又有谁曾认真地替儿女们想过？孩子们稚嫩的心能承受得了大人们如此厚重的期望吗？再说，天底下拥有各种爱好的人数不胜数，又有多少爱好最终能成了"家"的呢？

2000 年 5 月 25 日《北方周末》

留给父母的新"答卷"

这些年来，常听身边的一些年轻家长们感叹："现在的孩子太难教养了！"还有的家长这样说："我们那时的孩子多好带！"

发出如此感叹，说出如此话语的家长，大多是 20 世纪 60 年代中期到 20 世纪 80 年代初这一阶段出生的家长，也可以概括为改革开放以前出生的家长。这一时段出生的人，他们的父母在对他们的管教上，依然沿袭了中国过去几千年来的传统家教理念，把"老实听话"当作衡量教子成功的一个主要目标，因而在管教方式上也是采取一种居高临下、父母说话算数的模式。这一年龄段的孩子，尚未接受改革开放后一些新思想、新观念的冲击和影响，在父母面前也都是那种家长们渴望的老实听话的孩子。而 20 世纪 80 年代以后出生的孩子则表现得和 20 世纪 80 年代之前出生的孩子明显不同，他们从一出生就接受了改革开放以后的新思想、新观念的教育与熏陶，开放式的思维、个性化的需求、追求自我价值的理念，使他们这一代人在思想上不愿意经受传统观念的束缚，他们渴望寻求自我个性张扬的空间，逆反心理是他们这代人心理的一个最鲜明的特点。他们不是不愿意接受和服从家长们对他们的管教，而是不愿意接受家长们那种家长式的管教方式，常常对家长们的管教方式说"不"，使家长们十分头痛。于是，一些怀旧的家长们便情不自禁地感叹："我们小时候多听话，多让父母省心呀！"

究竟是现在的孩子不好管教，还是现在做父母的管教理念陈旧、管教方式落后？我倾向于后一个方面。现实的情况是，改革开放给国人带来的最突出的变化是思想的大解放、观念的大转变，这种转变不仅极大地改变了人们的思维方式，也大大地改变了人们的生活方式、处世方式，特别是青少年对新思想、新观念、新事物的反应最敏捷，接受能力、适应能力最强。他们有了自己的思维方式，有了自己认识事物、处理问题的创新方法，他们已经

站在了一个比家长们崭新的视角来观察世界、认识自我,他们的思维能力和应变能力随着时代的发展而快速向前发展,这一点是多数家长们所不及的,这既是家长们认为孩子不好管教的主要原因,也是家长们在思想观念上同子女存在的一个现实的差距。作为家长,若想成功地实施对子女的管理教育,让孩子的成长朝着健康的方向发展,就必须尽快适应新形势,自觉更新观念,用更加科学、更加现代化的管理理念,加强对子女的管理教育,这对每一个家长来说,既是一种自我挑战,更是一种神圣的职责。为此,我结合自己对儿子的成功管理教育经验,撰写以下这篇文章,与年轻的家长们一起思考:

我们怎样做父母?

国庆长假期间,我有暇阅读了鲁迅先生1919年写的题为《我们现在怎样做父亲》的杂文,心中颇多感想,由此联想到现如今我们该如何做父母这样一个话题。

在中国,自古以来,做父母的都因袭和传承着这样一种责任,即健全的生产,精心的养育,使子女顺利成家立业。中国的父母一直都把子女成家立业当作终生的责任与义务,并且把成家看得比立业更为重要。父母活着的时候,有一个子女尚未立业不大要紧,倘若有一个子女尚未成家,做父母的纵然死了也不会瞑目的。于是,父母在世之时,多是竭尽全力为子女创造更加丰厚的物质生活条件,让子女吃得饱,穿得暖,读好书,成好家,立好业。这无疑成为中国几千年来做父母所拥有的传统美德。直到20世纪初,才由鲁迅先生最先发现并深刻指出了中国几千年来做父母的在子女培养教育上存在的严重缺陷，鲜明地指出了现时中国的父母应该履行的义务与责任，这就是鲁迅先生在文中所说的："自己背着因袭的重担，肩住了黑暗的闸门，放他们到宽敞光明的地方去；此后幸福地度日，光明地做人。"

"背着因袭的重担"，这历来是每一个父母义不容辞的责任与义务。无论家庭好与差，为了传宗接代，孩子要健全地生下来，要倾力地抚养，尽心地教育。在这一点上，普天下的父母心都是一样的，谁都想把自己的子女培养教育好。所不同的只是每个家庭在经济条件上存在的差别，给子女创造的生长环境不同罢了。而要让每个父母都能做到"肩住了黑暗的闸门，放他们到宽敞光明的地方去"，则是一件极不容易的事情。这是因为几千年来的封建传统理念的影响太深的缘故，一代代的父母都是按照一种约定俗成的方式来教育子女的，都是把祖祖辈辈遗留下来的精神枷锁毫不松懈地捆绑在子女身上，让下一代的思想永远受到传统习惯的禁锢。现在要打破这种禁锢，给子女更多的自由，这对于长期经受封建传统思想熏陶的父母来说，绝非一件容易的事情。因此，鲁迅先生的这段话，对于解放父母的思想，有着一种拨开迷雾，令今天底下的父母蓦然醒悟的跨时代的意义。

从鲁迅先生发表《我们现在怎样做父亲》一文到现在已经82年了，中国的历史已经发生了翻天覆地的变化。但鲁迅先生文中所论述的怎样做父母的科学论点，对于我们在新的世纪里做一个合格、称职的父母，仍具有现实、普遍的指导意义。要当一个好父母，就必须做到以下三点：一是理解。孩子的世界不同于成人的世界，孩子有自己的思维方法、处世方式与活动天地，任何一个孩子都渴望拥有自己新鲜的生活方式，都不愿意走父母走过的路，

吃父母嚼过的馍。孩子们的天性是渴望创新创新再创新,只要不出大格,做父母的对子女的思想和行动要给予更多的理解与支持。二是指导,现实生活中,大多数的父母都希望孩子听大人的话,并喜欢用命令的方式来约束子女的行为。岂不知这样做会极大地限制孩子的思想自由,抑制孩子个性的发展。时代在发展,生活在变化,孩子们对新事物的适应性远比大人强得多。在新事物面前,父母最应该做的是适时地给予孩子指导与提醒,告诫孩子在生活中去辨别真善美与假恶丑,从而决定对事物的认可、取舍与干预方式。三是解放。每一个父母都希望自己的孩子早一天长大成人,具有较强的独立生活的能力。因此,身为父母,不仅不能把自己的意志变成一种枷锁强加在孩子身上,而且要使孩子得到更多的解放,在尽好教育义务的同时,积极鼓励孩子接受新事物,创造新生活,培养孩子独立思考与独立生活的能力,从而使子女在人生的道路上尽快成熟。

2001 年 11 月 14 日《家庭教育报》

15. 用爱点燃写作激情

从事业余新闻写作三十多年来,我在各类报刊发表消息、通讯、杂文、散文、随笔、理论研究文章 600 余篇,100 多万字,各种获奖证书堆了一大摞。虽然我所在的工作单位从未给予我一分钱的奖励,但我却始终保持旺盛的写作激情,笔耕不辍,从不懈怠地向着自己追求的目标发奋努力着,这让很多人感到费解,以为我就是一个写作狂。有的朋友说像我这样的人如果在他们单位里有如此好的新闻写作业绩,每年挣的奖金或许比工资还要多。还有的朋友打从心里为我惋惜,说像我这样一个具有很强写作能力的人,假如被哪位市领导看中,去给领导当个秘书,政治前程可谓大矣。而更多的人则不明白我这样一个发表了那么多稿件,既没有提升职务,又没有一分钱奖励的人,缘何能够保持这样一种长盛不衰的写作激情。这是因为我心里怀揣着一种无私的大爱,这是一种对亲人、对社会、对祖国无比热爱,倾心感恩图报之情。

243

我是一个普普通通的农村青年,能够成长为一名军队政工干部、人民功臣,能够过上衣食无忧、安稳幸福的生活,我打从心里感谢养育我的亲人,感谢关爱我的社会,感谢扶我成长的祖国,我心里时时刻刻都有一团爱的火焰在熊熊燃烧,它鼓舞、激励我用手中的笔去感恩父母、感谢社会、礼赞祖国,这种纯洁、炽热的情感,是我坚持写作、笔耕不辍、激情不竭的动力源泉。

感恩父母,提笔常念养育恩

我的父母都是地地道道、老老实实的农民,同中国千千万万个农村的父母一样,他们都具有农民最忠厚、纯朴的品德。他们一生辛苦劳作,省吃俭用,含辛茹苦地养育我们三个孩子。父亲是个鞋匠,打我记事时起,父亲就用扁担挑着两只鞋筐,往来于离家八九里远的两个集市给人修鞋做鞋,用微薄的收入维持全家的生活。从我出生到参军入伍,前后将近二十年的时光里,父亲挑着那副鞋筐,送走了多少寒来暑往,经受了多少风霜雪雨,走过了多少泥泞坎坷,流过了多少辛勤汗水,已经无法计量。但父亲心里肯定也有一个目标,他想用自己那副坚实的肩膀,把我们这个家庭挑向富裕,把我们三个儿女培养成人。在我转业回地方工作的那年,我突然发现父亲的腰有点弯曲,很像他肩膀上那根被汗水浸透半生的扁担。母亲感慨地对我说,你爹的腰是挑担子压的,咱们这个家是你爹用扁担挑出来的。

我的父母都生于旧中国兵荒马乱的年代,父亲只读了两年私塾,算是个识字之人,母亲没有读过一天书,只字不识。然而,他们却明礼知义,从小就教导我们做人要忠厚、正直,做一个老实正派人。我小的时候,正赶上三年严重自然灾害时期,家里生活十分困难,常常是饥不果腹,吃了上顿没下顿。赶上夏收时节,生产队里拉麦子的车子撒下麦子,村里的孩子都争先恐后去抢拾,回到家里受到父母的夸奖。而我虽然每次两手空空回到家里,但母亲非但不埋怨我无能,反而表扬我做得对,说那是公家的东西,咱就是挨饿也不能去拿。1963年淮北农村闹春荒,家里的生计全靠吃救济粮维持,母亲为了让我们兄妹姐弟吃饱饭上学,常常在我们吃完饭上学后,一个人在家里悄悄地舔我们吃过的饭碗上的玉米糊。从我记事一直到哥哥结婚,我们兄妹姐弟先后添置了好几套新衣,母亲却一直穿着那几件不知补了多少块补丁的衣服。我参军入伍后,当兵三年内没有机会回家看望父母,在部队工作的十八年时间里,前前后后加在一起的探亲时间也不超过一年,与父母聚少离多。每每回想起父母几十年来的精心养育之恩,常常在无人的暗夜里以泪洗面,遥望家乡,默默地寄托心中的祝愿,渴望能尽快地回到父母身边略尽孝心。然而,十七年的军旅生涯中,我曾给父母多次写信以表挂念之情,父母每每在回信时总是语报平安,让我不要挂念家里,安心在部队好好工作,报效国家。

作为儿子,我深切地感受到了父母亲对待儿女那种天高海深般的养育恩情。古人云:"羊有跪乳之恩,鸦有反哺之义,禽鸟之微,犹以孝宠。"在我们中国,几千年来,人们都自觉信奉"千经万典,孝悌为先"的治家之道,传承和延续着尊老爱幼的淳朴家风,父母辛辛苦苦把儿女养大,他们所付出的劳累和心血是无法计量的,为父母尽点孝道是天经地义的事。早在当年从战场上走下来的那一刻,我就在心里暗暗地发誓,回到家里,一定要好好地赡养父母,多尽孝心,让老人享受儿子的感恩之情。

　　转业到地方工作后,虽然父母住在偏远的乡村,距离市里八十多里,交通不便,但我和妻子、儿子坚持每星期回家看望父母,帮助老人洗洗刷刷、做做家务,跟老人聊聊天,给老人点零花钱。有时赶不上汽车,我就一人骑着自行车赶回老家。2000 年,七十八岁高龄的老母亲在老家的屋子里不慎摔倒,左腿胯骨粉碎性骨折,手术后,虽然能够拄着拐杖走路,但再也不能登上我们家五楼的楼梯。从此以后,每次母亲到市里来,我都把母亲从一楼背上五楼。父母亲一天天见老,我和妻子对父母照顾得更加周到、细致。每次父母亲到家里居住,我和妻子一日三餐给父母亲端吃端喝,照顾父母亲洗头洗脚、修剪指甲,让父母生活得快乐开心。即便这样,我仍然觉得孝心难尽,此生亏欠父母太多太多。回到地方工作后,我三年时间里没有给报纸写一篇稿件,我给报纸写的第一篇稿件是《大礼拜,回家看娘去》,对父母的牵挂、孝敬之情尽现文中:

大礼拜,回家看娘去

　　明天又是大礼拜,是我约定回家看望母亲的日子。

　　入夜,一场霏霏细雨,给明天的老家之行洒下了几缕淡淡的愁绪,也把我思亲盼母的情愫扯得很远很长。

　　我十八岁从军,戎马生涯十八载。每次探亲归队时,娘总是把我送到村口那棵老槐树下,一双注满深情的眼睛,像那默默无语的夕阳,一直把我送到很远很远。每年秋天地里的农活忙完后,娘总是背着她亲手种的绿豆、花生、芝麻,到部队探望我。在相当长的一段时间内,我怎么也想不明白,从安徽到华北,娘那双被封建习俗裹缠了半个多世纪的小脚;如何一次又一次地攀登上徐州、郑州车站那一座座又高又长的天桥,那矮小而瘦弱的身躯又如何在列车厕所里一站就是十几个小时?

我也曾多次用"儿行千里母担忧"这句话来解释母亲每每军中之行的原因。可是,那一年,当娘得知我要赴南疆作战的消息时,拖着多病的身子,千里迢迢赶到部队为我送行,在列车上母子挥手分别的刹那间,我看得十分清楚,娘的眼里并没有丝毫的忧伤与离愁。她在站台上站的是那样直、那样稳,而我却早已禁不住泪流满面。之后,我在云南老山前线的猫耳洞里终于品味出,娘一次次艰难的军中之行,皆出自一种伟大、圣洁的母爱啊! 于是,从那时起,我暗暗地在心底许下了日后报答母爱的诺言。

转业到地方工作后,原以为离家近,回家看娘的机会多了。谁知我所在的单位离老家竟有四十多公里,交通很不方便。回一趟家要转乘两次汽车,一天时间几乎全耗在了路上。庆幸的是有了双休日制度,可以不慌不忙地回家看娘。星期六下午回家,星期天下午返回城里,在家住上一晚上,娘儿俩有多少想说的话,想拉的家常,可以尽情地说,痛痛快快地拉。如今,每逢大礼拜,娘便站在村口的老槐树下,眼朝着东北方向不知要望上多少回,看上多少眼。每次回家团聚,娘都是那样高兴,70 多岁的老人,却每每表现出孩子般的欢欣与喜悦。

记得去年深秋的一个下午,天下着毛毛细雨,我乘车回家看娘。因为半路上车子出了故障,回到村口,已经是晚上八点多钟了。在村口那棵老槐树下,我碰见了拄着拐杖、已在细雨中等候了我两个多小时的老娘。娘见了我的面只说了一句话:"孩子,娘没白等。"我的眼里即刻注满了酸楚的泪水。

是的，娘是不会白等的。儿子是娘心中放飞的风筝，时时刻刻都有母爱这根线紧紧地牵着，无论飞到哪里，最终还要回到母爱的怀抱里来。

一阵凉风吹断了我绵长的思绪。外面的雨不知什么时候住了，月辉泻进窗口，明天定是个大晴天，正好回家看娘去。

1994 年 12 月 24 日《北方周末》

我的父亲虽然文化程度低，但却喜欢读书看报，他尤其喜欢读一些中国古代说唱戏文之类的书籍。转业到地方后，我几乎每年都要给他买来一些《隋唐演义》《说唐传》《说岳全传》《封神演义》之类的书籍，父亲每每看到我给他买回的新书都喜形于色，爱不释手。其实，我在很小的时候就暗暗下定决心，长大要当一名作家，要写很多很多的书给父亲看。2006 年我的第一部长篇纪实文学《太阳是这样托起的》由中国文史出版社出版后，我送给父亲一本，父亲十分喜爱，每天坐在家里，戴着老花镜一字一句地读，看书成了他每天最大的精神寄托。2010 年我的第一部长篇小说《生死线上》出版后，他已经是八十七岁高龄，看到我的新书后，仍然那样激动，饶有兴趣地阅读，令我感动不已。在过去的日子里，我跟父亲的交谈并不太多，但我能明显地感觉到他那沉默的心灵中对我投入的如山般深重的父爱。在我眼里，父亲就是一座山，是一座支撑我的脊梁坚挺的大山。而父爱则是几十年来伴我走过人生坎坷旅途、建设美好生活的精神之魂。在我的心里，父爱是山，老父是金。

248

老父是金

今年春上的一天，我回家看望年迈的父母。在家里，我同两位已八十五六岁高龄的老人虽然只待了短短六七个钟头的时间，但却感受到了一种淳朴、愉悦的天伦之乐。

黄昏时分，我要到五六里路外的小镇上赶乘中巴返回市里，父亲送我到房后的路边，我回头招呼父亲回屋去照看母亲，他点点头，可是直到我走了老远，回头一看，父亲还站在原地，弯着如弓的腰杆，抬着头向着我走的方向眺望着，温和的夕阳在他身上镀上了一层厚厚的金色，远远望去，俨如一尊金色的雕塑，我的心头怦然激动，立刻产生老父是金这样一种神圣的感觉。

我的父亲出生在20世纪20年代初，正值军阀混战、兵荒马乱的岁月。父亲出生刚刚三个月，我的奶奶在一次梳头时，不幸被梳齿扎破了头皮，得了破伤风不治而亡。从此，靠做鞋为生的爷爷便抱着嗷嗷待哺的父亲走村串户，边给人补鞋边讨饭，寻找有奶的妇女给父亲喂奶，父亲就是这样吃着千人奶长大的。

父亲长大后同我母亲结了婚，生了我哥哥。在我哥哥不满两岁时，父亲被溃逃的国民党的炮兵旅抓了壮丁，拉到了马鞍山当涂县，在那里过了半年时间。因我父亲小时候读过两年私塾，识得些字，能够从事简单的文字工作，很快被提升为连队的文书。一天，在一次奉命出差到南京汤山炮校修理大炮的途中，想家思亲心切的父亲趁着夜晚天降暴雨，脱下军装，换上早已准备好的便衣，偷偷地跑回家来，到后来才有了我们这一家人。

从我记事的时候起，在我的印象中，父亲就是一个成天忙碌

249

的人。逢集的时候,他用扁担挑着鞋筐到东西集上给人家补鞋,收下一些半成品的鞋料拿回家里加工。在我们老家方圆几十里的范围内,父亲做鞋的手艺是十分精巧、娴熟的。每年到了秋收之后,很多出嫁的姑娘穿的绣花鞋都拿来让父亲给绱。在当时农村生产队里一个劳力一天的工分仅值三四毛钱的时期,父亲做鞋的这门手艺不仅养活了我们全家,也使得我们家的生活条件略略优于其他村民,足令周围的村民打从心底羡慕。

在我的记忆中,父亲的脾气一直很怪很坏,经常同母亲生气、吵架,气得母亲跑到我外婆的坟上哭诉。因为我父母的婚事是我外婆一手撮合成的。当时,我父亲家里穷得一无所有,好多亲戚朋友都不赞成我母亲同父亲结婚,可我外婆却力排众议,极力主张这门亲事,说日子是过出来的,不要看现在穷,人不能穷一辈子,就这样我母亲和我父亲成了一家人。因而母亲在父亲跟前受了气,心里一有点委屈就想到外婆跟前诉说诉说,别的她又有什么宣泄心中忧伤的去处呢?小时候,看到父亲成天忙着做生意挣钱养活全家非常辛苦劳累,我在心里十分同情和敬重父亲,但每每看到他无缘无故地跟母亲生气、吵架,我又打从心里埋怨父亲,觉得他那种古怪的性格脾气在我母亲身上无休止地发作太失人性,不符合夫妻相处的规矩与常理。

我长大成人参加工作后,父亲的这种性格、脾气仍旧无改。母亲不止一次地在我跟前说,你爹就这种性格脾气,我同他这一辈子就这样吵吵闹闹地过来了,这就是命啊!然而,谁能料想,八年前,一次偶然的事故,一下子彻底改变了父亲的性格、脾气和对待母亲的态度。

那是我母亲七十八岁那年的一天,母亲在家搬东西时不小心摔倒在地，摔成粉碎性骨折，医生给她做了腿部钢筋牵引手术。母亲在我家养伤的三个多月里，父亲一直守候在床前，给母亲穿衣喂饭，端屎端尿，照顾得无微不至。有时我和妻子见父亲很劳累，想帮父亲照料母亲，父亲有点不放心，愣是不让我们伺候。就这样，在父亲的精心照料下，母亲的腿伤顺利康复，半年后能拄着拐杖下地走路了。我记得清清楚楚，就在母亲拄着双拐下地走路的那一瞬间，我发现父亲清瘦的脸颊上流下两串浑浊的泪珠，这是我有生以来第一次见父亲流泪。

在接下来的这些岁月里，父亲在老家里与母亲终日相伴，悉心照料母亲的生活起居，有时母亲身体不舒服或因点小事生气，用话饯父亲，父亲总是忍气吞声，常常是轻轻一笑了之，极少与母亲计较。母亲这辈子做梦也没有想到，父亲人到老年时，性格、脾气突然发生如此大的变化。每次我回家时，母亲都说她这些年能活下来，多亏了父亲的照顾。村里村邻们见了我也都夸我父亲，说是我母亲前世修来的福气。

父亲对母亲的关爱体贴之情令我备受感动。这些年来，每当夜深人静的时候，我躺在床上，回想起父亲晚年对母亲的关心照顾，我的心情就会变得异常激动，心中对父亲的敬重之情就会油然而生。在我心里，父亲显得如同金子一般宝贵，令我钦佩、仰慕。于是，我便情不自禁地扪心自问，当我和妻子到了父母亲这般年龄时，我对妻子的关爱之心、体贴之情能否像父亲对待母亲这样诚、这样深？说句心里话，我现在还真的不能当着妻子的面做出这种如钉的承诺。

2008 年 6 月 17 日《淮北晨刊》

2013年春节前夕，九十一岁高龄的老母亲在我家里再一次不慎摔倒，左脚骨折，住进了医院。这一次，她老人家再也不能站立起来行走，吃、喝、拉、撒、睡全在床上。妻子去南京照顾即将分娩的儿媳妇，我一人在家里既要上班，又要照顾母亲的生活起居，给母亲梳头洗脸，端屎端尿，洗澡擦身。父亲已于2011年初无疾而终，母亲在世的日子也越来越少，我尽力想让母亲活得开心愉快，不感觉孤单寂寞。老人家住在我的书房里，每天晚上母亲看我在电脑桌前聚精会神地写作，她会一直躺在床上陪着我、望着我，直到我停止写作她才静静地入睡。每每回首望见母亲看我的目光，我心里就涌出一股激情，这是一股感恩图报之情。我想，我一不缺吃穿，二不缺钱花，这么大年纪还这么辛苦地写作为了什么，不就是为了报答父母对我的期望、对我的养育之恩吗？

感谢人民，笔中尽倾关爱之情

入伍前，在家乡观看了现代京剧《沙家浜》，那里面有一场叫作《军民鱼水情》的戏十分感人，让我每每看后心里异常激动。可当时自己已经在上高中，对事物稍有那么点分析能力，觉得这些都是戏里唱的，现实生活中军民之间的关系并不一定会像戏里唱的那么好。参军入伍后，十八年的军旅生活让我真实地感受到了人民群众对子弟兵的那份深情厚谊，那份体贴关爱，使我在心里建立起对人民群众的敬重爱戴之情，树立起衣食父母的形象。

记得在我刚当兵的那年冬天，我所在的部队到太行山区野营训练，住在一个王姓的村民家里，王大爷、王大娘硬是把家里最好的火炕让给我和战友住，一家四五口人挤在一条破旧的火炕上。

野营训练结束离开太行山回到部队驻地后,我发现不知什么时候,王大爷一家人在我的背包里悄悄地放了很多红枣和核桃。部队每年在渤海边打靶时,房东冯大爷每次出海捕鱼回来都特地把最好的鱼带回家里烧给我吃。有一次,冯大爷捕到了一只两斤多重的海蟹,大爷一家人都舍不得吃,非得让我带回部队让妻儿尝尝。后来,在参加老山自卫防御作战期间,房东一家人把阁楼的上层留给我和战友居住,自己一家人住在潮湿的楼下,家里每每做点好吃的饭菜,总要热情地请我们一起品尝。人民群众对子弟兵的这份深情厚谊,随着时间的推移,慢慢地在我心底积淀成一种崇高的圣恩,在心底燃烧起一股炽热的爱的火焰,激励我用十倍的感情去回报他们的无私关爱之情。虽然我离开部队多年,但在我心里仍然保持着军人的本色,在心底里忠实地承诺着,要用自己的一生去爱人民,就像一首歌里唱的那样"不负人民养育情"。

记得 1992 年的一个星期天,我和妻子到市里购物回来的路上,碰见一个收废品的老大爷,他拉着一辆装满废品的小板车,正在沿着东山路从南往北吃力地行走着。这是一段漫长的上坡路,有 300 多米,越往上走,坡越陡,老大爷的步伐越慢。看到这里,我和妻子一声不响地走到车子后面,帮助老大爷把车子推过了这段上坡路。正在艰难行走的老大爷突然感到一阵轻松,回过头来见是我们夫妻俩在帮他推车,感动得不知说什么好,连声说:"今天遇到了好人!"他不会知道,帮他推车的这两个人,一个是曾经在部队荣立过战功的少校军官,一个曾经是北京军区的优秀"军嫂"。

用手中的笔写普通人的故事,是我表达对人民群众爱戴之情

的一种特殊方式。虽然我是一个业余通讯员，但我的文章一经报刊发表，很可能在一定程度上对他们的人生产生一些积极的影响。

　　记得 2009 年冬季的一天，我到淮北矿工总医院去看望一个病人，在医院的病房里，听一位病人家属在夸奖我市农行民生路储蓄所主任李梅，说她对待客户比亲人还要亲。说者无意，听者有心。从医院出来后，我便到民生路储蓄所采访，专门找附近的群众了解情况，果真如病房里的人所说，李梅在那个地方确实有口皆碑。于是，我利用工作间隙多次深入民生路储蓄所采访，撰写了一篇题为《心灵的赞歌》的通讯稿件，先后在《淮北日报》和《党建通讯》发表，收到了很好的宣传效果。

心灵的赞歌
——记农行淮北分行民生路储蓄所主任李梅

　　五年前的春天，农行淮北分行民生路储蓄所在一阵清脆响亮的鞭炮声中正式开业。27 岁的储蓄员李梅在领导信任的目光中走马上任，当上民生路储蓄所的第一任主任。

　　民生路储蓄所位于淮北市林业处家属区附近，是一个营业面积不足 20 平方米的"袖珍"小所。在从东到西不到 200 米长的狭长的街道两旁，共有四家金融机构的储蓄网点，同业竞争异常激烈。而这里既不处繁街闹市，又无大的厂矿企业，服务对象多是家属区的居民和离退休老干部，储蓄面十分狭窄。开业的当天，所里的几个小姐妹面对周围的环境，心里顿时都凉了半截，感到在此干革命干不出啥名堂来。李梅热情地鼓励大家说："这里住的多是居民和老干部，他们最需要关心和照顾，只要咱们打心里把他们当亲人对待，给他们多送方便和温暖，就一定能够赢得他们的依赖和支持，小所照样能够引来大财神。"

李梅说到做到，心到情到。民生路储蓄所后面住宅区住的是林业局的居民，每天上街买菜路过小所时，都有不少人顺便到所里换零钱。无论换多换少，李梅都热情地为他们提供方便，业务再忙，也从不怠慢，不嫌麻烦。小所开业五年来，平均每天要为储户和居民兑换零钱三四十次，李梅和她的小姐妹们总是笑脸相迎，从没让一个换零钱的储户和群众摇着头离开储蓄所。

"不是亲人胜亲人"，这句话是民生路周围广大储户对李梅服务态度的赞扬。凡是享受过李梅热诚服务的人，无不赞美她真诚、善良的心灵。民生路储蓄所附近的一座干休所里，住着许多外地离退休的老干部，他们每月的工资都是从外地转汇过来的。李梅了解到一些老干部年老体弱、行走不便，不能亲自来所里办理存款业务的特殊情况，马上开办"电话上门预约服务"这一新的业务项目。老干部啥时候需要存取款，只要打个电话来，李梅和的所里的同事们立即上门服务，把农行员工的亲情与爱心送到老干部的家中，送到老年人的心里。林业处家属楼上住着一位徐姓老太太，年近古稀，老伴去世多年，儿女们都在外地工作，她一个人住在楼上，上来下去很不方便，老人很少下楼上街买菜，经常在家吃方便面。一天，徐老太太来所里存款时，李梅在与老人闲聊中得知老太太很少吃到蔬菜，便热情地答应帮助老太太买菜。打这以后，李梅隔三岔五地往老太太家中跑，给老人家送去新鲜的蔬菜。徐老太太逢人便夸李梅比亲闺女还亲。

在李梅看来，作为一名农行员工，在为储户服务的过程中表现出来的真诚与热情，并不仅仅因为商家与客户之间相互尊重与

利用的关系,更因为自己的一言一行代表着农行的声誉与形象。她认为,一个储蓄员在为储户服务的过程中,只要能提高农行的声誉,美化农行形象,无论个人吃多少苦、受多少委屈都是值得的。一天上午,住在储蓄所附近的一位老大爷来所里存了500元钱。过了一天后,老大爷拿着存单来到所里,说昨天存的是600元钱,一口咬定另外100元钱被李梅贪污了。李梅再三解释老大爷也不听,在储蓄所门口大声吵闹,引来好多过往行人上前围观。李梅委屈的眼泪直在眼眶里打转,但仍是笑脸相迎。下午快下班时,这位老大爷在家人的陪同下来到储蓄所,十分内疚地当面向李梅又是赔礼,又是道歉。原来,他那100元钱前天晚上同家人在一起打麻将时掉在了墙角里。一位在场的老太太得知原委后,不胜感叹地对李梅说:"闺女,你的心真是太善良了,这种事,就是搁在亲生女儿身上也是无法接受的。"

李梅对待储户的这种美丽、善良的心灵,来自她对本职工作火一样的热爱与钟情。在她看来,一个农行员工,真心实意地爱岗敬业才是最光荣、最高尚的。她是这样想的,也是这样做的。李梅唯一的儿子因患先天性弱智,8岁还不会讲话。今年4月,为了不影响储蓄工作,她毅然决然地将幼小的儿子送到600里外的山东临沂市"天使学校"请人教养。她第一次到山东去看望儿子时,儿子竟然半天没有认出她来。她同儿子在一起仅仅待了半个多钟头,便匆匆地踏上了返程的汽车。1996年,李梅的丈夫因患食道癌住进南京军区总医院治疗。三年多来,她忙着工作,常常三四个月都难得抽空到医院看望、守护丈夫一次。丈夫的病痛,儿子的弱智,使她年轻的身心承受了一般女人无法承受的巨大痛苦,失去了很多家庭的温暖与快乐。但她每天在工作岗位上向储户展现的都是一张热情洋溢的笑脸。

春去秋至,寒来暑往。五年多来,李梅用美好的心灵,温暖了许许多多储户的心田,也激励着全所员工爱岗敬业、文明服务。所里的服务水平年年迈上新台阶,储蓄存款年年实现快增长。五年时间内,储蓄存款余额达到1680万元,年年超额完成上级下达的储蓄存款任务,在周围四家金融机构储蓄网点中,人均年增量存款年年名列第一。1997年,民生路储蓄所被授予市级"青年文明号",1998年被淮北市妇联授予"巾帼文明岗",李梅同志多次被评为市级先进工作者、劳动竞赛先进个人。

2000年第1期《党建通讯》

李梅的事迹见报后,引起市民的好评,受到了省、市分行领导的重视,省分行领导每次到淮北分行视察工作,都要到这个偏僻的"袖珍"小所里去看望和慰问李梅和所里的员工。2004年,淮北分行在实施营业网点搬迁改造规划项目中,率先对李梅所在的民生路储蓄所进行搬迁,在老所附近新建了一个营业面积达180多平方米的新的营业网点,营业环境大大改善,民生路储蓄所升格为分理处,处里的业务经营在李梅的领导下搞得有声有色、红红火火,李梅同志先后被省、市分行评为"优秀共产党员"。

曾经有人对我说,一篇文章可以改变一个人乃至一个企业的命运,我不太相信。然而,自从读了苏廷海同志的报告文学作品后,我对此深信不疑。不过,在我看来,苏廷海同志是新华社记者,所处的平台较高,文章具有特殊的权威性,这是一般人的文章所不能比拟的。像我这样业余通讯员的一篇文章也能拥有较高的社会效能,是我从没有刻意设想和追求过的。然而,现实生活

中，竟然就发生过这样的事情，我的一篇随笔文章，真的改变了一个下岗女工的命运，这让我倍感欣慰。

那是 2006 年初秋的一天早晨，我和妻子到相山公园散步，偶尔听到一位朋友说有一个叫刘三姐的下岗女工，在市区东黎批发市场附近开了一个小吃店，她做的鸡汤豆腐脑味道十分鲜美，引得不少人前去品尝，朋友热心地建议我也去尝一尝，如果喝得满意，建议我写篇文章帮助宣传一下，也算为下岗女工再就业做一件善事，献一份爱心。听朋友这么一说，我还真的陪着妻子一起去喝了一回刘三姐的鸡汤豆腐脑，味道果然十分鲜美。回到家后，我便给《淮北晨刊》写了篇随笔，题目叫作：

刘三姐和她的鸡汤豆腐脑

初秋的一个早晨，我在相山公园散步时，一位朋友告诉我，说是有位叫刘三姐的下岗女工在市东黎批发市场路南开了个小吃店，那里的鸡汤豆腐脑味道好极了，去尝一尝，绝对能一饱口福。

我们家三口人都喜欢喝豆腐脑，特别是我儿子，对豆腐脑是情有独钟。早先我们在郊区的一个小镇上居住时，那条街上有一家豆腐脑店，味道蛮不错，我儿子几乎每天早上到市里上学时，都要到那个小店里去喝一碗豆腐脑。后来，我们家搬到市里住以后，在南方某高校读书的儿子，每年放寒假回家，都要坐车到那座小镇的豆腐脑店去喝上一两次豆腐脑。虽然来回坐车的钱比喝豆腐脑花的钱要多，但儿子却感到很满足、惬意。

带着对豆腐脑这一特色小吃的偏爱和好奇感，一天清晨，我趁着散步的工夫，一路溜达到了朋友说的这家小吃店。只见两间

20来平方米的小店中坐满了前来喝豆腐脑的顾客。有附近工地打工的农民、中小学生，还有送孩子、孙子上幼儿园的爸爸妈妈、爷爷奶奶们。他们一边喝豆腐脑，一边啧啧称赞豆腐脑味道好。

店内有三个年轻的妇女在忙着包包子，给顾客盛豆腐脑，忙得不亦乐乎。我不认识哪位是刘三姐，便喊了一声："刘老板，来碗豆腐脑!"我的喊声还未落地，其中的一位妇女用清脆甜润的声音答应道："来啦!"随后，一碗热气腾腾、香气扑鼻的豆腐脑便放在了我的面前。我用小匙舀了一勺尝了尝，果然味道异常鲜美，口感十分细嫩柔滑，我多年来很少喝到如此好喝的豆腐脑。同桌的一位顾客告诉我，刚才给我盛豆腐脑的这位妇女就是刘三姐。我轻轻地打量一下眼前这位店主：她三十七八岁年纪，中等身材，略有点胖，红扑扑的面庞透露出成熟的中年妇女特有的一种健康的美，一双不大的眼睛蕴含着精明与热情，从外表看，是一个很普通的农村妇女。

接下来的几天，我又去刘三姐的小店里喝了几次豆腐脑。在与顾客的闲聊中我得知，刘三姐的原名叫刘丽，老家在阜阳临泉县，母亲生了她们姐妹五个，她排行老三，因此，从小村里的人都亲昵地管她叫三姐。三姐初中毕业后来到淮北的一位亲戚家做保姆，后嫁给郊区的一位农民，婚后生了一双女儿。生第二个女儿后不久，她有幸被招工到市内一家工厂当工人，每月也能有个六七百块的工资收入。后来，她所在的那家工厂破产了，她只好下岗回家跟丈夫一块务农，料理家务，抚养照顾孩子。三年前，三姐看到村里的年轻妇女都外出打工，她也动了心思。于是，她让丈夫在家种地带两个女儿，自己只身一人开始了三年的外出打工生涯。

　　三年里,三姐的足迹遍及了大半个中国,她在苏州的工厂里做过饭,在上海的服装厂里熨过衣服,在北京的外环路的建筑工地上卖过小吃,每年辛辛苦苦下来,也有个四五千元的收入。

　　今年春上,三姐本来还想出外打工,只是两个已渐长大上学的女儿迫切需要她的悉心关爱与照顾。她这才放弃了外出务工的念头,把两个十来岁的女儿放在家里让公婆照看,她和丈夫一起来到市里做小吃生意,想趁年轻挣点钱,留给两个女儿将来上学用。她听一位亲戚说早年市里有一位大嫂豆腐脑做得好,想上门求师学艺。可一打听,这位卖豆腐脑的大嫂五六年前就去广州做生意了,这使她倍感失意。可后来发生的事情实在太巧。正在三姐为找不到师傅学做豆腐脑而烦恼的时候,突然有一天,亲戚告诉她:这位做豆腐脑的大嫂最近刚从广州回来办事,要在市里住上几天。三姐听到这个消息真是喜出望外,立即请这位亲戚带着她找到了这位大嫂。在她的真诚恳求下,这位大嫂竟然破例把自己几十年做豆腐脑的精湛手艺毫无保留地教给了她,很快,三姐就亲自制作出了具有特色风味的压店小吃——鸡汤豆腐脑。

　　三姐的鸡汤豆腐脑一问世,就以其精细的制作、独特的风味,受到顾客的热情欢迎。一天,一位年近古稀的老大爷在小店里喝过豆腐脑后对三姐说:"我到过广西桂林旅游,见过刘三姐,听过她唱的歌。刘三姐的歌唱得好,你这个刘三姐豆腐脑做得好,我看你干脆挂个招牌,就叫刘三姐鸡汤豆腐脑好了!"三姐听了,频频点头。第二天,三姐就让丈夫找人做了个"刘三姐鸡汤豆腐脑"的牌子放在了小店前,顿时引来了许多过路人好奇的目光。从这以后,刘三姐的鸡汤豆腐脑的名声很快便在附近传开了。

　　如今,三姐的鸡汤豆腐脑生意越做越红火。真的是天意怜幽草,人间惜弱邻。作为一个普通的下岗女工,三姐她能挑起这份生活的艰辛着实不易,而能够如此自立自强更是难得呀!我在心底默默地祝愿三姐生意兴旺,好运长久。

2006 年 10 月 6 日《淮北晨刊》

没想到,就是这样一篇文章,竟然起到了很大的宣传效果,许多市民看到报纸后,都怀着一腔好奇的心慕名前去品尝刘三姐的鸡汤豆腐脑,甚至一些家在二十多里远的濉溪县城居住的人们,一大早也开着车前来品尝一碗,然后再带几碗回去让家人品尝。一篇文章,使刘三姐的豆腐脑生意倍加红火起来,收入越来越可观。据说一年下来,除了顾上全家人的吃喝外,还能赚上个六七万块钱,这对一个下岗女工来说,应该是一个十分理想的收入了。后来刘三姐知道是我写的文章后,非常热情地邀请我到她的小店里免费喝豆腐脑,还要请我到市里的饭店吃饭,被我婉言谢绝。在我看来,我写一篇文章很容易,人家做这种小本生意挣钱养家实在很不容易。

痴爱祖国,横眉冷对"洋奴"指

我对祖国的痴爱是我焕发写作激情的最大、最直接的力量源泉。我出生在 20 世纪 50 年代,亲眼见证了中国共产党带领全国各族人民自力更生、奋发图强,在建设社会主义新中国的道路上所进行的艰苦卓绝的努力,经历的种种曲折、坎坷,目睹了党所领导的社会主义现代化建设所取得的令人鼓舞的光辉业绩,深切感受到了中华民族自立于世界民族之林的豪气与魄力。作为一个

中国人，我为生活在这样一个伟大的国家里倍感幸福与自豪。从我懂事起，父母亲就教导我长大要爱祖国。从我上小学起，我读了那么多描写革命先烈为了建立新中国甘愿抛头颅、洒热血，不怕牺牲、前仆后继的英雄壮举，我立志长大后要竭尽全力报效祖国。高中毕业后，原本打算要扎根农村，为改变家乡贫穷落后面貌奋斗终生的我，毅然决然响应祖国的召唤投笔从戎，去履行保家卫国的光荣使命。在我的心目中，一个人的任何理想、任何职业，都不如保家卫国的事业崇高、神圣。尤其是当我走上硝烟弥漫的战场，亲身经历血与火的战斗洗礼，经受生与死的严峻考验，真正把保家卫国的雄心壮志付诸行动之时，我对伟大祖国的痴心爱恋的情感升腾到燃烧的程度，早已把生死置于脑后，心里唯一装着的是祖国的领土完整、祖国的神圣尊严。

因为我痴爱伟大的祖国，我最厌恶和鄙视那些崇洋媚外的心理，我最瞧不起那些吃着中国的粮食、穿着中国的衣服却嫌中国落后的人们，一旦让我碰上这样的人和事，我手中的笔是绝对不会沉默不语的。

1997 年，我在市委党校学习时，看到我们学习的教材里面讲到日本丰田公司的"七大精神"、松下公司的"八大经验"与过去我们中国的一些成功经验十分相似，仔细地查一查相关资料，果然就是我们中国的，日本人拿去改头换面，就变成了他们的东西。而一些中国人竟然把这些所谓的"精神"和"经验"当作成功管理企业的宝典来膜拜，实在有损国格。盛气之下，我挥笔撰文，写了一篇题为《"拣来"扔掉的》的杂谈，对那些崇洋媚外的人给予辛辣的讽刺和批评，此文被多家报纸刊登。《金融时报》在第四版中心位置用套红标题刊登了这篇杂谈：

好传统不能丢①

　　中国人有个最大的优点是虚心好学。改革开放以来，国家为了搞活国有大中型企业，曾多次派团出国考察和学习国外企业的先进管理经验和方法，去得最多的是日本。因为日本拥有两个在世界上颇为出名的企业——丰田汽车公司和松下电器公司。这两家公司在战后几十年的经营实践中所创造的企业管理经验和企业精神，不仅对于中国，而且对于世界发达国家的企业管理，都具有普遍的借鉴意义。派出的考察团果然不负祖国重托，很快便把丰田公司的"七大精神"、松下公司的"八大思想"全部端了回来，并组织有关企业专家认真学习研究，力图"洋为中用"。

　　然而有一天，我突然发现不对了。在一本国产的现代化企业管理教科书里，我发现这日本的"松下思想""丰田精神"的好多内容竟然与我们过去的一些好经验、好传统十分相似。比如做人的思想工作、"两参一改三结合"等，原本是地地道道的"中国货"，怎么就变成了日本企业精神了呢？特别是思想工作，这可是我党我军在战争年代创造的宝贵经验、制胜法宝啊，莫不是被日本人"偷学"去了不成？

　　我耐心地往下翻教材，果然不出我所料，这日本企业对人的思想管理经验，真的是悄悄地跟中国学来的。日本人不仅学习了

---

　　① 《"拣来"扔掉的》在《金融时报》刊发时文章标题被改为《好传统不能丢》。

中国的思想政治工作，而且还学了中国的儒家思想和《三国演义》中的战略决策，加上日本人的拼搏精神，从而构成了日本式的企业管理思想。据教材介绍，当年曾有人问过日本的一位企业管理专家："你们为什么要学中国呢？"这位日本专家语出惊人："中国共产党在中日战争中打败了日本，接着打败了蒋介石，在朝鲜又打败了美国，从此我们就研究为什么中共的'小米加步枪'能够打垮'飞机加大炮'？原因就是他们有股精神，这种精神靠的是思想工作。你们可以把思想工作用于战争，打胜仗，我们就可以用于经济，搞竞争，在世界上取胜。"

看到此处，已无须继续往下翻，我心中便有了彻悟：原来我们当成"宝贝"从日本拣回来的所谓的这个"精神"那个"思想"，恰恰是咱们中国人最早发明创造，后来觉得"过时无用"而当作"废品"扔掉的东西！这一扔、一拣，究竟是表现了国人的"大方"，还是"穷酸"呢？这恐怕是很多中国人难以用一句话说清楚的。不过，就我个人认为，只要不是先天性痴呆、愚钝的中国人，多多少少还是能感觉到一点崇洋媚外的味道吧！

别的尚且不论，就拿这思想政治工作来说，分明是我们事业的"生命线""传家宝"，谁又能想到改革开放才没几年，就有人说它"空对空""光用好话甜和人，不解决实际问题"，被认为是"过时"的东西，让其坐上了"冷板凳"。既然是"过时"的东西，是足可以当作"废品"扔掉的，不必再可惜，可为什么又偏偏花费如此多的路费、学费从外人手里又"拣回来"呢？

其实，明白人不用细说，时至今日，在某些国人的眼睛里，依然还是"外国的月亮比中国的圆"。因此，我诚心诚意地劝告有这种错觉的同胞们，不妨及早地找眼科大夫好好地诊断一下,看看清楚究竟是眼睛散光、斜视、曲光不正,还是有其他什么原因。

1997 年 4 月 20 日《金融时报》

16. 今夜星光灿烂

2001 年 7 月 21 日,对我这个酷爱新闻写作,痴心追求记者梦的业余通讯员来说,绝对是令我终生难忘的一天。

清晨刚上班,市分行娄彦雄行长就把我叫到他的办公室,神情庄重地对我说,今天夜里,我们淮北分行将实现 ABIS 综合应用系统的切换。该系统如能够顺利切换成功,我们行将并入全省农行大网运行,从而实现 ABIS 综合应用系统在安徽省农行的全面开通。届时,总行唐建邦副行长将亲临淮北分行视察系统切换全过程。《中国城乡金融报》只派一名摄影记者陪同唐副行长一行视察。总行科技部的领导要求我们行写一篇 3000 字左右的系统切换纪实稿件,22 日将稿件送交唐副行长审阅,23 日从网上传给《中国城乡金融报》,保证 24 日稿件见报。我们向总行领导推荐了你,这个任务十分艰巨。总行领导第一次到淮北分行视察工作,你不仅要写好文字稿件,还要带着相机跟随唐副行长一行拍照,给咱们行留下宝贵的图片资料。最后,娄行长用鼓励的目光望着我说了句:"养兵千日用兵一时,这回就看你的啦!"

听了娄行长交代的任务后,我心里一阵忐忑:自打从事业余新闻报道工作以来,我从未写过现场新闻稿件,这可是大姑娘坐轿头一回,心里没底啊! 可转念一想,行长把这么重大的事情交给我办,分明是对我的信任,不能推脱,只有硬着头皮去顶,我自己跟自己说:这一回可是考验我的写作能力的关键时候了,绝不能给自己丢脸。

临出行长室时,娄彦雄行长又一次叮嘱我说:"整个系统切换夜里十二点之前结束,你连夜要把稿子写出来,明天上午一上班就要送给唐建邦副行长审阅。"

在这么短的时间内,既要采访,又要写稿,要完成如此艰巨的任务,这对我来说可谓一次严格的专业考试。接受任务后,我立即来到市分行电脑中心,向李建民主任请教 ABIS 综合应用系统的相关业务知识,了解系统切换程序安排。此时,电脑中心里挤满了总行科技部和省分行科技处的领导和技术人员,大家都在紧张、有条不紊地忙碌着。李建民主任看上去比我还要紧张、忙碌。今晚,他和电脑中心的四名员工同样也在接受总行和省分行科技部门领导的一场严格考试。此刻,他们已经是箭在弦上,比我轻松不了多少。李建民主任明白了我的来意后,连忙冲我挥了挥手说,你不需要了解得那么多,你只管跟着唐副行长,他到哪里你跟到哪里,你把他说的话全记下来就行了。他就这样轻松地把我给打发了出来。

下午六点半钟,我下了班刚回到家里,还没来得及吃饭,突然接到办公室的电话,告诉我唐建邦副行长一行已经来到淮北,马

上要到基层网点去视察,让我带上相机迅速赶到机关大楼。

放下电话后,我提着相机,一溜小跑下了宿舍楼,从三马路往一马路方向跑去。时值三伏季节,天气异常炎热,空气中一丝儿风都没有,跑了不到三百米,我背上的衬衣便被汗水湿透了。来到市分行办公楼下,我跟随唐建邦副行长一行一口气跑了市区的4个基层网点,边拍照,边记录视察现场情况,那个紧张劲儿,就跟当年我在老山军工路上通过"百米生死线"似的。

夜晚十点多钟,按照视察行程安排,唐建邦副行长一行在安徽省分行副行长杨泳、谢利克的陪同下,首先来到位于市分行三楼的 ABIS 系统切换指挥中心——市分行电脑中心视察,然后再到位于一楼的市分行营业部视察。当唐副行长一行结束在电脑中心的视察前往一楼营业部视察工作时,我为了选取方便的照相角度,迅速地赶在唐副行长一行前面朝楼下跑去,刚下到一楼半腰,左脚突然踏空楼梯,差一点栽了下来,扭伤了脚跟,钻心般的疼痛使我蹲在地上半天没有站起来。眼看着唐副行长一行马上就要来到楼下,我咬着牙,强忍着疼痛,提着相机,手扶着墙,一瘸一拐地朝营业部走去。很快,娄彦雄行长发现了我的脚伤,连忙过来扶我走路,他小声地对我说:"这是最关键的时候,一定要咬牙坚持住,这次任务完成好我建议行里给你记功。"我心里十分清楚,此刻我已经是射出的箭没有回头、撤退的余地了,只有硬挺。就这样,我忍受着疼痛的折磨,从机关到基层,从市区到县城,跟随总分行领导一道前后跑了三个多小时,楼上楼下不知踏了多少级楼梯,终于顺利地完成了采访报道任务。

十一点半钟,当我跟随视察的领导一行离开最后一个营业网点时,我隐隐约约地感到两只脚下像针扎般的疼痛,回到市分行办公室脱掉鞋子一看，两只脚底下都磨出了好几个大小不等的血泡，我用手轻轻地按了按，痛得我龇牙咧嘴，一副狼狈相。

我把身子依靠在沙发上喘息一会儿，浑身上下都酸痛，像被抽了筋似的松软无力。从中午到现在整整十二个小时只顾忙碌，晚饭也没有顾得上吃，我又渴又饿。虽然行长让人给我送来一袋子方便面、火腿肠，还有一大块西瓜，但我心里想着夜里还有繁重的写作任务，心里那个急呀，嗓子眼里直往外冒火，一口东西也咽不下去。妻子见我半夜不回家，焦急地打来电话问我啥时候回家休息，我告诉她今夜要在办公室里鏖战一通宵，让她别等我。

我在沙发上足足坐了半个多小时没有起身，脑子里一直在想这稿子咋个写法，写了这么多年的稿子，从来没有像今天这样紧张、焦虑，因为过去写稿子都是自己给自己出题，思考成熟了再下笔，写作时间不受限制。现如今是领导现场给我出了这么一篇无题作文，时间又限制得这么紧，一下子把我逼到了死角上，没有一点退路，无论如何在明天上班之前要写出初稿，也给自己留出一点修改的时间。我看了看手表，已经是凌晨一点二十分，时间紧迫，不能再拖延，必须立即投入战斗！我在心里自己对自己下达了作战命令，噌地从沙发上站起身来，将头扎在盛满凉水的脸盆里浸泡了一两分钟，然后抬起头来用力地甩了甩头发上的水珠，深深地伸了懒腰，一屁股坐在电脑桌前，全神贯注地投入写作之中。

以往写作大都是先在脑子里构思好提纲，设计好每段要写的内容。这次我脑子里没有一点预定方案，凭着白天跟随唐副行长一行现场采访的记忆，按照事件进展的时间先后顺序，想着写着。写到凌晨三点多钟，我困得上下眼皮直打架，连忙用毛巾蘸着凉

水擦擦脸醒醒神,又继续写下去。一个小时后,一篇 2400 多字的草稿顺利脱手,我心里一阵轻松,从头至尾把稿件看了一遍,感觉很满意。但标题可是让我苦费了一番心思,这么重大的一个事件,这么长的一篇文章,还要配发一组照片,这标题一定要大气、亮丽、新颖夺目。我忍着脚底的疼痛,在办公室里踱来踱去老半天,也没想出一个令自己满意的标题。越是着急越想不出来,我心里感觉闷得慌,便打开门来到走廊里,猛然间抬头朝天上望了望,我眼前一亮:朦胧的夜空中,闪闪烁烁点缀着那么多星星,在深蓝色的夜幕下,显得那么明亮、那么晶莹、那么灿烂,我心头顿时一阵激动,标题有了,就叫《今夜星光灿烂》!

真是神来之笔!我带着一肚子的惊喜回到屋里,又坐在电脑桌前,用一双激动的手指在文稿上敲打上"今夜星光灿烂"六个字。至此,我感觉到这张现场无题试卷可以交卷了。

7 月 22 日上午九点钟,我把打印好的稿件交给《中国城乡金融报》摄影记者李象凯,请他转交给唐建邦副行长审阅。随后,我就在办公室里耐心等待消息,随时做好对稿件进行修改的准备。一直等到晚上下班,稿件如石沉大海没有一点消息。我心里有点不踏实,担心稿件在唐副行长那里没有获得通过。就这样,我怀着一腔焦虑不安的心情又度过了一个不眠的夜晚。

7 月 23 日早上刚上班,总行科技部的一位干部拿着稿件找到我,说唐建邦副行长看了稿件,十分满意,一字未改,让我尽快把稿件传送给报社。这时,我心里的一块大石头方才落了地。原来,昨天一天,唐建邦副行长事务安排得较多,稿件一直到晚上才有空审阅。

7 月 24 日,《中国城乡金融报》在三版《科技周刊》版用四分

之三的版面刊发了我撰写的这篇纪实稿件和李象凯记者拍摄的一组照片,《今夜星光灿烂》六个套黑大字标题显得格外抢眼夺目:

今夜星光灿烂

——唐建邦视察淮北分行"新一代"系统切换纪实

7月21日夜晚,广袤无垠的淮北平原晴空如洗,群星璀璨。

对于农行淮北分行来说,这是一个无人入睡的夜晚,对于安徽省分行来说,这是一个不平常的夜晚。今夜,农行淮北分行将实现ABIS系统的切换。

淮北分行是安徽省分行继15个二级分行成功切入全省大网后的最后一个ABIS综合应用系统切换单位。该行如果能够顺利实现整个系统的成功切换,标志着ABIS综合应用系统在安徽省的全面开通,这是对农总行开发的"新一代"综合应用系统科技价值和市场应用价值的最有力的证明。

"新一代"综合应用系统是集农业银行广大科技工作者智慧,精心研制开发的最新的银行电子产品,它的运行成功与否,深深地牵挂着总行领导的心。

3个小时前刚刚从广西分行专程赶来的唐建邦副行长来不及洗去一路的风尘与劳累,带领总行科技部、财会部的负责人在安徽省分行副行长杨泳、谢利克的陪同下,到淮北分行基层网点查看"新一代"系统的切换情况。

夜晚10点15分,唐副行长首先来到了"新一代"系统切换指挥中心——淮北分行电脑中心,他亲切慰问了正在紧张操作、监测的全体工作人员,他走到正在负责线路监测的省分行科技处郭

凤文身边,仔细地询问了该行 ABIS 系统的线路设备情况。当他得知从市分行到全辖基层各营业网点采用的是 64KDDN 时,唐副行长满意地点了点头,他认真地嘱咐现场的技术人员说:"线路选择很重要,现在多花点钱,增加点投资,能够保证线路安全畅通,对农行业务长远发展有利。"

10 点 30 分,唐建邦副行长一行来到淮北分行营业部,此时该部的账务移植已经顺利结束。唐副行长详细地询问了该部的业务经营情况。当他听到该部的存款达到 3 个多亿、储蓄专柜存款达到 8600 多万元时,唐副行长夸奖道:"搞了 3 个多亿存款,你们的工作很得力,你们这个储蓄专柜什么时候能够突破亿元大关?"营业部副主任张焕宇满怀信心地回答说:"我们将借助'新一代'系统网络的开通,狠抓优质服务,全面提高营业部的服务质量和服务水平,以优质、高效、快捷、方便的服务赢得更多的客户,争取在明年使营业部储蓄专柜存款突破亿元大关。"听了张焕宇副主任的一番话,唐副行长愉快地说:"好,我等着你们突破亿元大关的好消息。"随后,唐副行长话题一转,笑着问道:"你们能讲一讲上'新一代'对农行业务有哪些好处吗?"张副主任从容地回答说:"'新一代'为农行业务发展提供了一个强有力的科技平台,农行点多面广的网点优势可以变为网络优势,可以更好地服务客户,赢得客户,为同业竞争创造条件。"唐副行长赞许地点了点头说:"现在金融业务的发展,需要强大的科技做支撑。金融业务的现代化,首先取决于服务工具、服务手段的现代化,金融业的竞争优势,就在于服务工具、服务手段的不断创新,在金融市场竞争中做到领先一步。这次开发应用的 ABIS 系统是总行党委实施科技兴行战略的一个步骤。今后,我们将面对金融市场,积极研制开发更多更新的金融电子科技产品,增强同业竞争的科技实力。"唐副行长的讲话,极大地鼓舞了在场的每一位干部职工,赢得了在场员工一阵热烈的掌声。

10点50分,唐建邦副行长一行来到位于淮北市商业繁华地段的金穗办事处。这个安徽省分行最小的办事处,自1996年5月组建以来,7名员工在短短5年时间内,勤奋工作,奋力拼搏,使存款余额达到4300多万元,发行金穗卡18000余张,其中金穗卡存款余额达1500多万元,5年赢利120多万元,多次受到省分行的表彰奖励。唐建邦副行长饶有兴趣地听取了该办副主任陈忠梅的汇报,热情地鼓励说:"你们的工作做得很优秀。目前,'新一代'系统的开通,为农行借记卡发展带来了广阔的天地和空间,希望你们抓住契机,大力发展农行借记卡业务,为农行的发展多做贡献。"

11点20分,唐建邦又乘车来到远离市区20多公里的濉溪县支行营业部。在该部担任现场切换技术指导的是安徽省分行科技处设备科科长周杰同志。现年33岁的周杰,10年前毕业于成都电子科技大学,进农行工作以来,他在农行电脑应用软件开发上,做出了优异的成绩。今夜,在他的精心指导下,该部仅用一个半小时,就顺利地完成了账务移植工作,唐建邦副行长紧紧地握住周杰的手,满怀希望地说:"农行的发展,要有强大的科技实力做支撑,需要更多的年轻科技人才,献身于农行的科技创新事业,农行是当代大学生最好的用武之地。"

11点58分,随着指挥中心工作人员报告:"濉河储蓄所最后一个点的切入完成",农行淮北分行45个营业网点成功地实现了"新一代"综合应用系统的切换,顺利地并入全省农行大网运行,

此时此刻，全行上下一片欢腾。至此，安徽省分行已开通"新一代"综合应用系统的 646 个营业网点，像一颗颗璀璨的金星闪烁在江淮大地上。

今夜星光灿烂，明朝阳光将会更加炽热、辉煌。

稿件见报后，省分行记者站的负责同志特地打来电话向我表示祝贺，行领导和全行干部职工看到报纸备受鼓舞，都夸赞我写了一篇好文章，为淮北分行增了光。我的内心也倍感欣慰，这既是我从事业余新闻报道工作以来写的第一篇现场纪实稿件，也是上级领导和全行员工发给我的一张严格的考卷。我没有辜负总、分行领导和淮北分行干部员工对我的殷切希望，我用数十年来在新闻写作道路上辛勤耕耘的汗水和经验，用对本职工作的痴爱和敬重，成功递交了一份合格的答卷。我由衷地感谢上级领导给了我一次难得的"考试"机会，用现实的"考试"来证明，在多年来坚持不懈地探索新闻写作的自学道路上，我是一个成功的收获者。

今夜星光灿烂，我骄傲，我也是那群金星中最晶莹、最明亮的一颗。

留下遗憾从容说（后记）

2013 年深秋的一天下午,某报社的一位年轻记者到我家中采访,让我讲述一下如何从一个只有九年学历的农村青年走上文学之路的。其间,我把自己近二十多年来发表的各类稿件从书柜里翻腾出来,堆放在地上,足有二三尺高。这位记者看到如此多的稿件顿时倍感惊讶,随手捡起几份稿件看了看,有新华社、《人民日报》、《中国青年报》、《经济日报》、《农民日报》、《金融时报》、《中国城乡金融报》等,大多数是新闻稿件。他问我这堆稿件有多少篇目,我说大约有三百来篇。这位记者感到不可思议。他说,此前只知道你是一个自学成才的作家,已经出版了三本书,没想到你在新闻写作上还有如此成果,并且是一般记者都很难达到的这么高的写作水平,你不妨把你从事业余新闻写作的经历写本书出来,这岂不更有意义吗? 就是在这一天,我才萌生了写作《我的记者梦》这本书的念头。

早在 20 世纪 60 年代我上小学的时候,我在自己幼小的心灵里便播下了两颗理想的种子,一个是长大后当一名记者,写出很多很多文章让大家看,另一个是长大后当一名作家,写出很多很多文学作品供人们阅读。这么多年来,无论是在校读书,还是回乡务农,无论是投身火热的军旅生活,还是在金融岗位工作,我的

We De
Ji zhe
Meng

人生之路始终围绕着这两个美好的梦想而奋斗着。由于工作岗位、工作环境等原因，我有更多的时间从事业余新闻稿件的写作，这也是我在部队政治机关曾一度兼职新闻报道工作的缘故吧。出于对记者这一光荣而神圣职业的无比热爱和执着追求，在部队工作十七年间，我除了参加军、师举办的通讯报道员培训班学习外，还一直坚持自学新闻写作方面的知识，我自信我能够写出质量上乘的新闻稿件，也一定会实现当一名记者的神圣梦想。

梦想是墨，追求是砚。为了早日实现当记者的梦想，我挤出空余时间刻苦学习钻研新闻写作知识，对诸如《谁是最可爱的人》《为了六十一个阶级兄弟》《县委书记的好榜样——焦裕禄》等优秀新闻稿件反复阅读、认真分析、仔细揣摩其写作方法和技巧。此外，在当业余通讯员期间，我还有幸多次为新华社、《人民日报》军事部的高级记者们抄写稿件，在新闻写作方法与技巧上得到他们的言传身教，使我受益匪浅，为我以后从事业余新闻写作并取得优异成绩打下了坚实的业务基础。

当年我在部队工作时，是很有机会实现当记者的梦想的。我还在团政治处当通讯报道员时，解放军报报社和军区报社的记者对我在新闻写作上所具备的天赋就十分欣赏，他们热情地鼓励我多写稿，多刊稿，希望我在部队新闻事业上取得更大的成绩。在部队，作为一名从事业余新闻写作的通讯员，如果发表的稿件多，且质量优秀的话，不仅可以提干，而且还可以被军报聘为记者，因为当时报社对记者的专业学历和文凭要求并不太高。而我在部队提干后，主要从事部队政治思想工作和理论学习宣传工作，新闻报道一直是兼职在做。虽然也写作和发表了一批有质量的新闻稿件，但总的成果不大。因此，由于各种主客观方面的原因影响,使我在部队工作期间没有实现当记者的梦想。

转业到地方工作后,我当时也才三十五六岁年纪,也正是人生创业的黄金时期。随着工作及生活环境的改变,我对新闻写作的热情更高,兴趣更大,对梦想的追求也越发强烈起来。这期间,随着刊稿率(我的新闻稿件在中央、省市级报纸的平均刊稿率达95%以上)的不断上升,我对新闻稿件的写作与部队工作期间相比,有了一种全新的认知与感悟。在部队搞新闻报道,大都是带着任务去做,每年上级下达的刊稿数量必须完成,我所拥有的是一种被动的写作心态。而到了地方工作后,在新的环境下,我突然发现我一下子拥有了如此广大的信息量,有许多可供我选择报道的信息源,极大地激发了我的新闻写作热情与写作冲动,我是发自内心地、满腔热忱地去采写新闻稿件,这是一种积极主动的写作心态。而两种不同的心态,自然就促成了两种不同的实践与结果,前者属于小打小闹,而后者则是硕果累累。

从当初我立志当一名记者,到如今年近花甲,四十多年来,在追求记者梦的过程中,我曾经遭遇过不少挫折与坎坷,但我始终没有灰心过、放弃过。虽然我最终没能实现当一名记者的梦想,在追梦的道路上留下了一点小小的遗憾,但我依然欣慰并快乐着。因为我毕竟真心地热爱过,真情地投入过,执着地追求过,顽强地拼搏过,且收获还是很丰硕的。

在这本书即将出版面世之际,我衷心地感谢我的姐姐谢益红,是她当年从学校里经常带回一张张《中国青年报》让我阅读,使我在幼小的心灵里放飞了一个当记者的绚丽梦想。真诚感谢我所在老家生产队原队长刘士强,当年我参军入伍时,他花8元钱买了两支"金星"钢笔送给我,鼓励我用两支钢笔写出人生的

277

精彩篇章。我很骄傲，我没有辜负他对我的殷切期望，我用这两支钢笔为部队政治思想建设撰写了近百万字的文电材料，写作并发表了近百篇新闻稿件，让我的稿件连同我的名字一起出现在中国最高级别的报纸上，这两支钢笔在我心中是名副其实的"金不换"。真心感谢中学时期我的语文老师赵敦伯，是他对我的无私教诲与栽培，使我中学阶段的语文成绩一直在全年级名列前茅，我也是我所在的那所中学里走出来的第一位作家。深深感谢淮北师范大学新闻系主任谢天勇先生，在百忙之中牺牲宝贵的休息时间为我的拙作费心作序，通篇溢满爱才惜才之情。特别感谢淮北市农行党委书记、行长王文革先生，是他热情地鼓励和支持我写好这本书，为农行青年员工立足岗位自学成才提供一份现实的教材，这是对我多年来从事业余新闻写作事业的最大肯定与褒奖。

数载追梦路，一首奋斗歌。人生有憾事，从容向君说。

谢敬华

2015 年 2 月 14 日于桂花园